潮水涌起之前

上海市作家协会 编

上海文艺出版社

目录

70后	谁能杀死变色龙 / 赵松	1
	见麒麟 / 哥舒意	49
	亚丁的羊 / 糖匪	79
80后	新岛 / 郭爽	105
	飞在三万米高空的气球 / 小饭	143
	镰仓雨日 / 默音	199
	为萨克斯写的蓝色情歌 / 王莫之	237
	过水面 / 王璟	263
90后	偷桃换李记 / 王占黑	293
	空蛹 / 栗鹿	331
	开罗紫玫瑰 / 三三	383

contents

谁能杀死变色龙

文 | 赵松

作者简介

赵　松

作家、评论家,著有《你们去荒野》《伊春》《隐》《空隙》《抚顺故事集》《积木书》《被夺走了时间的蚂蚁》《灵魂应是可以随时飞起的鸟》《最好的旅行》等。曾获首届"短篇小说双年奖""单向街书店文学奖·年度作品奖",作品先后荣登"收获文学榜"2021年"短篇小说榜"和2022年"中篇小说榜"。

在外面，而不是在平时的地方，三天也可以漫无边际。

这简单得就像把石头扔入寂静的湖水，沉入深处，任由那些波纹荡漾而去。那块石头，就是她自己，形状不规则，棱角还在，磨损明显。那湖是这山谷，空气是湖水，而被墨绿山峦勾勒出的蓝色天空则是其倒影，阳光则是涣散中的波纹。这里，离那个现实世界是319.3公里。山其实很小，连绵环绕，远近重叠，即使待在房间里，她都能感觉到它们那种温柔而又紧密的簇拥。五月初了，这里仍是凉爽的。要是沉浸在强烈的阳光里，皮肤就会有轻微的灼热感，可是有轻风拂过时，就会体会到那种初秋才有的阳光清爽。

无论如何，她都要感谢他的，能想到带她到这里休息。她需要休息，需要漫无目的的懒散，哪怕是像退潮后留在沙滩上的海螺，晒着最后的太阳，然后死去，也没什么。在这种状态里，未来什么都不意味，就算没有也可以。她无所期待。被抛出去的石头，那轨迹跟落点是注定的了，需要的只是耐心等待那最后落地的瞬间，而不是调整姿态。没人知道要等多久。对于这种观点，他的看法显得过于现实，不管你把自己抛到什么样的高度，关键还是要看最后的落点。听起来，这更像是在点评乒乓球比赛，区别在于，他把自己当成了打球的人，却不知道，在她看来，他跟她都只是那个又轻又小的球，身不由己。可她并不想说出这些。

令她有些歉意的是，在六个多小时的行车路上，自己都在睡觉。直到后来醒来时，她才意识到，神情凝重的他，在开车的时候，或许需要有人陪他说点什么，哪怕只是陪着默默注视前面的路也会好些吧。认识他以来，这还是她头回觉得有歉意。他之前究竟发生了什么，她并不清楚，不过想来能让他这种人不安的，应不是小麻烦，而且没人能帮得上他。可能就是在她即将醒来的时候，他才想到需要有点声音出现在车里。最后播放的不是音乐，而是评书。听声音就知道，是袁阔成的《三国演义》。她父亲就爱听这个，会反复听。正播放的，是关云长单刀赴会："这时候关云长已经拉着鲁肃到了江边了，看关公啊，还是那样谈笑自若，再看这位鲁肃鲁子敬，浑身都软了，脚底下跟踩着棉花一样……"

到达时，是四月三十日的深夜。过去的三天，他没有勉强她一起去山里，而是如她所愿，留在房间里。他每天早起进山，中午回来，跟她一起吃饭。下午两三点，他会再出去，直到天黑前才回来。他有很多心事。她则完全没有。有了独处的白天，她就不至于被他那莫可名状的压抑所感染了。他也透露了一些事，她只能听着。没办法。总会有办法的，他这样说着，却像头被困在角落里的野兽，即使在睡梦中身体也是紧绷的。而她呢，从未像现在这样感觉自己就像个观众，怀着无用的同情看着，除了叹息，什么都做不了。躺在黑暗里，她还有些歉意，为了白天里残留下来的那些散漫与惬意。

直到今天上午十点多，他发来微信，这些混合着歉意与惬意的感觉才瓦解了。有位朋友，中午来见我们。他在这句话后面缀了个坏笑的表情。谁呢？她有些诧异。过了片刻，他回复，小A。看到这名字，她就沉默了，但也只是沉默而已，并无什么想法。是我让她来的，他继续说道，她就在离这里不到五十多公里的县城，跟她的朋友出来度假的。差不多又过了十几分钟，他又发来了信息，不好意思，山里信号不好，是我给她打了电话，因为之前还欠她一笔钱，想还给她。只能给她现金，没法转账，否则她也就不用来了。好啊，她回道，我无所谓的，当初她离开时，我都没机会跟她当面道别，这样也好，可以补上了，拜你所赐，那我就等着了。

认识他，是三年前的事。当时正值年底，她每天都加班到很晚。那天晚上，临近加班结束时，她已疲惫不堪，只想早点回去睡觉。同事兼室友小A，却偏要约她去消夜。她犹豫半天，还是答应了。到了地方，她就后悔了。小A带她来到座位时，那里已坐着个陌生人了。小A就介绍，这位就是之前提到过的那个老网友。说实话，要是小A不说，看到他那正襟危坐的样子，她还真猜不出这位叔叔是什么人。不过事已至此，也无所谓了，反正跟她也没关系，那就专心吃吧。

她完全没胃口，又很困倦。这里的东西不好吃，可她也只能低头努力吃，这样至少不需要抬头看这二位。由于没戴隐形眼镜，她都没看清他，只知道圆脸，没胡子，还有些胖，微鬈的头发紧贴着头皮，像刚出过汗。后来小A笑她的吃相，还跟他说，你不知道，她能吃到男友都养不起她了，只好分手。听着小A那夸张的笑声，她也没什么反应。只是，她觉得他在观察她，但也只能更努力地吃东西。再后来，就听他说，你胃口这么好，怎么还这么瘦呢？这时她也吃得差不多了，就放下筷子，喝了一大口冰水，眯起眼睛，打量了一下他，这才说道，吃完回去，我会都吐掉。

话题终结者！小Ａ大笑，然后就发微信给她，他今晚要住到家里哦。她回复，好，那我先到江边走走，消化消化。然后她就起身告辞了，都没再看他们一眼。当时已是夜里十点多，江边步道上空空荡荡，有的就是那些金灿灿的步道灯、护栏灯、景观植物灯和白色路灯。还是没人的地方好，连那些灯都是喜气洋洋的。没有风，可她还是觉得有些冷。对面那些建筑物都被黑暗包裹着模糊的轮廓，后面的光远远的，就连平时常见的那种射向夜空的光柱都不见了踪影。缓慢波动的江面上，除了靠近这边的部分映动着斑驳光影，其余的都在黑暗里。闻着江水的土腥味儿，她走着，不时看看江面，要是能看到一艘无声无息的驳船就好了。后来，她找了个角落，干呕了几次，却没能吐出来。

走在小区里，她还在酝酿着。一只枯瘦的野猫走过路口，钻入灌木之前，还扭头朝她望了一眼。她就把胃里的东西想象成那只猫，它蠕动着、挣扎着，来吧，出来吧。来到自家楼下，她站在路边的灌木旁边，俯下身子，想要吐出来，那只猫在扭动，却出不来。等她围着这幢老楼走了几圈之后，它已经不动了，像块石头。上楼回到房间，她并没有去洗澡，而是直接搬了把椅子，坐到了阳台上。点了支烟，只抽了不到一半就掐掉了。

卧室里没开灯，坐在阳台上看外面，即使对面楼灯光稀疏，也还是觉得空中有些亮意。烟已从窗口飘出去了，寒意正漫进来。尽管她穿着外套，却还是觉得比在江边时要冷。这样坐着，感受着那种清冷，她稍微觉得舒服了些，放弃了呕吐的愿望。没有任何声音。

第二天早上，她没吃饭就到了办公室，觉得整个人都是肿胀的。小A迟到了，见到她就撇了下嘴。她就在微信里问，如何？小A回复，不如何，完全不行，草草了事，聊聊天还可以，呵呵。我跟他说，其实我是性冷淡。过了几分钟，小A又补充道，哦，对了，我把你微信给他了哦，他临走时跟我要的。她歪着脑袋，看着电脑屏幕，出了会儿神。小A意犹未尽，说真的，你昨晚上太能吃了，有点夸张，你回来时，我还没睡着呢，但也没听到你吐呢。她就回复，没吐出来。哦，小A回道，不过，当时看你那么猛吃，我还是有点不好意思的，不该那么晚了还叫你出来……不过你肯定想不到，他在临睡前，还在念叨你说的那句话呢，吃完了，回去吐掉。小A发了一长串大笑的表情，我就跟他说，不懂了吧？这就是社恐的表现。她回了个微笑的表情，胃里有些抽搐，除了酸水，什么都没有。

接下来发生的事，就是她又一次把父母的微信拉黑了。

而上一次，则在两年前的春节前夕。离家多年，她一直努力传递给父母的，都是那种完美定型的乖巧状态，可父母从中察觉到某种疏离感，认为她看似乖巧如故，其实是越来越冷漠了。其实不用母亲暗示，她也觉得有些演不下去了。渐渐失去耐心的是她，而最后爆发的，却是母亲大人。这场几乎卷起所有旧事的大清算的结果，就是她把他们的微信都拉黑了。若不是没过多久她就陷入了抑郁并濒临崩溃，不得不打电话给父亲，然后他们从老家匆匆赶来，陪了她一个多月，直到她恢复，还真不知道这事要怎样收场。送他们离开时，在机场候机大厅里，母亲就凄然地说，你要是还有点心，就好好活着吧，凡事能将就，就将就点儿，等我们都不在了，你怎么着，我们也管不到了。她就拥抱了母亲那健壮的身躯，然后蹲下身去，摸了摸母亲右裤管里那条新装不久的金属假肢。不远处，玻璃幕墙上的黄昏余晖正在隐没。放心吧，她说，我不闹腾了。

到这把年纪，父母的多数言行其实都已是惯性的自由落体式的了。他们已无力去理解这个世界，他们的很多记忆、身体功能、人际关系，甚至包括跟她的关系，其实都在慢慢地瓦解脱落。而他们的脑袋，则像是很多年都不整理的塞满杂物的仓库，她要是稍有不慎，碰倒了其中的某件东西，就有可能瞬间引发坍塌式的连锁反应。至于后果，她都见识过很多次了，够了。说是够了，可这次，她还是在不经意间就重蹈了覆辙。导火索并非他们只看标题就转发到群里的那些暗藏很多垃圾的信息，也不是母亲发的那些长语音——她没有听，只是转成了文字，后来也没看——而是她在群里宣布，刚跟那个认识不到半年的男友分了。搞笑的是，他最后在微信里对她说的话，你需要的不是男友，而是一个爹，你就该去找个爹过日子。这次爆发的，是父亲，一口气发了不下二十条语音。她就把它们转成了文字，看着那些文字一段段地浮现。等到看完最后一行，她就把他们都拉黑了。放下手机，她感觉自己在发抖，不，不是难过，而是某种释然跟古怪的兴奋。

大年三十那天，她发了高烧，最后感觉挨不过了，就只好去了医院。医生说是急性阑尾炎，至于要手术还是保守输液，你自己决定。她也没多想，那就手术好了。手术倒是简单的，只是术后要住院五天。夜里，躺在病床上，她就在微信里跟小A简单说了手术的事，也不能回老家过年了。啊？小A回复，可是明天我就要飞回老家了，不能来看你了，只能祝你早点康复了！过了片刻，小A又补充道，哦对了，他又来了，昨晚到的，我没空见他，就让他住宾馆了……那我就让他找时间替我去看看你吧。她回复，不用了。小 A 也就没再回复。

微信里有个加友申请。看那头像，是台小型家用天文望远镜。想了想，她还是通过了验证。没过多久，他就发来了长长的语音信息，背景声像是在闹市里，人声，车声。大意是，他这两天是来处理生意上的事，然后明天就直接飞回深圳了，小 A 让他来医院看望她，但他的行程都排满了，实在是赶不过来，只能说声抱歉了。她就回复，没关系。他就又补了句语音，那就下次我来请你吃饭吧。她过了好久才回复，到时再说吧。后来，他又发来几句语音，都是关于买房的，请她帮忙参谋一下，哪里有位置好、小区环境也好的，价钱不是问题。她对那些喜欢在微信里发语音而不打字的人向来没有好感，就有些烦了，随便搜了几家房屋中介的 App，都转给了他。他只是回了个大笑的表情。没深没浅的人，她想。

春节前，父母那边仍旧静默。那她也就不能回老家了。自从那次手术后，她的身体就留在了痊愈前的状态里，胃口也不好。那些天，他偶尔跟她微信聊天，一来二去的，就知道了这情况。有一次都深更半夜了，他忽然就问她，最想吃什么？她想都没想，就回道，想吃草。吃草？他就说，那好，我来给你送草吧。她觉得这就有些无聊了，就回复，好啊。除夕前一天的下午，当他把登机牌拍照发给她时，她也只能无语了。其实她是想婉转地拒绝的，比如跟他说，大过节的，你应该跟家人在一起。但转念想想，还是算了，一个听说你要吃草就能飞过来的人，想必也是没什么事做不出来的吧。

就这样，整个春节，他都是陪她过的。他每天烧菜做饭，打扫卫生。菜烧得很差，但诚意满满。这似乎也正是他们的关系实质，除了没什么味道，其他倒还说得过去。他睡在小 A 的房间里。两人相处，都是在客厅。坐在那个长沙发上时，她总是有意跟他保持些距离。以至于他故意问道，你留这空位，是还有人要来吗？她打量了下他说，给小 A 的。他也只是尴尬地笑了笑。她并没有什么表情变化，只是打量着他。初次见面后，他又来过两次，都是吃饭，小 A 好像习惯了每次都叫上她。这次见到，他明显变黑了，显老。他被她看得有些不自在，就问她在看什么。她想了想说，我估计，你跟我爸年纪也差不了多少。这话令人沮丧。她就继续说道，上次见到你，还是挺白的，这次怎么就黑了呢？不会下次又变白了吧？

他就起身到洗手间里，对着镜子，仔细端详。是有点黑了呢，他自语道，哦，可能是我前段时间跑了几次工地，晒到了。之前的微信聊天里，他都喜欢说自己在哪里，忙些什么，可是从没听他说起过还有什么工地的事。她就忽然想到了小A，要是她知道他在这里，会作何感想，有什么反应？尽管小A已明确表示过现在对他已没什么兴趣了，但至少还没说要放弃。不过，到目前为止，她跟他连半点暧昧都还没有过呢，问心无愧。话是这么说，但想想还是会有些尴尬的。

你不觉得尴尬吗，她看着他，要是我跟小A说了，你觉得她会怎么想？她说着就又叼了支烟。他就给她点上了，然后摆弄着那只绿色塑料打火机。犹豫了片刻，他才慢悠悠地说道，你又不会真的跟她说的，有什么可尴尬的呢？你觉得她真的会在乎我怎么样吗？再说了，她怎么想，你会在乎吗？我觉得不会。这时，她的手机响了，铃声是叶倩文的那首《潇洒走一回》，在这个诡异的时刻，听着这样热闹的歌声，真是足以笑场了。她还没拿到手机，就脱口而出，小A。拿起手机，果然就是……天地悠悠过客匆匆潮起又潮落，她忍住笑，接了，还开了免提。

春节假期的最后一个傍晚，他拖着那只黑色行李箱，站在了门口。想到他能无所求地陪她过了这个春节，她就决定给他一个礼节性拥抱，就平静地走了过去。当她被这个肥硕的身体拥入怀里时，虽然只持续了几秒钟，但她还是有些意外，这个拥抱是如此有力。没有多余的动作。她轻轻推开他，开了门，那就再见了，一路平安。他抿着嘴唇，出了会儿神，这才转过身去，拖着行李箱进了电梯。她轻轻地关上房门。瞬间的寂静里，她忽然感到有些疲惫和茫然，这可真是个诡异的开始。

那天小A打来电话时，她觉得自己有种古怪的兴奋。开着免提的手机里，传出小A那慵懒的声音，回老家后的无聊，相过几次亲，乏味至极，都是些什么人啊，你无法想象……至于为什么懒得理他，以及他正在三亚过春节，还撒谎说只有他自己之类的事，就不说了。她用眼角余光看着他那神情变化时，甚至觉得自己心里的那种兴奋多少有点变态。她就告诉小A，幸好有个朋友过来陪她，不然真不知道怎么过这个春节。小A一听就来了精神，谁呢？她就说，你不认识的，从没跟你提过。后来，小A在结束通话前告诉她，我准备不再理他了，就这样吧。她沉默了几分钟，才问道，你想清楚了？小A想了想说，我这个人，没别的特点，就是容易厌倦，不管什么人，只要让我觉得腻了，就完了。反正我最近就是这样，对什么人都提不起兴趣。

后来，大年初七的下午，小A在去机场的路上给她发来微信，不晚点的话，五点多就落地了。她就出去买了些菜。回来后，又去小A的房间里仔细察看过。等小A发来落地的信息时，她已在做晚饭了，还开了瓶红酒。

因为堵车，小 A 进门时已是晚上七点多了。卸了妆，洗过澡，小 A 就穿着睡衣坐到了餐桌旁边，看着那些菜和杯里的红酒，有些心不在焉。过了会儿，小 A 才说起来，登机前，我给那个家伙发了微信，我说咱们就到此为止吧。他没回。落地后，我又给他打了个电话，想正式跟他说一下。他没接。刚才上楼时，他才在微信里回复了两个字，好的。她只是听着，吃着。好吧，小 A 举起酒杯说，我结束了，轮到你了，跟我说说，你的神秘春节，保密工作如此到位，说明这人对你挺重要的。

你想多了，她说道，哪里有什么保密，我跟他平时都没什么来往的，只是说到我生病了，没回家过年，他就跑来了，说是来送草。送草？小 A 没懂。对，她说，送草，他问我想吃什么，我就随口说，我想吃草。小 A 就大笑。说实话，她继续说道，这些天里，只是证明了一点，我对他确实没什么感觉。我们没什么话题，我是有点别扭的，他呢，倒是挺自然的，好像不说话都没什么。小 A 点了支烟，吸了一口，然后就把手臂支在桌面上，擎着那支燃烧的烟，过了一会儿才说道，那天我给你打电话的时候，听声音，感觉像是开的免提？哦，她点了下头，当时我在敷面膜，就开了免提，在房间里，关着门的。小 A 就说，我估计也是。后来，她们不知不觉就把那一瓶干红都喝掉了，话也就多了起来。

小A就说起过去的感情生活，奇怪自己为什么总是跟一些没什么感觉的人搞在一起，这次春节回老家，也是整天待在家里，谁都没见。后来呢，小A若有所思地说道，就是我听说，大学时的男友，从美国回来了，带着老婆孩子……这个家伙，当初是办好出国留学手续之后，才告诉了我。当时我就想，谁还离不开谁呢？那就再见吧。其实呢，直到去年底，认识了那位大叔之后，我才意识到，我其实是有点走偏了，因为那个前男友的事，走到了反面。跟这么个大叔呢，牵扯到现在，也就是混着，他不认真，我也不认真，他撒谎，我也撒谎，其实一点意思都没有，也没什么实惠，可他还觉得我是个很物质的人。所以那天我跟你说，要跟他结束了，也是真的……我看他，对你好像是有那么点意思的，不过这是他的常态了，即兴的，随时都能发生的，当然这跟我也没什么关系了。

人是挺奇怪的，她想了想说道，就拿那个来陪我过春节的人来说吧，他是我在大学毕业后第一个工作单位里认识的，他一直都喜欢我，至今还是单着呢，是不是为了我，就不知道了。可我对他没有任何想法。当时他也知道，我有喜欢的人，他认识，就是那时我们单位的领导，长得跟金城武有点像，对我特别好，我呢，其实也就是暗恋，从没表露过，他对我就像兄长和老师那样，教会了我很多东西。最初我们是在广州，后来他调到北京，然后把我也调去了。有天晚上，他找我到酒吧喝酒。跟我说了他的情况，其实我宁愿他不说出来。都说出来了，我也就没戏可唱了。我这个人就喜欢唱独角戏。他说的时候，我也就听着。最后，他希望我能一直在他身边，好让他放心。我什么都没说。第二天他出差了，我就到人事那里递了辞职信，人事问我，领导知道吗？我说知道。人事就把手续办了，只等他回来签字。然后我就回老家了。没想到，他当晚就打来电话，不同意我辞职。我说那我也不会回去了。结果第二天他就开了十来个小时的车，到了我老家。我只好给他订了酒店，去见他。我们在房间里待了一个晚上，什么都没有发生，只是一直拥抱着，在床上，待到天亮。第二天一早，他就走了。直到现在，他偶尔还会在微信里跟我聊几句，说说彼此的近况。他在两年前就结婚了，门当户对，豪门联姻。他说他过得并不开心，那我又能说什么呢？

听完这个故事，过了很久，小Ａ才抬起头来说，我要是你，就不会这样，我会跟他在一起的，其他的都不管了……那，这次他来，你们……？她想了想说，他就睡沙发了。可能你是对的，不过我这人就是这样，喜欢跟自己的想法背道而驰。其实呢，也无所谓对错，我只是不希望事情变得很复杂，还是简单些好，我不想麻烦任何人……他去我老家的那天晚上，我还跟他讲了我小时候的事。我奶奶是个盲人，生了六个子女，都对她不好。我上小学的时候，经常去看她。有一天她摔倒了，盆骨骨折，我的一个叔叔就说是我把她推倒的。结果呢，我父亲就当着亲戚们的面，抓起一把椅子砸在了我身上，我下意识地伸手挡了一下，手腕就骨折了。我说着，就把伤处给他看，他就哭了，我也哭了，两个人就抱头痛哭。哭完，天也亮了。现在想想，能这样也挺好的。

小 A 站起身来，拥抱了她。就这样，两个交换了故事的女人，拥抱在了一起。她抱着小 A 的身体，感觉有些陌生，还有些僵硬，就拍了拍小 A 的后背，咱们就不要再煽情了，就是个故事，你有你的，我有我的，讲完了，就过去了。小 A 点点头，在那里站了几分钟，这才把行李箱里的东西都取了出来。她收拾完餐桌，回到房间里，找到 iPad，搜到一部卓别林的老电影，《城市之光》，然后关了灯，躺在床上，并没有去看那片子，只是抽着烟，三点多才睡。

他的年纪，他的身份，其实她都不清楚。不过她也只是偶尔才会想到这些。某个神思涣散的瞬间，脑子里空了，他的脸，就浮现了，或明或暗的，多少有些模糊的。可她并不会由此展开想象或猜测，只是任由这张脸浮现然后隐没。奇怪的是，有时她会发现，自己想不起他的样子，它似乎只会不经意间才再自行浮现。

年纪大的行吗？某次母亲习惯性地纠缠于她的婚姻大事时，她这样问道。多大呢？母亲警觉了起来。她就笑了，我就是随口一说。她知道这是终止话题的理想方式。当时，他还刚出现在她的视野里，还是室友小 A 初次见面的暧昧网友。后来，他好像说过自己的年龄，在她走神的某个瞬间，完全没听清楚，但也没去追问。这样一个话头，已足够让母亲紧张多时了，多次警告她，你不要乱来。你觉得我是那种乱来的人吗？她反问。难说，母亲回道。这种对话的好处，就是能让她在相当一段时间里免除那种无聊的辩论。

他多大年纪，真不重要。她甚至都没把他当作现实中真实存在的人。他就像颗轨迹不明的彗星，既无法预测何时会出现，也不能确定轨迹。他的这种不确定性体现在很多方面。比如他有时会把胡子刮得很干净，有时又会好多天都不刮胡子。而他的着装，也像是为此而搭配的——刮过胡子，就会西装革履白衬衫，不刮，则是随便穿穿，毫不讲究。还有，她发现，当他把脸刮得干净时，谎话大话就会多，反之就比较少。观察这种变化，是她跟他相处时为数不多的乐趣之一。

那天，她观察他的脸，过了几分钟之后就说，你就像个变色龙。他似乎有那么一点尴尬。当然，也可能他只是故作如此。他能看出来，她不是在开玩笑，也不是意在嘲讽。她确实没这意思。她是个喜欢有话直说的人。要是她觉得他是个骗子，那她就会直接说出来，而不会拐弯抹角。至于他究竟是不是个骗子，她其实无所谓，以目前这种关系，她也没有什么可让他骗的。而且她曾跟他说过，对于你，我没有什么要知道的，也没什么要求。他觉得这样挺好的。她也觉得挺好，至少你可以不用说或少说些谎话。

说他是变色龙，只因她发现他的肤色会变化，有时看着挺白的，有时却有些黑。她也并没有展开这个话题，只是继续若无其事地观察那张脸，就像在看某个东西。只是要避免看眼睛，以免让对方误以为她是想要交流什么。就像那种人脸识别系统，她只是比对形象与印象。要是想交流，就不能仔细观察了。作为人最裸露的部位，脸跟手一样，都是最容易透露隐秘信息的。他的这张脸，多油脂，毛孔粗大，年轻时应是出过很多青春痘，可能还涂抹过各种药物，导致质地有些类似于被打磨过的橘子皮。她的观察，也仅限于此。

变色龙吗？他并不恼火，这是不是说明，你其实并不相信我？也没有，她语气平和，不存在相信不相信的问题，我看你，跟看棵树，看只鸟，看只猫，或是看路边的某个人，其实没有区别……我只看表面。比如我看你的脸，是因为它跟我上次见到的有点不一样，颜色上的……而我想的是，要是我能画画，那我就给你画个肖像，也就不用解释了。可惜，我不会画画，就只能这样看了。他想了想说，我这么丑的。这也不是问题，她说，你会觉得一棵树丑吗？他歪了下头，也不是不可能吧？不会的，她说，我经常观察一些陌生人，可我从不会去想，他们是美的还是丑的，他们只是有值得观察的地方。

他就像电梯里的那些屏幕，喜欢随时为自己投放各种广告。他的生意，他的人脉，他的文物收藏，他的房子，等等。她对这些没兴趣，之所以容忍，只不过是因为她知道，他这样完全是习惯使然。这习惯就如同人后天长出的一个器官，已经无法摘除了，而他又并不知道它的存在有多么突兀。有一次，她就跟他说，你要是不说这些，可能我们都会觉得自在些。不过她也知道，想让他不这样说话，确实也不容易。她就提示他，你其实可以试着不说话，或是只说点眼前的话。眼前的话？他没明白。她只好说，比如你是个演员，或是播音员，主持人之类的，现在你在这里了，就不需要再说台词了，可以把剧本忘了，随便说点什么，或是不说什么，都没问题的。

他还有个毛病，就是偶尔给她带来什么礼物时，都要马上说出价格。可笑吧？不过也没什么，她觉得，至少他还能想着带给她礼物。考虑到每月顶多就能见一次，有时甚至要两个多月才能见一次，她就把他这种行为看作想强调其重视她的蹩脚表现。他也有接近真实的时候。比如他曾告诉她，有个地方，上个月我去看过，在桐庐那边，有个民宿项目，离那里不远，有座民宅出售。当时他低头看着拖鞋上露出的脚趾，跷了跷拇指，然后继续说道，我就想着，买下来，改造一下，给你用来做民宿，你自己住也可以，随你。哦，她点了点头，能这样想想，也不错。他就点开手机里的几张实景图给她看。

然后，他又从包里取出白纸和油笔，随手勾勒起来。那些线条逐渐交织在一起。这里在半山腰，他解释道，是个小台地，原有四间老房，两正两厢，视野开阔，俯瞰下面的山谷，看对面那些山，会有种环抱感，日出的位置，在这里……房子原有框架结构是实木的，都保留，墙壁重做，重点是这几处的窗户，能营造好的视野，不管你是躺在床上，还是待在厅里，朝外面望去，都会有很好的景观效果。她点了支烟，慢慢吸着，吐了几个烟圈儿。他咳嗽了几下。等他都画完，呈现在她眼前的，就是一幅建筑草图。

嗯，有点意思。她歪着头看着，你不会是搞过建筑设计吧？他看着那幅图，没吭声。等到即将出现某种抒情氛围时，她已想到了一句有杀伤力的话，就先问了句，你好像少说了什么？他有些诧异，什么？她把烟掐灭在茶几上的烟缸里，见那个黄色烟蒂还翘立着，就又把它摁了下去。你忘了说价钱了，她看了眼他右脚上那个刚才还在跷动的大脚趾，又补了句，你好像有灰指甲哦。

其实，她还有个乐趣，就是他们见面或分别时，他给她的有力拥抱。这样的时刻，她会觉得他没那么虚幻，还有种戏剧感。谁会没事儿闲的去用力拥抱一个不需要的人呢？嗯，她需要这种短暂而又真实的被需要的感觉。彼此偶尔有点需要，即是她跟他的关系实质。而这是她前几任男友做不到的。他们也会拥抱她，但就像跟客人握手，无力又敷衍。他们无法理解，拥抱是她在两性关系里仅有的乐趣。更为可笑的是，要是她稍用些力去拥抱他们，那无一例外的，他们的身体都会紧张，会下意识地后缩，就好像她的这个动作里还隐藏着什么未知企图。而他跟他们最大的不同，就是至少在拥抱时会全力以赴，有力而又热情。

他们不懂，身体只在有衣服遮蔽时才更易露出某种真实，要是都脱光了，就算是缠绕在一起，也会失真，只剩下本能的动作——人类随时可以出现的发情期状态。你又怎么可能跟他们说清楚，穿着衣服时的拥抱，才是更接近真实的关系状态呢？她可以容忍他们举止粗俗没有情趣，但不能容忍他们在拥抱时的退缩敷衍。这是人格缺陷。她又不是4S店，不负有修复他们失灵部分的责任。因此，她跟他们的分手方式向来简明，就是直接删除所有联系方式，从不预警。当然，他们也就消失了，带着不明就里的恼火或沮丧。只有最近那个男友，在那天凌晨三点多，给她发来短信，我知道，你从来就没喜欢过我，可我也从来都没有真的喜欢过你，你需要的，不是我这种人，也不是男友，而是一个爹，你就应该找个爹过日子。当时，她在黑暗里坐了起来，点了支烟，然后回复了他，谢谢你，提醒了我，我觉得，你说的是有道理的。她说的是真心话，而不是故意气他。那天，刚好是他们认识半年整。

她经常会在凌晨从床上爬起来，到阳台上去。说是阳台，其实跟卧室间的隔墙已拆除，这就让卧室显得宽敞些。原来隔墙的位置装了落地窗帘。她拉开窗户，俯身在窗沿上，抽着烟。对面楼房只有几家还亮着灯，园区里除了黑暗，就是步道地灯的星星点点的微光，有风，那些沉浸在很多树里的细碎灯光，就有了时隐时现的感觉。

有一次是在十月里，她闻到了浓浓的桂花香气，就把烟圈吐向窗外。跟涌入的花香气那种暴力感相比，这点烟实在是微不足道，瞬间就被吞没了。无论如何，都不能阻止花香充满她的肺乃至周身。有那么一会儿，她甚至怀疑自己即将被这花香引爆了。幸好，她的躯体终于感受到外面涌进来的气息其实是冷的，就关了窗户，重新拉上落地厚窗帘。

躺回床上，她睁着眼睛，注视着室内恢复完整的黑暗。即使那个老男人就睡在她身边，她也会经常如此，只是注视着黑暗。有一次，黑暗里隆起的一团黑影，他盯着她那闪烁的眼睛，你在想什么。我在放空，她说。在她的印象里，会在黑暗里忽然爬起来，盯着她的眼睛看，然后还要跟她说话的，只有他了，那样子，就像个睡眼惺忪的大男孩。她当时只是摸了一下他的脸庞，油腻腻的，也可能是汗，然后她在枕巾上擦了擦手指头，睡吧，乖。她喜欢偶尔对这个老男人说出这个字。而当他倒头又睡下时，她甚至觉得，有时候，自己其实并不讨厌他。

她还留着那张草图，那些线条富有动感，有着天然的感染力。她偶尔翻出它，看上一会儿，想象一下那种环境里特有的静谧，还有浓郁的植物气息。只是在这种想象里，并没有他的戏份。尽管那天在她说出那句有意煞风景的话之后，他有些失望，但仍然相当淡定，还不忘补充说道，我就知道你不会当真的，我也就是这么一说，用你的话讲，能这样想想，不也挺好的吗？你可能不信，我画着画着，就把它当成真的了……那我现在就坦白交代吧，它的样子，不是我想的，它就是个民宿，在上次我去考察过的地方。她忍不住笑了，你就不要玩剧情反转了，我又不会真的要你把它买下来给我，放松，就算是这样吧，我还是挺喜欢这幅草图的，有点没想到，好看，留给我吧。

听说小 A 调到南京分公司工作这个消息时，她正在外地出差。发来消息的，却是另一位同事。当时她还在开会。后来，当她准备在微信里问小 A 为什么时，小 A 的微信也来了，不好意思，我走了，也是上面临时做的决定，问我的意见，我就同意了。我们那个房子，下月底到期，到时你自己决定要不要续约吧，房租不用给我，祝你好运，再见了。她就回复，那晚上我们电话吧。小 A 也没回。晚上，她给小 A 打过两次电话，都没接。她就给小 A 发微信，方便时通个电话吧。还是没有回复。这让她不免有些茫然。后来，她就在微信里问他，你知道小Ａ调去南京的事吗？他回复，不知道，我们春节后就没联系了。

出差回来，她直接回了家里。小Ａ的房间已搬空了。过去的几天里，她几乎每天都会给小Ａ发几条微信，但都没有回复。她在小Ａ那空荡荡的房间里站了好半天。回到客厅里，坐在餐桌前，她下意识地侧过头去，看了眼桌面。看到了那个空杯子，发现下面压了张纸片。她拿开杯子，拈起它，是张登机牌。名字是他的。再看时间，又查了手机里的日历，正是除夕前一天的。她又把它放回到桌面上。当初他走了之后，她是仔细收拾过小Ａ的房间的。她就拨通了他的手机，那个登机牌，你留在了小Ａ的房间里，对吧？她的语气平静。什么登机牌？他愣了一下，然后想了想又说，哦，想起来了，那些天，我睡前没事，就翻小Ａ的一本书，应该是随手把登机牌夹在里面当书签了，走时就忘了。你可以的，她说道，这都能想得出来。信不信由你，他说。这样做，对我又能有什么好处呢？她跟你翻脸，难道你就不会跟我翻脸吗？她沉默了，几分钟后，就挂断了电话。

人跟人，说到底也就那么点脆弱的联系，稍有不慎，就断了，再难续上。除了误会，还是误会。显然，在小Ａ看来，她跟他已是一路货色，都很虚伪，谎话连篇。他明明在春节期间就跟她在一起了，她却还要装模作样演那么一出戏，然后还编出另外一个故事。跳进哪里都洗不清了。既然如此，那就不要想着洗清了。她坐在沙发上，点了支烟，又看了看那张登机牌，就用打火机把它点燃了。她叼着烟，略微侧着头，看着那蓝黄相间的火焰，上面的那些文字跟数字逐渐被黑色吞噬，快要烧到手时，她才把它丢到了烟缸里，拧开矿泉水瓶，倒了些水进去，有些黑的纸灰就浮了起来。后来，她点开微信，把他拉黑了。接着，又点开小A的朋友圈，显示的是三天可见，但没有内容。她就把小A也拉黑了。随后，她又给房东发了微信，到期后就不续了，押金请都打给小A，谢谢。

半年后，有天下午，前台打来电话，说有访客找她，是位先生，说是跟你预约过。她请前台把电话给客人。她听到的，是他的声音，是我，想着跟你见一面，半小时后，我就去机场了。她想了想，好吧。在电梯里，看着楼层数字的变化，她有些出神。耳朵有些不舒服。她甚至都没有注意到电梯里有同事在跟她打招呼。

一楼大厅里人来人往。他站在离前台几米处，身旁立着那只黑色的行李箱。她示意到外面去。在正门侧面的吸烟点那里，她站住了，掏出烟盒，抽出一支烟，点着，吸一口，看着他。就是想看看你，他表情严肃得有些可笑。另外就是觉得，还是得跟你说一下，那个登机牌，不是我有意留下的，就是个误会，我本来是想跟小A解释的，但她把我拉黑了，打电话也不接，我也没办法了。你拉黑我，也正常。但我还是想当面跟你解释一下的，那就是个误会，我说完了。她抽着烟，眯起眼睛，打量着这个男人。他看上去比上次要白些，穿着打扮很正式。他看了看手表，又看了看一辆正停下的车子的牌号，哦，我的车到了，那，就再见。她点了下头，好。当天晚上，他又发来加微信申请，她就通过了验证。

小A跟他是在某个交友平台上认识的。按小A的说法，他这个人，要说还有什么优点，那就是耐心，还有就是永远在线，随便什么时候给他发个微信，他都是即刻回复，不管是清晨，还是深更半夜，就像从来都不睡觉似的，像一家二十四小时便利店。小A在微信里备注他的名字，就是"全家"。另外就是，这个人呢，别管什么话题，他都能接得住，虽说观点挺俗套的，但态度是真的好。这年月，有人愿意二十四小时在那里候着，随时陪你聊天，也是不容易。他们甚至可以聊半天老鼠，有天半夜里，小A下楼去全家便利店买方便面，结果发现店门锁着，上面挂着"请稍候"的牌子，就透过玻璃门，望着那些商品。忽然有只老鼠从货架下面钻了出来，四处转悠。小A就抓拍了照片，在微信里发给他。于是他们就聊老鼠。他说，老鼠也不容易，但也比人要自在多了，你看它，住在这家便利店里，想吃什么就吃什么，也没有天敌，心情好了，就多生几窝，没意思了，就少生几窝。怎么就没天敌？小A反驳道，人就是天敌，早晚要下药的，或是粘鼠板什么的，高风险。这你就不知道了，他回复道，老鼠精着呢，只要有一只老鼠吃了药，或是被粘鼠板粘住了，其他老鼠就都知道了，人家那也是个社会。

当时小A还把对话截屏发给她看，像不像两个神经病在聊天？不过呢，小A随后又补充道，他这个人，说些闲话是可以的，但要是想听他说句实话，那可就难了。我发现，他至少有三部手机，是不是够复杂？我都不知道他到底是做哪行的，听起来是什么都做，可实际上每天似乎都挺空的。我就说他，你就像是四五线演员，演技不行，但干劲可以。他听了也不生气。就算我跟他说，你是我交过的男人里品相的下限，他也不生气。

回想一下，她觉得跟小A也确实不算是好友，只是同事加室友的关系。小A总是有男友，而她则相反。谈及此事，她曾对小A半开玩笑道，咱们还真是两极，我是零，你是无限可能。也不能这么说吧，小A说，我是什么都喜欢说出来的，你就不一样，什么都藏在肚子里，所以呢，你说你是零，我觉得未必，话多的人，故事少，话少的人，故事多嘛，我对你很好奇的……我交男友，就是不想让自己空着，像你这样，总是一个人，我是受不了的。不过你呢，就像香港电视剧里在黑社会卧底的警察，表面上一切正常，心里却藏着重大任务，成为整部剧里最后的那个爆点。她听了就笑道，最多也就是自爆吧。

她说自爆，并不是玩笑话。这种感觉，她从来都不清楚会在什么时候就悄然袭来，围绕着她，有时会让她恐慌得近乎窒息。在那家中老年人居多的国企里，她是很受大家青睐的，同事都觉得她善解人意，什么事都能处理得来，跟什么人都能处得来。这个形象根深蒂固，可她并不喜欢这种人设，就像不喜欢这种永远温吞的工作环境。要是可以重选，她宁愿去养老院、孤儿院，甚至是殡仪馆之类的地方。小A认定，你这样其实真的就是社恐，跟具体在哪工作没什么关系。后来，在跟母亲解释为什么会坚持拒绝相亲这种事时，她就是用小A的说法来应付的，我就是社恐，社交恐惧症。母亲却说，最好别跟我玩这种文字游戏。

她跟他也这样说过。那时他已来见过她几次，可以住在她那里了。针对她社恐的说法，他只是说，我倒真没觉得你是这样的，跟你待在一起，挺舒服的，话都不用多说。其实，即使是在微信里，他们聊天也不多。相对于发语音，他更喜欢发些随手拍的照片，还要改成黑白的。除了拍街景，拍早晨和黄昏时的天空，他发来最多的就是拍女人的，各种年龄样态的女人。其中有些照片显然不是他拍的，而是来自网络。那些女人，都处于某种走神或出神的状态。偶尔也会有女人发现他在偷拍，给他以警惕甚至厌恶的眼神。跟这些照片相配的，还有那些城市的名字，从南到北，从东到西，其中的意思就是，他始终在四处游走。但也很难说这些照片是什么时候拍的，可能有的是早就拍的，这意味着它们跟他当时所在的城市并不相符。她还发现，他发朋友圈的频率也不高，而且从来没有文字，都是照片，街景的，或是自然风景的。

不过问彼此的私生活，是他们之间从一开始就有的默契。自从她验证了小 A 说的他"并不行"之后，她甚至觉得两个人在一起时反而更放松了。既然他更喜欢跟她在一起待着，只要有些简单自然的亲昵动作就能满足，那她有什么理由不接受这种状态呢？至于他喜欢她什么，他倒是并不讳言，话少，永远从容淡定，皮肤好。那你喜欢我什么呢？他又问她。她想了想，其实是谈不上喜欢的，只是不觉得讨厌而已，不过说实话，让我不讨厌的，挺少的，你算一个。他听着就乐了，那我真荣幸，那咱们算是什么关系呢？她点了支烟说，伴儿吧。至少，你在的时候，我不大会去琢磨什么要不要安乐死之类的事。

这倒不是件容易的事，他不动声色地说道，至少，你得去荷兰这种国家才有可能，在那里是合法的，但估计也还是要看具体的条件，要履行一堆法律手续什么的。那样的话，你就得在那里待上一段时间了。我去过荷兰，阿姆斯特丹，海牙，鹿特丹，都是很安静舒服的城市，好多年前了……你应该会喜欢的，说不定，你去了之后，就会在那里安享晚年了。趁她有些出神，他举起了手机。她本能地伸手去遮挡，就像明星面对狗仔队。她早就有言在先，不得偷拍。不由分说，她一把抢过他的手机，翻到那几张照片，都删掉了。下次你要是再偷拍我，她正色道，那我就把这手机直接扔到楼下去。

再次见到他，已是一个多月后。五一长假前，他在微信里提到桐庐那边山里的民宿，就是上次跟你说过的，其中有家是我的一位建筑师朋友搞的。说着就发过来几张广告图片，果然是在群山环绕中。山都不高，却是连绵不断的。等到四月最后一天的下午，他按说好的时间赶了过来，然后租了辆车，当天傍晚就接她去了桐庐。她坐在副驾驶位置上，发现他应是很久没刮胡子了。

他在调后视镜时看了下自己的脸，是不是有些黑了？熬夜熬的，最近每天只睡不到三个小时，看着有点像个逃犯了。还行吧，她戴上了墨镜。他也戴上了墨镜，然后习惯性地整理了一下身边的东西，把三部手机里的两部放到那个黑皮包里。她注意到里面有厚厚的几沓现金。他开启导航之后，车子就在暮色里慢慢驶入了密集的出城车流。

到达目的地时，已是晚上十点多了。路上前半程几乎都是拥堵状态的，没过多久，她就睡着了，只是睡得并不深，偶尔还能听到导航里的嗲里嗲气的女声。等她隐约感觉到某种寂静弥漫在周围的时候，就睁开了眼睛。车灯的强光在山间狭窄公路上浮动，也在两侧那过度茂密的树丛上耀眼晃动。车内的黑暗里，借着车内仪表盘的绿光，她先看到的就是那张毛茸茸的脸的轮廓。之前她偶尔醒来时，就听到在播放袁阔成的《三国演义》，现在仍然是。

见她醒了，他就说快到了，还有半个多小时。然后又说，要不要换个音乐听听？她说不用，就听这个吧，我老父亲的最爱，这才是单刀赴会，离走麦城还早着呢。他就拿起手机，直接调到了"关云长败走麦城"那一章："关云长大战徐晃，关公这一仗，是带着气儿打的。好你个徐晃徐公明啊，你一不念旧交，二呢，连夺我十二座大寨，险一些把我的关平给生擒活拿了，今天我让你知道知道关羽的厉害，我非用青龙刀把你斩了不可，你看到那于禁、庞德没有，那就是你徐公明的前车之鉴。所以关公是越战越勇，可是，力不从心啊……"

看着被那车灯强光晃得白亮的缓慢摇摆的繁茂树木，她有些恍惚，感觉像在梦境里。直到车子停下来，他们下了车，在黑暗里朝着不远处的灯光走过去时，这种感觉都还在她的脑海里弥漫着。那民宿其实是幢三层小楼，建在山腰的一片台地上，入口处有个游泳池，池底有灯，透出蓝莹莹的透明水体。我还以为是你画过的那个地方呢，她随口说道。他坏笑道，你要是想看，明天带你去看看。她摇头，不想。

他们曲折到了前台，转眼又到了房间里。那些灯亮起来时，她才从那绵延的恍惚中回过些神来。放下行李，他们就下去简单吃了点东西，随即又回到了房间里。这是个层高至少有五米的大房间，卧室跟厅之间是用镂空木板隔开的。卧室飘窗位置其实是个浴缸，这让她想起他那张草图里就有同样的设计。等坐在阳台上的藤椅里，微凉的山风阵阵吹来，她感觉像是坐在摇荡不已的黑暗的柔软边缘，不断被黑暗的长长绒毛撩动着头发跟脸庞，而那黑暗本体则正在山谷里盘踞着，相形之下，那暗蓝的夜空还有点亮度。

她去洗了澡。然后他也去洗。擦干身体，她把卧室和厅里的灯都关掉了，然后什么都没穿，站在阳台落地窗前，拉起了那层浅灰色纱帘，随手关了阳台上的灯。她抽烟。浴室里的灯光被磨砂玻璃滤掉了很多，整体像个落地灯笼似的包裹着时强时弱的水声。这里没有别的声音了。没多久，他也洗完了，用浴巾擦着身上的水珠，站在她的旁边。两个人都没说话。过了片刻，他转过身来看她。她感觉到了，就扭头看他。在这有些臃肿的身体跟她那过于单薄的身体之间，浴室里透出来的微光，把他们的身影平缓模糊地映上了纱帘。他伸出手来，轻轻地抚摸着她那光滑细腻的肩头。她没动。等到手里夹着的那支烟燃出了半截烟灰，她就用另一只手在下面接着，然后慢慢地挪到那只金属垃圾桶那里，抖落了。

他的亲昵动作跟过去一样缓慢温和，但也仅限于此，就像兴冲冲带了很多食物美酒准备爬上山后再好好享用的老年人，结果只爬到三分之一就力尽了。用他自嘲的话来说，就是在涨潮的途中就退潮了。黑暗里，她拍了拍他的手臂，休息，休息，你需要的是休息。等他满怀歉意地躺在了她的旁边，她就侧过身子拥抱了他。没有什么是应该怎样的，她像在自言自语。他用力抱了抱她。这就像吃菜，她继续说道，有人喜欢吃荤的，就有人喜欢吃素的，也会有人可荤可素，其实都正常……有人喜欢吃点就好，有人喜欢吃到满足，还有人会吃到想吐。嗯，他点了点头道，你就属于最后那种，吃到想吐的。

好了，她说，说说你的事吧。他出了会儿神，你是想问我，为什么要带那么多现金出来吧？她闭着眼睛，没有回应。他说，那是因为，我现在不能坐飞机，也不能坐高铁，我这次就是坐那种绿皮火车来的，原本高铁只要八个多小时，结果变成了二十多个小时……也不能住酒店，住这里，因为是朋友开的，不用登记身份证，另外也不能刷卡了，不能用支付宝、微信支付，只能用现金了。失信人员，她闭着眼睛，点了点头说道。被抹掉了，他说。可怜，她又抱了抱他。是啊，他说，我也觉得可怜，从未有过的。他准备讲一讲，自己到底何以如此狼狈时，却被她阻止了。她睁开眼睛，看着他那双浑浊湿润的眼睛，不要讲这些事了，说点别的吧，不相关的，随便什么都可以。那我就只能讲私生活了，他说，可这个也是你禁止的。她想了想，好吧，那今天就让你破个例了，不过不要多，只要挑一件来讲，就可以了。

我结过三次婚，他说，现在就讲第三次，当时我刚从监狱里出来，在里面那两年，给我带来的最大改变，就是我又想结婚了，找个普通的姑娘，过安稳日子，我出来那天，站在马路上，看着阳光普照的城市，蓝天白云，就是这样想的。然后我就跟我的好哥们儿打听，原来办公室有个小姑娘，现在怎么样了？他就说，好像是有男朋友了哦。我说不管了，创造机会让我跟她见一面吧。他就安排了。我们三个一起吃了顿饭。结束后我开车送她回家，我就跟她说，我要追求你了。她说我有男友。我说只要你们没结婚，我就有机会。她说你怎么想，跟我没关系。我说你拭目以待。从那以后，我就经常找她吃饭，约三五次，她总归会答应一次的。就这样，持续了有半年多。我很平静，吃饭就是聊聊天，然后就送她回家。我告诉她，吃饭就是为了让你多了解一下我这个人。她话不多，有着超出年纪的沉稳。我知道，只要她愿意出来，我就还有机会。之前我在那个公司做高管时，她知道我的口碑不错的。出事进去，也就是替罪羊。我跟她吃饭时，就讲过去的经历，都是真实的。我的创业史，兄弟情义，爱情故事，包括怎么进去的。她听进去了。后来，有朋友邀我去附近城市看一个度假村项目，我就让她跟我一起去，她开始是拒绝了，我就跟她磨，直到我当她面打电话请朋友安排两间大床房，她才同意了。那个度假村依山傍海，风景美，好吃的多，那两天她挺开心的，因为我多数时间都是在跟朋友们一起聊项目的事。第三天下午，我就跟她说，跟我去深圳吧，去见见我父母。她就很镇定地看了看我说，你白费心思的，就算我去见过你父母，我父母那边也是过不了关的。她这个人，你看她文静，其实思路跟别人很不一样。就在我觉得她不会跟我去深圳的时候，她却突然答应了。我就买了机票，当晚就见了我父母，只待了大约两个小时。回来后，又过了一周，我们就飞去了她陕西老家。她说，要是我父母不同意，这事就结束了，你以后也不要再找我。我答应了。等到了她家里，我就把一个皮箱放在了她父母面前，里面是一百万现金，我说，我要娶你们的女儿。然后才坐下来，跟他们聊了我的情况。他们就同意了。她当时吃惊地看着父母，你们就这么把我给卖了？她父母就说，这个人，可以的。后来，她就郑重地告诉我，你以后别跟我耍花样，否则会很惨的。一个月后，我们结婚了。我们生了一儿一女。三年前，她说咱们移民加拿大吧，我老早就想要去那里了，等过去之后，你继续回来做你的生意。于是我们就移民了，在一个海边小城里买了房子，离海滩不远，她喜欢。这就是她想要的生活，在一个没有熟人的好地方，安静地生活。她说，我认识你之后，就觉得你能做到。然后又说，等你折腾不动了，就可以回这里养老了，我会等你的。就这样，我就又回来做我的生意了，每半年回去一次，待上个把月，再回来。

嗯，她点了点头道，这样听起来，近乎完美了。他想了想说，她比我小二十岁，我很爱她，她也爱我，可是我呢，却偏偏要出来继续折腾，说实话，有时候想想，我也不知道这是不是一种惯性状态。她现在也很忙，每天除了带孩子，就是参加各种培训班，学音乐，学绘画，学陶艺，学插花，一天下来，晚上经常都没力气跟我视频了。以前我们几乎每天都要视频。这次生意上出了状况，我没告诉她。要等后面看看情况再说。坦白说，这些年我在很多地方都有女朋友的，但你是唯一让我有些动心的。你这个人呢，无欲无求的，甚至都不需要明确的关系，也就是跟你在一起时，我才是不需要动脑子的，也不需要多说话，可以安稳地待着，或是睡觉。你好像不会琢磨任何人。在我看来，你就像——她打断了他的话头，可以了，感觉你接下来就要抒情了。

寂静中，她能听到外面山谷里的风声，能听到窗外不远处的竹林摇荡的唰唰声。这山风比她想象的要大多了。她喜欢这样的风声，甚至觉得可以一直听下去，直到黎明。她又回想起来时的路上，忽然醒来之后，车在盘山路上七转八转的，车大灯的强光一阵阵照亮了黑暗里的繁盛草木，看着像是一团团的白亮的东西，在摇荡着，转眼又消失了。她就想，要是从空中俯瞰的话，那这辆车，就是在山里滑动的一个小小的光斑了，而自己呢，不过就是这光斑里的一粒尘埃而已。他呢，也不过是另一粒尘埃而已，近在咫尺，又相距遥远，或许某个瞬间，一阵风吹过，也就散掉了，甚至不只是散掉，而是各自从这世界里脱落了。

不知过了多久，他忽然又说话了，对了，你之前跟我说过的，安乐死，只是说着玩的吧？她就笑了笑，算是吧，现在想想，也只是个想法，否则你也就看不到我了……不过呢，现在我又有新想法了。他愣了一下，是什么呢？她出神地想了想说，我准备，徒步去珠穆朗玛峰，不过就算走到那里，我也不会去攀登它的，只是要走到那里。等到了，再看看还会不会有别的什么想法出来。说不定，到了那时，我可能又想安乐死这事了，当然也有可能是别的想法，没准儿就会想去藏区支教了。那你准备什么时候出发呢？他问。她就说，等我回去，先辞职，再做些准备，就可以出发了。那你准备怎么跟父母说呢？他又问。很简单啊，她说，就告诉他们，公司安排我去各地考察项目。

两个人又沉默了。后来不知道什么时候，他睡着了。她却是一直醒着。等到天色蒙蒙亮时，他又醒了，忽然就爬起来，看着她的眼睛。她也看着他的眼睛。谁都没有说话。他就又躺下了。过了一会儿，他就闭着眼睛问她，那，咱们什么时候，才能再见到呢？她想了想说，不知道了，可能会很久吧。这个世界啊，你不觉得吗，它还是挺大的，我这样走出去，你也在四处走着，走着走着，也就散了，这是常有的事。我会怀念你的，他过了一会儿说道。她就微笑道，那就怀念好了。

沉默良久，他有些迷惘地说道，这么听着，你这次出来，是特地跟我道别的？其实也谈不上什么道别，她说，这事我计划了一段时间，只是没跟你提过而已，毕竟也还没想清楚，还要做些功课，不是想走就走得了的，你说是不是？再说了，你我还需要什么特意道别吗？你其实也是知道的，凡事都有时限，时间到了，也就变化了。我跟你不一样，我几乎没有什么可牵挂的，你呢，是有太多的牵挂，所以呢，有些时候，你可能远比我脆弱得多。

厅里的长沙发上，放着他的那个黑皮包，iPad，还有本旧书。她拿起书，发现做书签的，仍是一张登机牌，时间是去年十月里的，出发地是深圳，到达地是新西兰的惠灵顿。书是盗版的，《林肯传》，翻开的这页，正是那章名为"刺客出逃"的开篇。把书放回原处，她继续在室内慢慢地游走。来之前，她跟他约定，第五天下午离开就可以了。现在她的想法是，明天就可以走了。然后她就回到床上，又睡了一觉。

醒来时，已是下午两点多了。她来到阳台上，坐在那把被晒得有些发热的藤椅里，看着下面的山谷，过了一会儿，又去看楼下的那片草坪，还有入口的那个泳池。正看着，发现有两个人从远处走了过来。其中一个，就是他。旁边是位戴着遮阳帽和墨镜的女人，瘦瘦的，一袭黑色长裙。他们到了楼下，停住脚步，低声聊着什么。她就扶着栏杆，看着他们。他抬起头来，看到了她。那女人也抬起头，摘下了墨镜，冲她挥了挥手。她歪了下头，嘴角抽动了一下，算是回应了。他把小A带到了房间门口，对已等在那里的她说，你们先聊，我出去转转。

我之前给你发过短信，小A坐到沙发上，摆弄着手机。你没回，估计你早就把我手机号删了。她就说，是手机静音了，之前在睡觉，起来后也没看手机。没关系，小A说，我不是特地跑来打扰你们的，我刚好在离这里不远的小县城里玩儿，他打电话给我，说是要还我钱，是老早就欠的，我都忘了。我就让他转账，他说银行账户都被封了，只能给现金，那好吧，我就看在钱的份上，过来一趟，好在离这里也不算远。他说你也在的，我就想啊，都这么久了，那就见见你吧，我这人你知道的，不管什么事，过去就算了。刚才在过来时，他还特地跟我解释，说之前那就是个误会，当时你们并没有什么，是跟我分开后，才跟你有了这种关系的，而且也不是恋人……我就跟他说啊，你不需要说这些的，都过去了。

哦，她点了点头，我其实也没什么要解释的，确实就像你说的，都过去了。当初我给你发微信，想跟你通电话，也不过就是想说一声，我跟他没有什么的，这是事实，当然你不理我，我也就算了，也不想有越描越黑的感觉。说着话，她到床那边取回手机，翻看了一下，小A确实发过一条短信：我过来了。当时她要是看到了，还是会回的，问上一句，你是哪位？这时他发来了微信，我在停车场下面的那家茶室里喝茶，你们好了，就告诉我，我再上来，送小A出去。她就回了，好。然后她就坐到了小A对面，两个人有些面面相觑的意思，又都尽量显得坦然些。

不过我没想到你会拉黑我，小A看着手机说道，我犹豫过要不要拉黑你，但想想还是算了，那样的话你会以为我真的把这事当成事了，我真没当回事，当时就是不知道该跟你说什么，才没回你的微信，不接你的电话。她就说，当时我是把你跟他都拉黑了，觉得这样也就一了百了了，大家都清净了。我跟他恢复联系，也是半年后的事了。小A笑了笑，这些我就不关心了。我以为他不会还我这笔钱了，现在他要还了，我还有点意外呢。哦对了，我去年结婚了。想不到吧？我这么爱玩的人，也会有这一天，我自己都意外。可能就像你当初跟我说的那样，我这个人，其实骨子里还是很传统的，时机到了，就会立即恢复正常的生活状态。我还是佩服你的眼光的，够毒。刚才来的路上，他跟我说了，你准备徒步去西藏，我就告诉他，当初你最想做的，其实是到大凉山之类的地方支教，不过呢，能说出来的想法，总归是要变的，只有不说出来的想法，才真有可能去做，对吧？我还告诉他，一个女人说的，跟想的，不是一回事。他就说，他跟你在一起很舒服，这就够了。我说那不挺好的嘛，两个人都无所求，完美了。他也告诉我了他现在的处境，我也不知该说什么，既不能说我有点幸灾乐祸，也不能说我为他惋惜，只能谢谢他在这种情况下，还想着还我的钱，还有利息，可以了。他现在这样子，也挺不容易的，听他那意思，他那个年轻的老婆好像也懒得理他了，他说他现在就像丧家之犬。

　　她递给小 A 一支烟。小 A 摆了下手，戒了。不过呢，我其实还是原来那个我，还是那么自以为是，不管别人，我这次出来玩，是跟另一个朋友，算是对我很重要的一个人吧，也是我的贵人，对我也是无条件地好。跟你说这些，我一点顾虑都没有。不过说实话，即使是在以前，在我的感觉里，咱们也不是一个世界里的人，那种距离感……我好像多少了解你一些，你的那个世界，是封闭的，对任何人都是。这么说吧，当初也算是我有意把他推给你的，反正他对你也有兴趣，而我对他又没了兴趣，不如做个顺水人情。我知道你对他也没什么兴趣，你对大多数人都没什么兴趣，可是谁知道呢？说不定你们就能擦出点意外的火花呢？结果你看，还真的就有了，你们该感谢我才是……不过，以我对你的了解，估计你们也差不多了。挺好的，就像咱们一样，我来跟你说了这么多，也就是想说，好聚好散。

她想了想，确实也没什么是要对小A说的，就站起身来，咱们再拥抱一下吧。小A就站起来，跟她轻轻地拥抱了。然后，她把小A送到房门外，我就不远送你了。小A戴上墨镜和那顶遮阳帽，不用了，我也不跟他打招呼了，你代我再感谢一下他。哦，对了，你以前给我讲过的那个你心爱的男人，你们后来还有联系吗？她笑了笑，当然，一直都有，再过半个小时，他就会来这里接我了，去另一个地方，靠近千岛湖的。哦，小A沉吟了一下，呃，那他知道吗？她摇了摇头，还没想好要不要告诉他呢。这不会又是你即兴创作的故事吧，小A反问道，你不觉得这剧情也过于巧合了些吗？她意味深长地注视着这个表情有些复杂的女人说，不是故事，也可以说，是另一个故事。不错，小A摸了摸她的肩头说道，可以的，祝你好运。

她回到沙发那里，坐下，拿起手机，想了想，并没有给他发微信。大约坐了十来分钟，她叫了网约车。几分钟后，就有人接单了，距离这里还有十多公里。她就起身去卧室里收拾东西。没过多久，车就到了。她下楼，把那只黑色小拖箱放到了车的后备厢里，然后钻进车里，坐在后面的位置上。车窗玻璃上贴有遮光膜。司机看了下导航上的路线，就出发了。外面的阳光依旧强烈，道路两侧的树木都有些发白的感觉，透过遮光膜看上去，又多少有些暗淡的意思。车子经过那个停车场时，她在那些车之间看到了他的那辆车，再往前，就看到了那个茶室。她拿着手机，点开微信，找到他的那个天文望远镜的头像，然后又翻了翻之前的那些为数不多的对话，过了一会儿，就把他拉黑了，接着，把他的手机号也屏蔽了。

车里开始播放音乐了，都是些很老的粤语歌。听着听着，困意就袭来了，很快就包裹了她的身体。她就想，好了，这样安稳地睡上一觉，等醒来时，差不多也就到家了。其实她睡得并不安稳。车开得明显有些快，不时会有些摇晃，这就使得她始终处于半梦半醒的状态里。在某个醒来的瞬间，她听到了梅艳芳的声音，还有那过于熟悉的粤语歌词，听着，却听出了某种莫名荒诞无稽而又讽刺的感觉：

同是过路同做过梦，本应是一对。人在少年梦中不觉，醒后要归去。三餐一宿也共一双，到底会是谁？但凡未得到但凡是过去，总是最登对。台下你望台上我做，你想做的戏。前事故人忘忧的你，可曾记得起？欢喜伤悲老病生死，说不上传奇……

文 | 提姆·弗兰纳里

凸透镜

作者简介

哥舒意

中国作家协会会员、上海市作家协会签约作家。作品有《如果世界只有我和你》《沉睡的女儿》《中国孩子》《泪国》等多部长篇，以及中短篇小说集《造物小说家》。作品发表在《人民文学》《收获》《山花》《上海文学》《小说界》《青年作家》《青年文学》《思南文学选刊》《小说月报》《中篇小说选刊》等文学杂志。

丁丑年秋，日本陆军进驻了南庄，一小队士兵在军曹的带领下，砸开苏园生锈的门锁，他们放下三八大盖，揣起扫帚抹布，打扫荒芜院落。日本兵脱下军服，穿着背心或者光着上身的士兵，看起来和本地的半拉年轻汉差不多，就是更精壮一点。村里的野孩子趴在院墙上，隔着满山满园的桃林，望着里面的人影。胆子更大点的，在日本兵光膀子吃饭时靠近院门，在"苏香门第"的牌匾下探头张望，直到有日本兵朝他们扔了什么东西，野孩子们以为那是手榴弹，撒腿逃跑，耳听日本兵一阵哄笑。不怕死的从地上捡起了扔来的东西，是几块日本糖，甜，粘牙。吃了糖的野孩子，牙疼了一个秋天，还在立冬那天拉出了两条没有眼睛的长虫。

村民发现日本兵没有拆毁屋子，轻手轻脚干活，修葺了不少残破角落，自从园主举家避难后，屋子从来没有这么敞亮，琉璃闪光，红漆扑面，青石冷沁，让人想起苏园最好的年份，一门五相，煤山后辞官，从此不再出仕，返家在屋后种下了第一株桃树，每年开春又种下新树，娶妻种一，生子植二，悲丧立三，园子里的桃树变成了桃林，桃林又连成一片，从屋里往外望，是漫山遍野的桃树，桃花一旦绽开，满眼都是花海，南庄方圆百里都能闻到桃花清香，人称万里桃花。

丰田军卡拉来五车家私，随之驶来一辆轿车，停在宅门处，一个男人下车，身后跟着一个男孩。他们走进苏园大屋，不再出来，在立秋之后，成为园林的住者。不久日本翻译就传出话，要找个家庭教师，要求是四书五经唐诗宋词史记通鉴无不精通，还要一手工整行书。整个南庄唯有一个私塾先生符合要求，当地人称苏夫子。翻译传令，藤原长官请私塾夫子前来苏园一叙。

藤原长官在书房备下茶饮，招待客人，面色白净，胡须劲黑，如写捺了一笔的绢纸，穿一身白色文士和服，另有一套陆军官服挂在墙面。

"先生上座。吾藤原仁，字慕之。"藤原一口中国话，言语间有北声，"请勿要拘谨，我只是一介文官，非涉战事，无须在乎军职。请先生来寒舍相见，是因为听说先生师承前朝探花，为今天读书种子，我在奉天亦有所耳闻。"主客相对而坐。私塾夫子三十有余，着蓝布长衫，身形单薄如纸，面色淡黄，似从古籍上撕下的一纸残页。"回藤原长官，野民苏养浩，南庄乡下人，没有字号。"私塾说话带点南庄乡音，如江南秋水缓缓漾开，"家父是清朝最后一科的探花，我幼时他已经过世。"

藤原说："难怪先生是当世大儒，原来是自幼家学童功，遗憾未能亲见令严。听说先生教书？"

私塾夫子说："我只是个教私塾的，所以被村里人戏称夫子。"

藤原问："苏夫子教什么？"

私塾夫子说："教村里孩子认字读书，古文诗词先哲道理，以望他们长大以后不至忘本。"

藤原问："现在还有学生？"

私塾夫子说："时局纷乱，学生失散，只在家里教教小女，一边受里正托付编撰本地方志。"

藤原问："苏夫子怎么不去城里教学？"

私塾夫子说："城里人都上新式学堂，学英法德俄西文，学会以后去海外留学。我是古董，在那里派不上用处。"

"在愚看来，实在是舍本逐末。"藤原击节叹息，"这次奉命调到中国，以后或许举家定居在此，既来之则安之，所以我想聘请夫子作为家教，按照传统私塾，教授汉儒文章，唐宋诗词。"

"阁下的中国话已经很好，已经无需我这个乡野迂腐多余教授。"私塾夫子低头相叩。

"苏夫子想必误解了。"藤原击掌，一个男孩从屏风后走出。"这是犬子承太，跟随我一起辗转中国。学习是孩童之本，然而时局纷乱，我一直未能寻觅到合适教师。现在定居南庄，正好苏夫子在此，所以我想请夫子来我藤原府邸，教授犬子中华文化。"藤原说，"太郎，来见过夫子。"

"藤原承太，见过夫子。"日本男孩鞠躬。

"我只教过我们乡下顽童，没有教过贵国童生。"私塾夫子低首，"况且现在往来通行多有不便，动辄被捉走关押，怕是很难做到每天教课。"

"这个无须担心。我已跟军部申请了通行证件，先生在村子里通行无阻，可自由进出我藤原府邸。"藤原拈起托盘上的纸证，瞥了眼私塾夫子，"犬子按拜师礼准备了束脩，固定月酬，米面菜肉，战时艰难，礼数难免不周，还请先生不吝笑纳。"

私塾夫子正视了一会儿通行证。"藤原先生想要我怎么教授令郎？"

"我已经让人收拾了一间向南的房间作为教室。"藤原说，"苏夫子的女儿，是否和吾郎年龄相仿？"

私塾夫子说："年龄或许相仿，小女是乡野孩子，性格相当顽劣。"

"苏夫子不妨带令嫒一起来教室就读，让两个孩子可以作伴读书。承太初来中国，课堂以外，还请令嫒多教他一些中国习俗礼节。上课期间，餐食均由藤原家厨供给，以免夫子父女操心琐碎，不能尽心课业。"

藤原稍等，私塾夫子无言。"既然夫子没有反对，就请按自己的教法，我想让承太接受最纯正的儒家教育，"藤原说，"太郎，来拜苏夫子为师。"

承太执起茶盘，举通行证和束脩至私塾夫子面前，再次鞠躬。

"承太请苏夫子老师多加关照。"

守真跟随父亲，一路低头走进苏园的大门。门口的日本兵检查了通行证，放他们进入。她在藤原为上课准备的房内，见到了一个孤零零的日本男孩。这个日本男孩要比南庄所有野孩子都干净。他比她小一岁，但是身体反而高壮，看起来他才是年龄大的那个。

"我是学生藤原承太。"他弯腰说，"师姐和老师早。"

"我是苏守真。"她回礼，"藤原同学你好。"

"守真是我的女儿。你们都是我的学生。"夫子说，"在这个教室里，不论父女，也不论国别，我们之间只是老师和学生，你们之间只是同窗同学，我们从今天开始读书上课。"

两个孩子点头。

"我问一下你的学业进度。"夫子说，"你的中国话已经说得很好，学过中国文字没有？"

"家里从小教我，也请过留学的中国学生，"承太说，"除了听说，可以读写简单的文字，背过数十首唐诗。《三国演义》听人讲过多段，但自己读还有些费力。"

"小说家言可以暂缓，诗词是枝端开花，语言文字，先学语文根本。正好守真也是差不多的进度。我们跳过三百千，从四而起。今天我来讲孔师论道，传解他在两千余年前说过的话。"

夫子把手上书本放在承太桌上，并没有再另拿一本，闭眼背手低吟。承太看着守真翻到了《论语》第一章，一边读书一边跟着夫子吟读。夫子先吟一段，然后讲解一句，讲通后再吟一句，让两个学生复吟。说是吟读，但声调如同清唱，承太的功底听讲有点吃力，夫子放慢了等他，如此反复，晨课过去，夫子停下喝茶。守真望了望承太的样子，就问他哪里还没听懂，再慢慢讲给他听。几天以后承太掌握了吟读的技巧，能够跟上夫子和守真的语调，三人先后吟唱一本《论语》。

早课后是习字，夫子让承太准备了方盘黄沙，以沙代纸，以棍为笔，在沙盘上勾字。承太望了望守真，她已经提起木笔在沙盘上悬画，就对夫子说："夫子，我家不缺纸张，既有清御开化纸，高丽竹青纸，也有我父从日本国内带来的上品雪纸，夫子想用哪样，我这就去拿，不用在沙盘上比画。"夫子不言。承太转头看守真。

守真说："夫子教沙盘习字，和纸物无关。这是古时先师教我们敬畏文书，爱惜字纸。"她看了看承太在沙盘上写的字，微撇了撇嘴："你的字写成这样，再好的纸也会羞愧吧。"承太涨红了脸，不说话，开始学着守真在沙上书写，写完一字，守真先看，多数是直接画一道，让他抹平再写，只有偶尔时会在沙上勾一下，意思是这个字还算要得。

在课间休息时，夫子背手望着窗外。窗外是苏园的桃林，但现在不是观赏的季节，半山桃树不见花叶，夫子偏偏看得出神。承太问守真，你父我师，夫子在看什么。守真说，夫子可能在看万里桃花吧，万里桃花是苏园盛景，南庄只有上了年纪的人看到过。承太说，现在漫山枯树，没有桃花。守真说，那夫子就是在看过去的万里桃花。承太又问，你见到过没有。守真说，我小时候苏园已经破败，没有见过万里桃花，但我见过别的。承太问，守真师姐见到什么，不知道南庄的桃花，和我们的樱花是否相像。承太说，樱花时节，我们会在树下喝茶吃点心。这个园子现在既没有桃花，也没有樱花。

守真望向窗外，在漫山遍野寻觅所见，窗外只有枯涩枝干，旁枝丛生，枝噎凄切，一无所获。

军队公务繁忙，承太的父亲日常不在苏园，只偶尔归家旁听夫子私教两个孩子，有时也请夫子前往书房茶歇小叙。他点火煮水，煎了日本的茶汤请夫子品尝。夫子说："贵方茶汤和我们南庄的清茶不同，别有风味。春天时我家有新茶采摘，到时还请藤原先生品茗。"藤原说："日本的茶道源于中国唐时。最澄禅师和我祖上带回茶种，开启茶道。"夫子放下茶盏问："先生祖上是？"藤原说："我藤原祖上曾为遣唐使，家族素来景仰中华文化，对孔孟之道推崇备至，所以我自小就受了汉文教育，对中国天生亲近。"夫子说："原来藤原先生家学渊源，与我中华有缘，所以让承太继而学习。"

藤原说："可惜科举已停。我幼时曾做一梦，渡海来考宋科，就算不得一甲三名，烧尾及第也算是此生无憾。"夫子说："八股死板落后，学而无用，我虽教授私塾，但八股文章远不如西方教育学以致用。"藤原说："我曾前往英美就学，西文浅薄短暂，虽然科学发达，但也只是现在而言，今后未必。"夫子说："今后会怎样？"藤原说："日本亦有儒学，我国武运来源于此。今日两国间仍有纷争，想必不会很久。今后我们不分彼此，共同将东方文化发扬光大。"夫子摇头，说："我只懂教书。"

"今天我们煮茶论天下，"藤原微笑，"和儒一家，就让一切从承太成为苏夫子的学生开始。"

夫子不答。

不管背书还是写字，承太都很艰难，起初两周都被守真拖拽着走。两周过后，他觉得脖颈渐渐放松了些，可以抬头喘口气，低头看见沙盘上的字方方正正，有点骄傲，就在写字时问守真，自己长进到了什么程度。守真说，好像是有长进，已经赶上以前一起上私塾的那批学童中最差劲的那个了。

待他们写满一课，夫子也在沙盘上写下一字，问承太是否知道这个字。

承太点头说："我认识这个字。这是'仁'，我父亲的名字，仁。"

夫子说："那你知道这个字何解。"

"是仁慈的意思。"承太说，"父亲说过，他名为仁，就像皇帝对待臣民仁慈，不要凶恶。"

"你父说的是其中之一，仁为二人，子曰，爱人。仁为爱惜他者。"夫子抚书说，"仅《论语》一书，仁有一百单九处。仁是儒家根本之道，你如果理解了这个字，就理解了所有书的根本。"

承太面露困惑，夫子不言，只教他不同的写法，汉隶，唐楷，兰行，在黄沙间倏忽出现，又渺然消去，很多个不同的仁字，现于沙粒，落入承太的眼里。书法课后他们稍作休息，夫子继续教授子曰。因为守真已经学过，学过的部分夫子就让她代为教授承太，教他吟读段落，讲解晦涩，背默文章。

　　他们一周上课六天，只有周日歇息。周一大早，承太沐浴后来到教室，等待老师和师姐。夫子和守真会在早饭后到来上课，上午课毕，和服仆妇会送上午餐饭盒，杂粮米饭蔬菜饭团不一，摆在他们课桌上。守真看见父亲的书桌上没有饭盒，脸上一愕。

　　承太说："我父军务归家，请夫子午食一叙。我和师姐直接动筷吧。"守真点头。他们拈起竹筷，低头开吃。承太吃了几口饭，抬头见守真噎红了脸，他连忙端起茶汤递过去，守真连喝几大口才咽下去。承太看见守真的饭碗已经扒了一半，问："师姐早饭吃了什么？""早上没吃。""为什么没吃？""家里没吃的了。"承太疑问："夫子上周没有收到束脩吗？"守真说："分给了村里的孤儿，我们把口粮给了他们，自己都不够吃了。"承太又疑问："你们为什么不留着自己吃，要分给他们。"守真说："他们以前上过我家的私塾，给过我们学费，现在他们大人被打死了，就都没饭吃了。"

　　承太说："一份束脩只够俩人口粮，供不了太多人吃饭。"守真说:"我上课时可以在这里进食,夫子说,每个人少一口,只是吃不饱。每个人有一口,可能就不会饿死。"承太端起碗慢慢往口中拨米,过了一会儿说:"在京都时,如果天气好,大家会下午去树下喝茶品花。"他看了看外面,说:"如果这里的桃树开花就好了,可惜都是枯树。"守真说:"总有老树新生,枯树生花。"

趁大人不在,午饭后两人结伴去桃园散步,走到一半,真的找到了开花的枯树,是守真先看见的,一株干树一枝点了骨朵,很不起眼。但是从教室的窗户努力可以望见。他们在窗边等待三日,待它放心绽开,走到树下,近前赏析。秋日白桃难得一见,枝头一朵瘦花,弱不禁风,纯白到近乎惨白。

承太在树下铺了草席。摆上茶壶和茶杯,还有一匣点心。"这是我们京都和果子,昨天军队正好送来军需,捎给了父亲。"承太说,"我来中国后也很少吃到,今天在树下赏花,特意请师姐品尝我家乡特产。"守真低头道谢,两人脱鞋在草席上坐下,各倒一杯茶,吃着点心,仰头望那朵纯白桃花。承太说:"这个抹茶味的,名叫善哉,用来配白花更是绝佳。"守真说:"我更喜欢这个糯米团子,有点像我们南庄的定胜糕,可惜现在找不到现成的,我去找到带给承太你尝一下。"天明云清,秋阳散漫,两人不知不觉吃完了糕点,赏过桃花,差不多到了下午课的时间，守真起身穿鞋。

承太说："等我一下。"

守真立于桃树下，见承太跑向屋内，须臾提一根长棍回来。到了近前，才见到那棍是刀形。

"这是我家传太刀。"

承太肃穆而立，抽刀出鞘，双手握柄，举过头顶，直面桃枝。须臾呵斥一声，一刀劈下。守真忍不住闭上眼睛，再睁开时，承太已经从地上捡起那枝白桃。

"母上精研花道，佛堂供花，正需一枝白花。我将这枝桃花献给母上。"承太对守真微笑，"感谢师姐带我赏花。"

守真忍不住问："为什么斩落桃花？"

承太说："一枝弱花，留枝不易，不久便会枯萎。但是如果化身为道，其美便会留存永久，让我们铭记在心。"

守真垂目不言。

她说："现在这个桃园里，再也没有一枝桃花了。"

承太收刀携花先去书房，守真在树下收拾残席。她抬头仰望断茎绿痕良久，跪地卷起草席，卷到一半，她突然停下来注视树根。她不确定自己看见了什么，那是一处不明显的足印，好像有什么动物曾经在那里驻足赏花，在树干上和泥土中留下了蹄印。她呆立许久，见卫兵从门口走来巡视树林，慌忙用脚踩乱蹄印痕迹，捧着茶盘返回屋里。

晚上回家，守真对夫子说："我好像又看见了。"

夫子问："又看见了什么?"

守真不言，取笔在书纸上写字。

她写下两个字。

守真幼时见过相同的蹄印。她和私塾的孩子们玩耍，渐渐走入桃林深处，一个人越走越远，树荫茂密，不闻鸟声，她绊了一跤，低头望见一脚踏入陌生足印。她以为这是大人的足迹，跟随足印往前，走进日暮余烬，在晨昏明暗间，第一次看见了一个奇特身形。

她以为它是死去树干，或是雕像，或是弃犬，或是麻风病人，或是暗影，是黑夜形状，是纯白梦境。她们相对静默，直到互相吐露气息，她意识到那是和自己一样的活物，只不过有了走兽的外形。她最后记得的是活物正在向她走来。再次醒来时，守真已经躺在父亲的怀里。夫子和私塾的孩子找了半宿，在一株茂盛桃树下找到了睡着的守真。

"我好像看见了一头走兽。"守真说，"我看见了它的蹄印。我以为它会吃掉我。"

夫子说："我们找到你的时候，似乎是有个身影守在你的身边。火把惊扰了它，它避开了我们。你见到它的样子了?"守真点了点头,想了半天:"它像是很大的狗或者很大的鹿,但要比它们都大,它头上有冠冕一样的犄角,也可能像是戴了,昂着脖颈,看起来很骄傲,又孤独,像是落单了在寻找伙伴,但是它看着我的时候,眼神就像看着自家幼崽。"她起身去夫子的书堆里翻找,找到一本带图的西文百科书,翻了里面每一页动物的插图,摇头,说:"它不在这里面,不在洋人说的所有动物里。"夫子说:"因为它是中国古代的动物,所以西洋的百科书里不会有它。"守真睁大眼望着父亲。

夫子提起笔,在粗纸上写下两个字,两个非常多笔画的古字。

"这两个字很难写,有四十二笔,我来教你写。"

守真学着写四十二笔,一笔一画,写出这两个字,她看纸上墨字,仿佛一头沉默古兽,浓缩在她笔端。

半夜,守真等父亲睡着后,偷偷拿了通行证,从家里溜了出来,村街上没有巡逻的士兵,她摸到苏园的外墙,找到破损的那段翻进去。苏园大屋里有微光,但白天上课的教室已经关灯。她摸到藤原斩花的那棵桃树,如迷路羊羔一样蹲在树下。月亮出来,乌云飘过,雾气遮蔽了月光,也盖上了整片桃林。她瞌睡了一会儿,再睁眼时,眼前出现了一行蹄印,踩着月光的蹄印,从她脚下伸展到远处的树影下。

她掩住嘴巴，又想叫它，又怕惊动了别人。古兽感觉到了她的存在，转过身望着她，目光如同月光一样清澈，似乎认出了她。她甚至可以看见古兽的身体，躯体上仿佛有许多斑纹，斑纹看起来有些熟悉。它渐渐走过来，守真想看得更清楚些，忽然守夜的军犬吠叫起来，有人大声喝问。守真受到了惊吓，再看那边，躯体已经消失。她继续蹲在树下，等周围一切平静下来，从原处翻出围墙，比猫还悄无声息地溜回家。

她的父亲已经醒来，在方桌上写字，好像正在等她，说："以后不要这么晚出去，太危险。"守真放回通行证说："以后不会了。"

夫子写了四十二笔，两个字。

夫子说："麒麟，这是它的名字。"

守真说："我见到麒麟了。"

"麒麟是古兽，古人把它视为仁慈的化身，太平之世，或者祥瑞之人才能看见它。"夫子说，"孔子就曾经见过麒麟。"

守真说："可是现在是乱世。"

夫子说："所以麒麟不应该现在出现。"

守真问："夫子爸，你也见过麒麟吗？"

她的父亲不言，撕去写了麒麟的字纸，投入火炉里。

"我们不该见到它。"夫子说，"不要告诉任何人，你见过它。"

承太学得很快，渐渐赶上了守真的进度。到了这周六，午课结束，师生三人听见屋外桃林喧哗，走到屋外，一队士兵正在挖树。他们挖倒枯萎桃木，斧劈刀锯，连根铲起，将枯木劈成废柴，堆在厨房外，然后军卡驶来，从车上扛下一棵大树。

"是从国内运来的树木。"承太开心地说，"这么快就到了。"

守真问："为什么要运树过来？"

承太说："父亲说，园里桃树已经枯死，想看看樱花树移植过来是否能存活。"

守真说："如果能呢？"

承太说："那就把桃林都砍掉，全部换成樱花树。反正这片桃林都快死了。这样到了隔年春天，我们就能看见漫山樱花了。"

守真说："樱花不是南庄的桃花。"

承太说："你不是没见过樱花吗，这是有名的枝垂樱，樱花开时垂落如纱，你一定喜欢。我们春天就能看到。"

士兵们唱着昭和维新之歌，欢乐地在土坑里种下樱花树，一起踏脚踩实。桃林一片，只在屋前立了一棵樱花树。夫子关上窗户，和他们一起写字静心，不再理会外面吵闹。他们写的是书里开篇的一句。守真写完一盘，抹掉沙上文字，转头看承太字迹，对他小声说话。这句话的意思符合你，我夫子爸说，要对你客气，因为你们是客人，是远方友人，友人自远方来，我们本来是应该不亦乐乎。承太也抹掉一层黄沙字迹，咧嘴笑着说，我这个远方友人，又有长进了吧。守真不想理他。承太又小声说，晚饭后我来找师姐。

他们回家，入夜后点灯。夫子专心阅读从藤原家带回的时报，守真溜了出来，看见日本男孩蒙着头在街口等他，如果不是身上背了陆军书包，还以为是谁家胆大男童。承太望见她，脸上露出点做坏事的骄傲。守真说，你背着书包干什么，找我有什么事？是哪章功课不会了？承太说，现在又不是上课时间，我问你功课干什么，你看。他打开书包盖子给守真看，里面是很多个报纸包好的饭团。

守真带承太七拐八拐，拐进南庄的破落祠堂。祠堂已经被炸弹炸毁了一角，供桌上的木牌东倒西歪，每片木牌上都有残缺的名字。承太问，这是什么地方？守真说，这是我们以前上私塾的地方。她吹了声口哨，从供桌下钻出来很多身影。承太还以为都是丧家犬，却看到这些身影都爬了起来，看见生人，畏缩地靠在一起，都是些半大孩子。守真对承太说，他们以前都是夫子的学生，现在都失学了，成了孤儿。野孩子看是守真，就慢慢聚过来，他们看见了承太的陆军书包。是日本军包，他是日本人。他是日本人的孩子。

她转过脸，对这群野孩子说，别怕，这是你们的小师弟，夫子也在教他四书五经，读书写字。承太看了看这群孩子，慢慢打开书包。所有孩子都看见了饭团。承太一个一个取出饭团，递给守真，守真再递给身后的孩子。最初的孩子迟疑地伸手接过，但是一旦闻到米饭香味，就一个赶一个地拿起了饭团。承太最后把一个饭团放在一个最小的孩子手里，这个孩子的小手仿佛小猴崽的爪子，紧紧抓住了饭团。守真点燃了火堆，往火里扔进很多片木牌，烧开一壶茶，倒进几个饭碗里。孩子们就着热茶吃完了饭团。野孩子吃了饭团就不那么怕承太了，饭团上沾了时局战事。他们想起了夫子教过的课，就说，不亦乐乎，人皆可以为尧舜。

吃过饭喝过茶，守真从火堆里捡起一节焦黑树枝，其他孩子也都捡起一节树枝。守真先写，黑炭为锋，其他孩子看着她写在地上的字。她写的是承太的名字，其他孩子也跟着写承太的名字。守真说："今天学两个新字，我们要感谢承太师弟，感谢他带饭团来。"野孩子们写，承太，饭团。他们说："感谢日本师弟承太，带饭团给我们吃饱。"

时间已经不早，野孩子们又躲了起来。守真和承太离开他们藏身的祠堂。守真说，以后你就有朋友了，他们和我一样，把承太当朋友，当小伙伴，我觉得承太和我们南庄的这些野孩子差不多。承太说，我比师兄弟们要干净些，你看他们脏得像我们京都的动物园里的猴子，你去过动物园吗？那里有外国送来的狮虎象熊。守真摇头，说，我没有亲眼见过你说的那些，但我见过你没有见过的，只有中国才有的动物。承太问，是什么？

守真不语，一直望着承太，望着背着空空的书包的男孩。

她说，你跟我来，我带你去看一眼。

守真带承太离开正街，从小路返回苏园，避开了大门，找到了那处破损外墙。承太问，你怎么知道这里。守真说，我小时候就知道。她从破损处翻了进去。承太略微犹豫，也跟着翻进去，他们蹑手蹑脚走进桃林，找到了白天樱花树的位置。然后蹲守不远的桃树下。守真说，我们就在这里等一会儿，等一会儿你就能看见。

他们蹲在树下，月亮渐渐隐没，云隐风起，风起树动，树叶簌簌作响。承太说，要下雨了，这里什么都没有，你到底想让我看见什么？守真不答，默默望着樱花树影。承太见守真不说话，生气起来，用力推了守真一下，大声说，你们支那人最喜欢说谎。守真趔趄倒地。

卫兵听见动静，拉动枪栓，用日语大声喝问。承太看了眼守真，走出树影，往大屋走去，一边大声说，俺样。卫兵收声。

守真歪坐地上，头发低垂。闷雷阵阵，雨点渐渐落下来，须臾大雨如注，雨水顺着她的发尖滴下。有什么东西在轻轻触碰她的肩膀，她以为是承太回来，抬起头。麒麟就立在她身边，低头轻轻蹭她的脸颊。

她第一次这么近看见麒麟的样子，她慢慢站了起来，抬起手轻轻抚摸麒麟的躯体，感觉手上一片湿滑，还以为是雨水，再看向麒麟的身躯，她看清了它身上的斑纹。那些斑纹不是普通纹路，有形而具意，而是一行又一行的文字。有的字她认识，有的只在字帖摹本见过，有的字不知其意。有的古朴如鼎，有的行飞如云。字和字连在一起，有时会形成句子，句子又结成了篇章。白日依山奔流到海，十年生死不尽长江。她能认出一些诗句，每当她读出所见的文字，随着雨水的冲刷，躯体上的文字又变成了新的字句。她仔细分辨，看着自己的手，雨水的颜色没有这么深，在夜里，这是像黑墨一样的颜色，粘在她的手上。麒麟身上遍布伤口。

雨夜惊雷大作，一道闪电劈下桃林。守园的日本兵清晨换岗时才看见，一棵大树被昨夜的雷电一劈为二，正是刚刚移植到园子的枝垂樱树。他们走近倒伏树身，树下的焦土上，有四枚深深的蹄印。

夫子正吟读新篇时，卫兵敲门通告，藤原请夫子前往书房一叙。夫子叫守真和承太继续练字，自己前往书房。

夫子进入书房，看见藤原正在写字，书桌上平放着一张字纸，比一般纸张要厚，正是自己日常写字的老旧宣纸。藤原正在以此为帖，运笔在雪纸上临写。藤原让夫子坐，说："这是从苏夫子家里捡到的废纸，夫子的颜体，真有真卿先生的风骨。隐于南庄真是屈才了。"夫子说："胡乱写几个字，勉强赶上账房先生，不登大雅。"藤原说："这样的账房先生估计找不到几个，相比真卿行楷，我对另一位大家的字体更为推崇。"夫子说："哪位大家的字体，还请不吝赐教。"藤原捏起刚写完的字纸，上面的字迹瘦硬绰约，神闲气定。

夫子说："这是瘦金体。"藤原说："正是北宋徽宗皇帝的笔法，有宋以来，没有比它更具美感的书法了。"夫子说："字是好字。"藤原问："夫子擅长否？"夫子说："没练过，恐非所长。"藤原说："书法之道，不能勉强。我们不说书法，来说一下这两个字。"夫子问："哪两个字？"

藤原拈起老旧宣纸，上面是夫子写的两个字。四十二笔。

"麒麟。"藤原说，"我们就说一下麒麟。夫子既然写了，我想听夫子说文解字。"

夫子摇了摇头："麒麟是传说中的动物，大多出现在上古神话，民间传说，麇身牛尾有角，现实里并无这种动物，我想这大抵是古人的想象，牵强附会。"

藤原说："原来夫子看来，麒麟只是想象。那么说起来，孔子二见麒麟，《春秋》见麟而止，只是孔子想当然。"

夫子说："也许孔子见到的只是一种驼鹿，所以这两字都以鹿为字首。"

藤原击节叹赏："原来是这样，夫子觉得麒麟要么是古人想象，要么是已经灭绝的驼鹿，总之是不存在的动物。可是我读到的史料却和夫子不太相同。"

他拿起一本破破烂烂的线装书。

"这也是从夫子家借来的，《南庄简史》，上面也有夫子的笔迹。"

夫子说："这是方志，由私塾先生代撰，都是些地方琐事，给后人看的，除了撰写者，也没什么人会读。"

藤原说："在吾看来，这是一本有趣的地方史，不由彻夜翻阅，正好看到了苏园的起源。"

藤原说："按这本地方志上说，此地最早在汉武时就建了一座楼阁，因为村人在这里见到了祥瑞，一只麒麟，汉武皇帝就让人建造了一座守麟阁，以纪念在此出现的神圣动物，之后就没有了记载。楼起楼塌，灰飞烟灭，虽然守麟阁在汉末毁于战火，但是文字却由儒生记载下来，没有湮灭。现在守麟阁已无，但在原址又盖了一座苏园，有了万里桃花。所以，如果麒麟再度出现也不足为奇。"

夫子说："前人虽有记录，却未必是信史。"

藤原说："孔子春秋时见麒麟，看见的是什么？"

夫子说："想必是一头驼鹿。"

藤原说："西汉武帝猎得白麟，又是什么？"

夫子说："应是一头罕见的白鹿。"

藤原说："北宋记载获贡两头独角麒麟。"

夫子说："有可能是爪哇犀牛。"

藤原说："明永乐年间，永乐帝获得麒麟，命翰林院沈度绘麒麟图，并写下一篇《瑞应麒麟颂》。"

夫子说："《明人画麒麟沈度颂》，据我所见，画上的麒麟是一头非洲长颈鹿。"

藤原说："所以夫子并不相信中国有麒麟这种祥瑞之兽。"

夫子说："子不语怪力乱神。敢问一下藤原先生，如果见到了麒麟，又会怎样？"

藤原说："如果我有幸看见这种神圣高贵的动物，绝对不会抓去动物园圈养，我们会请回京都，尽一切可能保护和研究。真是可惜，麒麟并非野兽，我觉得麒麟代表了中国文化里最宝贵的那一部分。"

夫子说："遗憾的是，藤原先生见不到麒麟。不管在这个园子里，还是其他地方，都没有藤原先生想象中的麒麟，那只是传说中的动物。"

藤原不语，继续写字，过了片刻说："夫子先请回，明日若有空，我来旁听夫子教课。"

夫子退出书房，慢步走回教室，望着两个写字的学生，发了会儿呆。守真和承太问："夫子继续上课吗？"夫子笑了笑，说："好。"于是他们继续吟唱经文。

雷雨过后，南庄执行宵禁，全天都有士兵在街上巡逻。第二天进苏园上课时，大门卫兵仔细检查了夫子的通行证，才放他们进入府邸。园里小队士兵进进出出，巡逻队的军犬在桃林间不断嗅探，不时吠叫几声。直到午后才少有平静，夫子避免噪声打扰，临时把课程改为练字，下午才开始讲解经文，讲的是《里仁篇》章节。

藤原进入教室听讲时，夫子正好说道："朝闻道，夕死可矣。"两个孩子随之吟唱，仿佛这是一句孔子千年前吟唱的诗。藤原端坐一边，听了个段落，问夫子，承太的功课怎么样了。夫子说："令郎天资聪颖，短短月余，一部《论语》已经过半。"藤原沉吟片刻，说："只学到半部，真是可惜，接下来承太跟我要随军去别处，不能再上夫子的课了。"夫子说："半部《论语》也可以了，只要知道了根本，剩下可以自学。"藤原说："我会给承太找新的先生，按礼今天应有谢师宴，夫子看可否。"夫子说："这倒也不用，非常时节勿要拘礼。"藤原于是说："承太，请感谢夫子。"

承太望了望夫子，又望了望守真，脸颊流汗。他离开课桌，面向夫子跪下，用力磕了个头："承太感谢老师。"夫子扶着承太说："不要忘记读书写字。"藤原拍了拍手，从教室门外走进两名日本宪兵。

藤原说："最后还想再问夫子一次，夫子见过麒麟没有？"

夫子说："我从没有见过麒麟。"

一名宪兵搭住了夫子的肩膀，另一名握住守真的手臂。夫子嘴唇动了动，想说点什么，守真低声说："夫子爸，覆巢之下。"夫子就不说话了。

承太忽然对着父亲跪拜，额头抵地，全身都在颤抖，他压抑嗓子说："父样。"藤原一笑，说："以为我是你们中国人么。"他挥了挥手，宪兵就松开了守真。

供桌下的野孩子等了很久都没有人送来吃的，巡逻的日本兵离开街道后，他们才敢爬出来张望。直到晚上，才看见有人往祠堂方向走来。来的人跟他们差不多高，可能还更矮一点，一看就不是夫子。孩子们看见是守真师姐，她背着书包，提了小半袋米。

守真架起柴火，煮了一小锅稀粥，分给几个饥饿的孩子。孩子们一边小声喝粥，一边问怎么夫子没来。忽然孩子们互相指着对方的脸，每个人的脸上都映着红光。孩子们说，哎呀着火了，守真望向苏园的方向，那里红光艳艳，不知道火从何而起，是谁放火烧山，漫山的桃林都在燃烧，看起来仿佛万里桃花一起盛开。孩子们仿佛赏花一样望着燃烧的山林，山林间火光绰绰，隐隐约约，真真切切，如有什么活物浴火奔走，化为灰烬，散于花海。

守真看了一会儿，从书包里取出一本破破烂烂的线装书，翻到最后一页，最后一页上是夫子的颜楷，写着，丁丑年秋。之后空白。

守真取出毛笔砚台，一边磨墨一边抹泪。她擦去眼泪，开始在最后一页上笔记，纸页上渐渐出现了后面的文字。

丁丑年秋，夫子化麟，隐入桃林，是夜桃林花开万里，绵延不绝。

最后她在句尾写下自己的名字，秀气的楷书颜体。南庄苏守真录。

祠堂里的野孩子喝完了粥，就问守真，师姐我们今天还上课吗。守真点头，说，上的，今天我来教你们两个新字，很难写，一共四十二笔，你们看仔细。守真合上书页，执起桃枝，和他们一起在地上写起。

亚明的表

文 | 雏鹰

作者简介

糖　匪

作家，评论人，SFWA（美国科幻和奇幻作家协会）正式作家会员。出版作品有《光的屋》《后来的人类》《奥德赛博》《看见鲸鱼座的人》《无名盛宴》。2022 年出版意大利小说集 *SPORE*。两次入选美国最佳科幻小说年选。十多篇小说陆续被翻译到英国、美国、法国、澳大利亚、日本、韩国、西班牙等国家。

一

　　一阵松快。水流划出饱满的弧线落在两脚前，欢脱地往地势低处淌，油亮小蛇般，飞快钻进沙地，只留下一道印。

　　亚丁长舒一口气，懒洋洋不着急起身。风歇了。真静。天气也是真好——上面透亮透亮蛋青色的天，下面起起伏伏望不到头的赤砂地。天地中间，是亚丁，蹲在砂岩背阴处，光着屁股。屁股凉飕飕的，和地上的石头一样光明自在。

　　身后响起动静，细微急促，好像疾风吹过灌木丛树梢。亚丁提上裤子，迎向声音——是她的羊。一个红色卷毛团，歪歪斜斜地朝她跑来，脑袋前伸，神情专注严肃。

亚丁大笑着迎过去抱起羊。羊累坏了，黑鼻头凑近她的脸湿漉漉地一抹，就整个贴在她胸口，软绵绵热乎乎的小身体像是没有骨头似的。亚丁手顺着背脊一遍一遍摸，口里反反复复念着羊啊羊啊，声调随着怀中小身体的起伏而起伏，又许是小身体随着声调起伏，说不清楚就这么自然而然合上了，在空阔茫茫的野地里传得很远。

娘说亚丁太宠羊了，把羊搞得腻歪得不行，不能离人。

亚丁把脸埋进又卷又硬的羊毛里，热烘烘的皮脂气味直冲脑门，她顿时来了精神。就剩下你了，腻就腻吧。亚丁凑近羊的脑袋喃喃说。

整个龙骨尔，就这么一只羊。都说在太奶奶小时候，坐在毡包里都能看到牧羊人带着几百头大羊从门口奔突而过。隔老远，就觉得脚下大地震动，连带家什一起狂颤。轰隆隆滚雷压近，上千只碗大的蹄子踏来，扬起漫天红砂，好像天上的赤色大河奔涌而来。亚丁每每想象那场景，浑身的血都跟着翻腾汹涌，但又难免颓靡。毕竟她不单没见过那场面，连一只真正的大羊都没见过。她之后的许多孩子，更是连听都不曾听说过。

亚丁从没想到有一天她能得着一只羊。那天她抱了羊一宿，连它拉屎撒尿都不撒手。问，给起什么名字，她说就叫羊，就它这一只了，不会错。十五年一晃，亚丁长成了大人。羊只大了一丢丢，才长到人膝盖。传说里碗大的蹄子，等人高的身躯都没有着落。

亚丁也不是没着急过，四处向没有羊的世界打听养羊的心得：牧羊的老人都走了；大大小小砂岩洞上的壁画被风毁了；各家能找到的毛线画都脏旧得看不出个样子。她回想给羊的那人当时嘱托过：喝液态净水，晒太阳，遛弯。简单得很，没别的。没有可错的。最辗转难安的时候，被羊一双黑晶晶杏仁眼给看明白了。羊趁她仰面平躺着时，前脚带着后脚，踩到她身上，神气活现，大眼肆无忌惮地往她脸前凑。多精神的一只羊！亚丁的脑子转过弯来。她的羊好得很。打那以后，亚丁再也没为羊犯过愁。

脖颈的提示器发出蜂鸣。到打水的点了。亚丁匆忙往回走，去毡包里提桶。春天起，要打水就得跑去几龙里外，原先的井彻底枯了。

出毡包时候撞到娘，她本能转肩护住了羊。

"你慢点。"娘喊。

"不行。马上还要回来补毡包，种蓝晶。"

"不急。等你。"

"不行。我设了时间，这个晚了，下面就全乱套了。"

已经走出老远其实娘已经听不见了，亚丁喘着粗气说给自己听。是她自己要学外边的人做事有条理有计划，买了揭示器仔细设好时间表——哪个点该干什么，哪个点该干完。一年下来还是手忙脚乱。毡包里长大的人从生到死不看钟表不用提示器。每天该干什么就干什么，手脚不停，活儿好像流水，自然流转一件件就做成了。龙骨尔人不懂时间，不懂一块亘古就有的东西怎么能切成等份。亚丁不一样。她横下心要学会按时间表干活，将来好去外边闯荡。就是横下心容易，身体脑子还是跟不上。每天都像被赶着跑，没道理地累。

打水多跑的路，不在时间表计算内。亚丁告诉自己得加快。她小跑起来。怀里的羊一颠一颠的。幸好有四只手，两只手提桶，两只手抱它。不然真顾不上。也得亏羊听话，蜷着不动弹。以前羊总要伸长脖子四处张望，随时会被什么惹到吼儿嗓子。现在它懂事了，安静许多，身子也跟着沉了许多，好像安静有它的重量，结结实实压在羊身上。

二

水位又下去一些，得尽快挖新井才行。

亚丁直起身，小心地把羊放下。羊屈着后腿摇晃两下扑通坐下，斜靠井壁等她。

先往井里投一包解固剂，等井里固体水液化，放桶没入水面，打满，往上提。等桶上来的时候，里面的水又凝成固态。亚丁并排放好桶，登上旁边土丘。往西瞧，天空下一片齐齐整整灰绿色灌木方阵盖在赤砂上。果然又有人做好事了。公益林比上次见又大出许多。外边人热心帮龙骨尔治理砂地。捐一棵树的钱，植树机就种一棵灌木。灌木吃水吃得厉害，还凶。它们在，其他草就长不了，连砂地里的动物都绕着走。但外边人不知道。亚丁挠头，四下张望过，下面两只手插进兜里，又慢慢抽出来。一些蓝色粉末跟着掉出来。龙骨尔人管这个叫蓝晶，一种砂地细菌，用来做解固剂和分解清洁剂。不知道从什么时候起，孩子中间流传着蓝晶能阻挡灌木的说法，于是总有小孩背着大人偷偷在灌木边界撒蓝晶。

"你都快二十了，怎么还胡闹。"果然回到家衣兜边沾着的蓝色粉末还是被娘发现了，给她一通骂。

"我看了，上面没有监控机才撒的。"她狡辩。虽然明知要是动真格真查，卫星监控一定拍到她的小动作。

"乱来，又没用，浪费蓝晶。家里不够用你不知道。"

提示器打断阿娘。该补毡包了。亚丁连忙取出两桶固定水放进储水柜里，另外两只手开始穿针引线做准备。其实阿娘正在补呢，刚才因为骂她骂得急，手上的针线追着话，说话间就把最大的窟窿给补完了。毡包是用几百块沙琴虫的皮做的，轻薄结实透光又驱虫，但还是扛不住大风里的飞石。隔三差五地检查，发现刮擦印痕立即缝补加固，等真的有窟窿再补就晚了。亚丁从小做，四个手麻利起来不比娘差——只要她不分心摸边上的羊。亚丁对着一道刮痕落下针。

"听说外边的房子不用每天补。"

"我和你爹都不拦你。你也别指望我们给你收拾烂摊子。"娘瞥了一眼羊。羊枕在亚丁腿上，又睡了。

"羊跟我走。"

娘的四只手停住。"带着羊？别说上飞船，你连去联络站的车都上不了。外边什么样都不知道呢，还带着它？"阿娘咽下后面的话。

亚丁伤了娘的心，不敢看她，低头摸羊。羊抬起头，湿漉漉的鼻头拱她的手。"不试怎么知道。也没说不能带羊。"她嘟囔着。

娘的手又动起来。"再过两个月，你就满二十。到那时你想做什么去做吧。"

羊钻进亚丁怀里，拿她的衣服蹭脸，又懒懒地舔她。亚丁抱住它回蹭。要没有羊，她大概也不想走。羊太可怜了。孤零零地就它一个。亚丁想让它见见其他的羊。她也想见见有许多羊的世界。这些话都说不出口。一架无人植树飞行器从毡包上飞过，留下呜呜的尾音不散。

娘招手叫羊。羊不动。亚丁把羊放地上，往娘那推。羊晃了两下稍微站稳，跟跄迈腿往那挪。娘等不了它，伸手够它抱到腿上，两只手在它身上比画，用手头彩线记下羊的身量。"得做个放它的兜，你出门上路背着它也不显眼。过两天去集市你也问问车和飞船都能上羊吗？"

亚丁更没法看娘了。她捡起地上的玩具球逗羊。羊交叉步晃过来，一屁股重重坐在脚面，斜瞅了一眼球，头俯下，不动了。亚丁皱眉。"这是怎么了？以前缠着我丢球给她捡。娘——羊不会是有小羊了吧？"

一根针扎进了娘的手指。娘笑出了声。

三

奶奶留下的毛线画又被翻出来。上次是想知道羊为什么长不大。这次是为了——为了证明娘错了。

男女的事，大人们不避讳。稍微大点的小孩都懂，但是羊不一样。大人们也都没真见过，怎么能肯定。就算被娘笑话，亚丁还是觉得羊有了孕。那个倦怠样和娘怀上妹妹时一个样。娘不说话，看她翻弄，还搭手帮她翻出了编织机。

亚当翻来覆去看着手上的毛线画，和龙骨尔所有毛线画一样，这是一个斜截圆锥体。毛线谜一般复杂缀连又有规律地重复着这种缀连方式，最后在三个面上经纬交织出形象生动的图案。即使时间和细砂让毛线褪掉不少颜色，还是能辨认出上面大大小小的羊。每一面的羊都不一样，没有一面能告诉亚丁她的羊到底是怎么了。

亚丁不知道自己慌什么。蜂鸣器响了。要去洗蓝房子了。明天站长会来检查。亚丁快快拿上工具往外面走。

"你别又去折腾，挨家挨户问人家要毛线画看。"娘猜出她的心思。

亚丁不吭声，走到毡房正后方蹲下，挖开一截土盖。下面深洞里蓝晶刚好铺上一层。她铲出够用的量放进袋子，又撒了蓝晶的菌苗。盖上土，她往蓝房子走。蓝房子在毡房正后面，看着不远，走走也要二十分钟。亚丁走了两步又折回去，抱起跌跌撞撞跟着的羊。

第一次见羊，就在蓝房子里。也是在那，造房子的人把羊给了五岁的她。那人叫李数，外边人，来龙骨尔做维护和勘测。李数长得好看，单眼睑下长眼睛刃一样亮，可惜是个残疾，只有一双手。他倒不觉得自己可怜，嫌活儿不多，建起小蓝房子。他说他要给龙骨尔每家建蓝房子。亚当说我们有毡包不用。他笑起来，眼睛弯成钩。蓝房子是给你们做厕所的。他解释给亚丁听。原来他刚到龙骨尔时发现哪都没有厕所，大小解都是随便找个空地一蹲，难为情。他下了决心走之前一定要让龙骨尔每一家都用上厕所。亚丁明白了个大概，这个厕所就是个给人大小解的地方。可大小解为什么非要弄个盒子把自己关进去，如果不这样就是难为情。龙骨尔人从来不觉得。地方那么大，只要不弄到别人身上就好。有目光才会羞耻，可谁会去看？亚丁咬住唇，她知道自己说不明白。就是现在的亚丁，也一样说不明白。

李数十五年前就走了。他造的厕所现在还在，里面还和当时差不多新。龙骨尔人都不用，嫌它费水费蓝晶。每次上边派人来检查前，才咬牙挤出一点蓝晶和水去清洗蓝房子。亚丁做得驾轻就熟，湿布擦过角落，均匀撒上最少量蓝晶，然后从外面把门缝封上。亚丁靠墙坐下。羊一直在怀里，现在抬头看她，迎着光羊眼睛里泛出白色浊影。浊影上面还是她的影子。亚丁拿脸贴羊的圆脑门。真暖。

没遇到羊之前，亚丁几乎没抱过什么，不知道扎进热乎乎的气息里掂量别人重量是个什么滋味。阿娘一天到晚好多的活儿片刻都停不下，阿爹跟着天上的铁跑一年也回不了两次家。再说了，龙骨尔人不兴抱。日头毒，身体贴身体都觉得难受。就连龙骨尔的动物都是不兴抱的。砂地下成千上万的动物长刺长壳自行其是活得生猛。

"你有没有听到——那是什么声音？"

"爬虫还有兽在地里折腾。龙骨尔的动物都在地下。"

除了羊。但它们已经没了。

"真安静。"

他们并肩坐在蓝房子里的投影里，目光在无遮无拦的大地上飘荡。那天也没有风。亚丁没有回话，她觉得自己明白李数的意思。因为安静，才能听到不易捕捉的绵绵细小声音。

"就像血液流动的声音。我一个人在太空执行舱外任务时，也这么安静，安静得能听到身体里血液流动的声音。"

"一样吗？"

"一样。"

"因为是一个人？"

"因为你面前的世界太大了。"

热气急促地喷到脸上。是羊对着她在喘。亚丁半睁开眼，搂住羊。不急，还要再等会儿。她累坏了，眼皮沉得很。也不知道是梦见，还是回想，总之又见到了李数，和五岁的她一起坐在这。房子建了一半。在亚丁脑海里，李数永远在说话。房子永远建了一半。亚丁又睡着了。

她想起李数跟她说地球上的水是流动的，面积大过陆地。天空是蓝色的，因为大气分子散射的关系。他说话的时候她一边拼命想那到底是个什么样的地方，一边忍不住为这个人难过。

他离开地球一个人到太空勘测可以用的行星，直到任务完成或者燃料用完才能回去。行星怎么叫"能用"，亚丁没明白。"在外边的时候你就一直一个人？"亚丁问。李数不说话，手伸进鼓鼓囊囊的那个兜，掏出一团红色卷毛。卷毛轻轻动了一下，露出晶亮的眼睛还有鼻头。亚丁再也移不开眼了。

"我有它。这是能在各种重力条件生存的新品种，在太空和地面都没问题。"

"是啥？"红毛球突然站起来。亚丁手伸到一半又吓得缩回去。她盯着那毛球，毛球也盯着她，尾巴摇得那个欢。"是羊？"

"是狗。地球上有……"

"真是羊啊！和毛线画上看到的一个样！"

"在这叫羊啊。什么毛线画？"

亚丁给他看毛线画，大概是在李数最后一次来的时候。她不记得他到底来了多少次——就他们家蓝房子修得最慢。她给他看毛线画，连带编织机的等比例模型。用娘的话说，这模型虽小，用它也是可以织毛线图的。李数眼睛一亮，接过模型，又拿起上面夹着的一张打了很多洞的卡片看，小心翼翼摆弄着，突然"啊"地叫起来，脸上好像有一架飞行器正在发射升空。

"洞眼打得那么整齐，一定是有意的。这是打孔卡片啊。编织机根据打孔卡片的孔洞来控制经线纬线以及第三个方向线条的上下关系。这张卡片是机器储存记忆的地方。机器靠它记忆学习处理抽象的指令完成复杂的运作。你懂吗？这是程序。所以，你们，龙骨尔文明已经有了自己的计算机。"

李数的话飓风一样刮过。亚丁不知道意思，所以记不齐整。程序、指令、计算机、龙骨尔文明。亚丁想说龙骨尔没人知道他说的这些。她开不了口。她也记不得她当时要说但没说的话到底是什么，只记得李数那张脸那双眼睛——即使在记忆里在梦里也没办法直视的耀眼白光，来自未来的强光。

李数想要模型。亚丁给了，空手换来沉甸甸热烘烘的身体。羊。

"给我？"亚丁不敢信。

"嗯，你给了我模型嘛。"

"那你呢，一个人不要紧？"

"不要紧。我还可以再——"李数说了什么？好像是说他会回来。有一天他会回来。他说要回来。

每次到这时候，亚丁的梦就会醒来。

她睁开眼，在他和李数梦里坐着的同一片阴影里醒来。

蓝菌应该已经完成了清洁工作，再用湿布擦一遍就行。亚丁起身打开蓝房子门。

四

亚丁早该想到会这样的。

上午联络站的站长来检查蓝房子。她和羊在毡包后面种蓝晶，往洞里细细铺腐土，听到娘向站长抱怨蓝房子费水费事，没人用，还拖累人，为维护它，人都不能迁走，毡包只能围着它转。哪怕附近地下水就要用完，都不能去别处。为啥要建这个蓝房子，为啥这个蓝房子不能和毡房一样能迁走。站长已经听出茧子来，一边打着哈哈一边仔细检查蓝房子。站长负责所有对外事务，蓝房子要是出问题，他饭碗不保。例行检查没啥问题，站长打招呼要走。蜷在脚边的羊站起来要送，四条腿勉强撑起身体，没撑住，轰然倒下。真的好大动静。在亚丁心里和砂丘塌了一样。

亚丁抱起羊，拦在站长前面。"捎我一段。"

"去哪？"

"你那。"

"哪儿？"

"联络站。我要发个信儿。"

"别闹了。发啥信儿，发给谁？我那个联络站早就不顶事了。"站长虚笑着，看向阿娘。阿娘不说话，"之前不是帮你发过？是给那个李数吧。一点回音都没。别说你的信儿，我们这儿多少正经事要和他们商量，发出的信儿都没回音。当初明明是他们给我们建联络站要求保持通信顺畅。外边人就是这样，只知道在我们这里种树玩，造这个造那个都不当真。"

"我就问你每次检查完蓝房子给他们报不报信？"

站长不接茬。亚丁转身坐上他的铁皮车。两只手抱羊，两只手牢牢抓住座位。娘跟上来，越过车栏杆看亚丁。亚丁一张口，全是哭腔，说不出话。娘伸手摸她怀里的羊，一遍遍。羊没反应，身体起伏着，全部力气都用来喘气。

"万一，就回来。"娘说。

天黑透了，站长才把亚丁送回来。

这一次，亚丁是看着站长把自己的信儿发出去的。等了一天，没有回音。从羊眼神不好起，她就托站长帮她发信，她问李数羊怎么了，该怎么办？她说，不能没有羊。没有回音。亚丁觉得兴许是站长偷懒——直到今天看着站长就在跟前发出信息。回来的路上她四只手紧抱住羊。这一来一去，羊的身子好像忽然轻了不少。路中间颠簸，车的减震履带也不太管事。她轻声唤羊，仿佛怕喊声弄疼它。羊抬起眼皮，用鼻子找着亚丁，找到了，深深看了一眼亚丁，眼皮重重落下，好像就此将自己与这个世界隔开。亚丁好像两脚踩空，几乎什么都觉不得，只剩下一种陌生的不舒服，要蜷成一团，要抱紧羊，要收缩皮肤血管和肌肉。

娘说躺下睡吧她才醒过神。原来已经坐在家里。低头看羊，羊和她一样恍惚，软软伏在那。

"吃点东西？"

亚丁瞧着羊没有醒的意思，便摇头。

"不要瞎魔怔，迟早的事。羊跟人一样会老。"娘给她盖上被子。

可是娘懂什么？她也没养过羊。十五岁的羊怎么算老？亚丁背对娘。羊还在怀里昏睡。和以前一样，她俩脸对脸睡在一个被窝。羊的鼻头真有意思，湿漉漉黑乎乎，布满细纹，和人的指纹一样。有时候亚丁想，要是以后龙骨尔砂地上羊群遍地，她也能凭着鼻头纹路认出她的羊。昏昏沉沉没好睡，半夜听见毡包外呼呼风声，毡布啪啪作响，还听到旷野在凄厉呜咽。不知道哪里毡布裂了口子，砂灌进来。亚丁捂住口鼻，羊突然抽搐几下，白色糊糊从嘴里涌出来。亚丁急忙扶起它，拍背，清理口鼻。等羊不抽了，她腾地站起来。

"你去哪？"娘在后面叫。

"找爹去。万一他有法子。"亚丁掀开帘子，抱着羊冲进夜里。没两步就一个趔趄。风从斜后方狠狠推她。亚丁把羊裹进大氅，压低身子走。沙子飞石打过来，痛得分辨不出是哪里痛。天太黑，只靠大氅上带的小电筒，那点光和人一起吹得东倒西歪。她没看见脚下石头，几乎是顺势，倒在了风里。风压得人爬不起来。她忽然觉得怀里一空。羊呢？亚丁慌了神，趴在地上打转瞎摸，羊啊羊地大叫。她脑子里全是羊倒在地上不动的画面，又恨又怕，黑腻腻的东西在身体里烧起来，迎着外面的大风。她的绝望像一面火旗在风中猎猎。她的羊呢？

有什么盖住了她。就像扑火时拿毯子盖住着火的那个人。亚丁明白过来一点，知道是娘在抱住她。羊呢？她问娘。

一个软软温温的小东西落在她怀里。手心一湿。是羊在舔她。"一直就跟在你后面。倒下好几次还是勉强跟着。我再不来你就把它弄丢了。"娘说。

亚丁说不出话。还是娘开口。娘说："走，去找你爹。"

五

下了车，娘推着她走进爹的帐篷。三个人在里面都直不起身，只能面对面坐下，眼瞪眼。

娘简单说了个大概，问爹有什么法子救羊。

"我有啥法子？"

亚丁躲开爹的眼。面前这个男人眼生。爹常年在外面捡铁，她从出生起就没见过几面。

"说话。"娘戳她。

"不要你有救羊的法子。你能联系到外边的人吗？"亚丁哽住，"阿爹不是一直在捡天上掉下来的铁？这些铁不都是外边人发到天上的东西吗？他们用这些铁来勘测龙骨尔，测出的数据总得上传吧？上传数据的时候能不能再捎带个信儿？"

"数据都传到联络站，联络站汇总再传他们那。"阿爹纠正。

"联络站我去了。好多年都没回信。"

"我听说有特别重要的铁，那上面的数据都是直接上传。"阿娘说。

"早没了。早都掉下来被我们捡了拆了卖了。"阿爹挠头，"都好多年了。你们在家不知道，这些铁好久没有人管，也不再派人打理照顾，也更没有人实地校准。现在只有植树机还管用。我们能靠捡铁过日子，就是因为这些铁都报废了，从天上掉下来。好多人都说，外边的人不管我们了。"

"不管我们？"

"以前说龙骨尔可能会派上大用处，后来好像外边的人改主意了。就不管我们这边。也好，他们说真要是派用处，所有人都得迁走。"阿爹和阿娘絮絮说着不相干的话，离亚丁越来越远。她好像独自回到了漆黑的外面，弓身忍受大风肆意抽打。不过这次，羊还在。她的羊还好着，在她怀里，紧贴她的胸膛。她能感到它的心跳，和她的心跳着同一个节奏。

"他——他们不会回来了。"阿爹小心翼翼说。

"以前龙骨尔好多人也是一辈子只能遇见一两次，相互给个物件彼此记住。造蓝房子的人，不是收了我们家的编织机模型。他以后看到……"

"和他没关系，我就想知道怎么救我的羊。"亚丁打断娘的话。

"别。"爹拍她的背，拍得很笨。但爹没说，就一只羊有啥可难过。

亚丁揉鼻子，斜身子让开阿爹大手，让它如愿落在羊身上。"啊呀，还是那么小，刚来的时候一个样。"

羊身子一颤，但不是抽，它不知道哪来的力气，立起来，歪脸蹭阿爹的手。

一下，两下，三下。

用掉了它全部力气。羊软软地顺着亚丁胳膊滑下来。

六

回到毡包，风也停了。

天地之间忽然没了气息。安静得很。

娘站在一边，看亚丁蒙头翻出织布机和毛线画，又翻了半天什么也没翻出来。亚丁开始拆毛线画。就这么一幅老人留下的毛线画。亚丁找到线头没有半点犹豫地往下扯。娘不说话，蹲下来帮她抓住毛线画。

亚丁一边拆一边盘，线团盘成球。另一双手里抱着的羊一动不动。

她早该想到的，有一天她的羊会孤零零地死去，在它身上联结的过去和将来，外边和龙骨尔，自己和李数，还有她和羊的十五年。

这就是生命，可又比生命多出好多，纷纷乱乱，有四只手都理不清楚，牵扯得人疼。

当初在龙骨尔，她想尽办法也没找到会养羊的人。现在，她费尽工夫也问不到李数问不到外边的人能怎么救羊。

回家路上她问娘会不会使编织机。娘说得想想。亚丁要娘教她。"我要织毛线画，把我的羊织上去。完完全全按它的样子。以后也不会忘。永远。"

"试试吧。不过可能没多余的毛线。你得把现成那幅拆了。龙骨尔的毛线都是老人传下来的，小一代拆了老一代的毛线画织自己的。你奶奶说，做毛线的本事失传很久，连她的奶奶都不会……"

亚丁不在乎。有毛线就行。她盘好毛线，架起编织机，跟着娘一步步学。不难。手脚并用。而她有两双手。她把羊放在腿上。羊的脑袋耷拉在外面。她托起那颗小小的头颅放好。它是龙骨尔最后一只羊，是亚丁第一只羊，从小到大她们都在一起，它将她和世界联结在一块，又完完全全信赖依靠她。

"懂了吗?"娘问。

亚丁点头。她学会了编织，一针一勾连，经线、纬线、纵线有序交织。现在还看不出来样子。但是没关系。快了。快了。快有样子了。她的羊就快上到毛线画上了。那是她的羊，是龙骨尔最后一只羊，也是全宇宙最好的羊，一点都不让人操心。十五年过去仍然又暖又软美得很。

娘让到一边，她知道可以放心了，亚丁已经学会了。有些事迟早都要学会。娘望着亚丁，望着亚丁的泪水滚滚落下，心疼得很。她想，那可是水啊，眼睛里流出的水。

Last

如同随风撒播的蒲公英种子，共有一百二十名人类受命前往太空，在浩瀚宇宙中寻找适合成为深空量子通信中继站的星球。他们独自一人驾驶飞船，面对不可知的挑战。李数就是其中一员。这是一项大海捞针的任务，除了寻找量子通信中继星球外，中继星勘测人员还要对沿途所有联合星球开展数据实地收集以及设备维护，综合评估将这些星球改造成中继站的可能。如果最后没能找到天然合适的中继站星球——自然条件合适以及没有智慧生命，那么就只能改造联合同盟里的行星。

在一颗名叫龙骨尔的伽马级小行星上，李数用他的陪伴犬从当地人手里换来一台他们的打卡编织机模型。那台机器除了传统编织功能外，似乎还具备初级的记忆储存系统和自动化功能。李数推测它不仅仅是一台编织机，还可能是一台电子计算机。如果是这样，那就意味着当地文明已经发展到相当高的阶段。地球方面必须予以高度关注。为了证实猜想，他利用业余时间摸索编织机的使用方法，但失败了。

同样没能成功的是，龙骨尔星的各项数据汇总计算结果都表明这个星球不适合被改造为中继站。李数放弃了。他很快就忘记了这两次失败，也就忘记了龙骨尔，继续在上亿颗如太阳般的恒星和它们的行星中间航行，寻找一颗百分百适合作为人类深空量子通信中继站的星球。

就在前两天，勘测人员发现中继站行星的消息辗转传到他这里。李数在静默中品尝着这个消息。巨大的幸福，巨大的迟来的幸福落在他身上。洁白的无重力的太空舱里，他想象着太空和地球上同伴们庆祝的样子。终于，他可以回家了。

如果不是在回家途中，他应该不会注意到从龙骨尔传来的讯息。当时他正在整理杂物——为了确保有充足燃料返航，减轻飞行负重。那台编织机模型突然动了。原本挂在机器上的三个维度的彩线受到某种召唤交织成一个毛线斜截圆锥体。李数看不懂上面的图形，事实上，很难称那些混杂错乱的颜色集合为图形。李数心里发毛。编织机继续输出的狂乱颜色，那种只有濒临疯狂的大脑才能想象的颜色。是不是因为一个人太久，或者因为可以回家而过度兴奋……这时，编织机停了下来。与此同时，打孔卡片的卷轴转动，卡片读卡位上的孔洞位置和数量发生了变化。李数下意识拿起卡片，透过孔洞去看毛线画。他认出那个图像——亚丁的"羊"。

李数忽然意识到，被他当作计算机的龙骨尔编织机，其实是一台超出人类理解范围的通信机器。曾经在龙骨尔星上普遍运用的古老技术，随着生活方式改变以及某个物种的灭绝，被那里的人彻底遗忘了。发现龙骨尔星的人类当然也不太可能理解这项技术。他们不会想到在这个未开化之地上，曾经拥有过他们梦寐以求的基本粒子远程通信技术。在毛线的微管里运动着的粒子能够与遥远天际的粒子发生纠缠，并改变它的状态。由于毛线画的三维空间体征，描述这些粒子状态的态矢量可以在无穷维空间。这就意味着这种信息传输方式具备了无限可能。

人类差点与这项技术失之交臂，全力以赴在太空铺展量子通信通道的同时，却对手中已经拥有的装备和成熟技术视而不见。这并不是李数的问题。人类只能接受他们愿意接受的事实，任何与他们既有智慧链条不能连接的事实和想象，他们都看不到。好在，一只羊的图案延长了李数的智慧链条。

现在，他接收到了信息。李数毫不犹豫地修改了航向参数，向龙骨尔星飞去。

"你知道在量子力学里，测量不是一个单纯的显示过程，而是参与到系统的演化中。从这个意义上，亚丁对于一只'羊'的爱就是一次测量，参与到了两个文明的演化过程，改变了深空通信技术，人类的未来以及整个宇宙的命运。"李数对身后的克隆陪伴犬说道。

文 | 虞燕

孤岛

作者简介

郭　爽

女，1984年生于贵州。作品发表于《收获》《作家》《山花》
《钟山》《上海文学》《西湖》等，被《小说选刊》等刊转载。
出版《月球》《我愿意学习发抖》《正午时踏进光焰》，编剧作
品电影《草木人间》。曾获"茅台杯"《小说选刊》年度大奖·
新人奖、"《钟山》之星"文学奖年度青年作家奖、山花文学双
年奖·新人奖、西湖·中国新锐文学奖、储吉旺文学奖等。

五岁都没开口说话，哑巴才被认定是哑巴。跟同村男仔一样，他攀在栏杆上看驻岛部队放露天电影，偷废铁凿开礁石上的牡蛎。硬壳撬开的牡蛎储着一汪海水，盐的味道让肉更鲜甜了。哑巴的舌头尝味，脑子记忆，只是耳朵听不清晰。海浪拍打礁石，男仔们被巨响震得喊起来，他还趴在石头上凿牡蛎。哑巴贪吃，蠢，人人这样说。

哑巴究竟是什么性情，要父亲把他带到海对岸的县医院才知道。医生拿个摇铃，在哑巴左右两耳测试。又把电筒戴在头顶，探看哑巴的耳孔。医生说，这是先天听力缺损。1961年，县医院的医生再尽力，也不能给哑巴装上助听器。慢慢地，哑巴真的成了哑巴。他嘴里呜呜哇哇发出声响，能哭，也能怪怪地笑，跟老婆打架喊起来时虽盖不过女人的尖嗓，但音量也足以让村邻们知晓，哑巴今天又揍人了，或者，哑巴今天又挨了揍。虽是残疾，但哑巴除了不会说话，身体倒是壮实。财政补助领着，地种着，岛上有什么新政，也要抓哑巴去立标杆。但对男人老狗来说，哑巴尤其值得羡慕的是，虽说不出话，但什么事也没错过——呐，连老婆都娶了三个。

哑巴的世界却不是这些。他失去了声音的乐趣，却被补偿色彩、气味与质感。对他来说，岛屿的主人从来是植物和猕猴。猕猴皮毛温热，躯体安静。而植物，尤其是木麻黄树，躯干内的汁液奔腾汹涌，从深埋沙土的根系一跃而起，往空中冲上去三十米，直达圆锥形的树冠，将婆娑枝叶伸向空气，与小岛互换能量。整座岛，因为植物周而复始、喧腾热烈的歌唱，从来是快乐的，奔放的。哑巴的嗓门因之比旁人更大，性子更急。没说两三句话，脸就涨得通红，像他那些木麻黄树朋友一样，要从脚底到头顶，活泼热切地完成他的歌唱与光合作用。

虽没什么要紧事做，哑巴的日子却满满当当。每天早晨，天还未亮，哑巴就起来生火了。木麻黄树遍布全岛，一些遭了虫害的树被锯倒、劈砍成块，晒干后是上好的炭料。也公认了，柴火烧出来的饭菜，就是比电炉的香。木柴噼噼啪啪在炉膛里燃烧，水烧开，哑巴有了今天的第一口茶。妻子只穿件短褂，配条黑纱裤子，而哑巴光着膀子，两人就在灶房里、凉棚下，享受清晨的芬芳。上午，哑巴去地里干活，妻子划船出海。太阳毒辣起来时，她通常能回来，不管有没有鱼获，他则要劳作到中午。午饭后，哑巴振作精神去镇上，妻子睡个午觉就去妹妹开的小卖店帮忙。这些年来，镇上给哑巴补助，也给哑巴安排工作。用城里人的分类法，哑巴被安排的工作，不是公共事业，就是公益事业。那些常人觉得枯燥的事，哑巴做得专心，慢慢地，这类事就都找哑巴做了。

去镇上要骑摩托，哑巴笃笃笃骑着车攀过岛中央的高山，兜兜转转，再冲下坡去。没有谁像他这般了解这个小岛，他给猕猴送食，打捞作废的航标，修剪旅游景点的灌木。晚上六七点，夜色降临，他会跟工作队的人喝上一杯。有时，天气不那么好的时候，他们看电视。

岛上一年四季温暖湿润，夜晚格外动人。箣棁花椒的清香从树林里阵阵溢出，虫鸣清脆，人们靠闲聊传递消息，打发黑暗中的时间。夜未深就要散去，明天的劳作在等待。有些日子，男人女人也尽享彼此的身体。哑巴在老年的过渡期里安稳生活，他有自己的土地，对自己劳作、妻子讨海的分工很满意。

妻子出生的渔村世代讨海，无论男女，一人架一叶宽而扁的小船出航。下网，等待。野生海产总带着鲜丽的色泽，跟箱笼养殖的截然不同。鱼获多的时候，哑巴会骑摩托到港口，把妻子捕获的鱼放在大盆子里卖。鱼像盘子，摊平了摆在盆里，眼珠黑白分明大大张开。运气好的时候，鱼活着就被买走，往往是个好价钱。去卖鱼的时候，相邻的摊贩帮哑巴出价，总是高于哑巴手指比出的价钱。卖水果的看见哑巴骑摩托要走了，也伸手招徕。哑巴买一袋苹果，红彤彤，顶上两个白送的梨，绿油油。买橘子，一袋金黄中也夹杂两个摊主送的乳白番石榴。

是从什么时候开始变成这样的呢？父亲死后？还是弟弟死后？若仔细回想，弟弟最风光的时日，给香港人的渔船打工、出远洋、挣美金，都没有给哑巴带来庇佑。人们只是想把钱从弟弟口袋里掏出来。哑巴的前两段婚姻也不如意。他不抱怨女人，但她们对他是个什么样的人实在没有了解的兴趣，还总有超出他本身的要求，他不舒服，他不是傻子。

直到遇见阿琼。人生过了六十年，只有在阿琼面前，哑巴才如常人被看待，被对待。哑巴跟阿琼去主日弥撒，努力看她的嘴型，无论她是在见证还是祷告。跟在家里一样，阿琼不觉得哑巴不懂这些话，流畅、自信又谦卑地说着。教会里的人让哑巴知道，阿琼在属灵上是无可指摘的。慢慢地，哑巴在依恋之外，对阿琼生出某种感激。妻子拥有一个他所不知的世界，但一定跟自己拥有的那个世界一样，可让人安稳。甚至，最开始哑巴还没察觉这一点，只是本能地知道阿琼似乎听得懂他，容得下他。他有点怕，怕这么一个自己留不住阿琼，于是耍了点滑头。

跟我结婚，你就要决志信主。你愿意认识耶和华我们的救主吗？

哑巴点点头。

你愿意跟随他，接受他做你唯一的神吗？

哑巴嘴里呜呜发出声音。

你愿意将自己完全摆上，甚至连自己的生命也交给他吗？

呜——哇哇——

好，那我们一起来祷告。我们在天上的主……

有时候，哑巴骑着摩托车带阿琼在岛上逛。他们六十岁了才结婚，已不在意岛民会不会笑话他们老来发姣。摩托车爬上陡峭的山间公路，在人迹罕至的滩涂或杂草堆中碾印下车辙。他们走过的地方，有醉人的风景，风景中自有奇特的镇定力量。时间在山野迷宫里走失，车前草和蒲公英织成绵延的地毯，桉树白中带蓝的树干切断视线，山顶的黑色巨石提醒人不能知道的历史和力量，就这样，已经消逝的时间重返眼前。作物，农舍，大头船，渔村。这些人的痕迹与峭壁和沙滩间杂，但同由阳光照拂。在超自然的魔力里，哑巴领会到一些从生下来就懂得，或者血液里遗传自先祖的物事，一些在他处徒劳无功寻找不到的东西。就像日头最灼人时，蒲公英的一头绒毛发出的耀眼白光。

头天夜里，哑巴早早上了床。阿琼回娘家了，说是村中有大事需商量。哑巴没生火，从保温瓶里倒点热水泡开冷饭，稀里呼噜吃了几口。少了女人的屋子，夜更长。哑巴翻看手机，女儿存了照片在里面。主要是外孙的，也有女儿女婿。还有他，在锄草、抽水烟筒、喝茶。也有阿琼，抱着外孙，跟女儿女婿一起。

哑巴用食指在屏幕上划。

女儿生了孩子后，跟阿琼的话越来越多了。每次回来，两个女人密密斟斟说到夜深。哑巴有哑巴的忧愁，再这样下去，女儿就要被带去教会，泡在水池里，认耶和华为父了。

口头允诺了妻子入教后，哑巴拖延受洗。拖得久了，阿琼跟他闹，不是说好的吗？哑巴没有像平常那样呜呜哇哇一阵，手臂在空中扑腾，做激烈的表达，只是走去屋檐下，躬身坐在矮凳上，咕噜咕噜抽他的水烟。哑巴的头几乎要钻进水烟筒里去。已经很久，他没有动手打过女人了。可是刚才妻子的嘴开开合合，十字架的阴影压在他眼皮上，他差点就举起手来。他快忘了自己是什么样的人了，耶和华又让他记起来。

他用扁担打弟弟。扁担断了。他又伸手揪住弟弟头发，想要用耳光把他抽醒。

弟弟早已没有眼泪，只说，打！你打死我吧！活下去又有什么呢？

后来弟弟真死了，却是半句遗言没有。只剩两个拖油瓶女儿。

那时，哑巴的第二任妻子跟人跑了。哑巴是怎么把三个女仔带大的，全村人，全岛三十九个村的人，各有说法。最常听到的一种是，驻岛部队的食堂阿姨跟哑巴同村，好心的士兵留馒头给阿姨，阿姨把馒头悄悄放到铁门外面，等女仔们来拿。三个地地道道的南方女仔，吃部队的馒头长大，竟都长到了一米六几，成年后到了岛外，工作在城里、嫁人在城里，做了城里人。有这样三个女儿，哑巴早早戴上洋牌助听器。

哑巴是恨弟弟的。不光因为，给父母烧纸上坟，从此无人真正可以做伴。还因为，弟弟死了，他身体里的一部分也跟着死了。健全、聪明，曾是最乐观的人的弟弟死了，他只能留下来料理余生，把弟弟的人生也过完。他们之间，原本哑巴才是那个作废的人呐。

哑巴的村子主姓梁。梁氏宗祠依山而建。梁氏世代以舟楫为生，宗祠正脊两端也就高翘似龙船。几十年来，村里渐渐有了钱，宗祠不断扩建，直至碧墙灰瓦，三路两进，跟村居的低矮白墙兀然相对。哑巴却不姓梁。从小，他跟随父母给石柱进香，事后总要被同村男仔奚落，喊他"石头仔"。连哑巴的学名黄定豪，也被喊成"石定豪"。

父亲原本姓黄，入赘做了梁家女婿，生两个男仔都随岳丈姓梁。外公过世前，应允父亲："两个男仔，你选一个姓黄。"父亲喏喏，最后选了哑巴。但更早的时候，远在父亲入赘之前，就认了石柱作父。父亲大字不识，被各种运动运动了一辈子，只晓得种地。他是浅见的农民，冬去春来，四季里播什么种，完全随风气而变，指望丰收、俏市，趁势而上。这样一个父亲，嘴里不变的却是"石头契爷"。似乎他的儿子叫梁定豪还是黄定豪，并不太紧要。

父亲可以认石柱作父，哑巴却受不了这荒唐。何况还有村人的讥笑。他带着弟弟，两注童子尿浇在石柱上。滋滋滋——滋。又把弹弓绷紧了，射出一块块软泥，让石柱像游街的"大毒草"，被砸上菜叶子和烂泥。

这岛本是蛮荒之地，目力所及，几无"四旧"可破。岛的北角，圣人墓园被捣毁，石棺被砸烂。圣人挖出的水井被扔满石头。岛中央呢，梁家村所在，村民烧香敬拜的石柱也就成了目标。怪的是，石柱虽非活物，却像生了根，任造反青年如何拉、拔、劈，石柱只是歪了，却不曾倒塌。哑巴看村人做这些他想了许久却不敢做的事，心中痛快得很，全然不顾父亲在屋里哭泣。父亲的头发早被剃秃，脸也肿胀，只知道哭。

父亲死前，跟哑巴和弟弟说两件事。你们的奶奶是被日本人杀死的。就在我们家门口。奶奶刚把我藏在渔网下面，走到院子里，就被刺死了。日本人杀死你们奶奶的时候，我才六岁。日本人该死，杀人、砍树。百年的榕树他们也敢锯开，榕树爷一"发挥"，就要索他们的命。

我三四个月大的时候，生病了，妈妈背我坐船过海到镇上去找医生看。那个医生是新加坡回来的，留过洋的。妈妈背我去给他看，求他救命。医生看了说，这小孩没得救了！这种病，我们这里没有药治。你把小孩背回去吧。妈妈只好把我背回来，放在墙角，想等我断气了找个地方埋一埋。这时候有人就跟妈妈说，喂，你怎么不去求求石头契爷呢？听说它能救命。你去问问它是不是能救你的小孩。

妈妈就来梁家村，烧香跟石头契爷祈求说，救救我的小孩啊救救我的小孩。妈妈只会烧香磕头，乡下女人，连祈求都不会。一些村民过来笑她。妈妈就说，你们怎么不帮帮我，帮我想想怎么求石头契爷？有人就来教妈妈掷筊杯，你要先发问，掷出圣杯就是石头契爷同意了，你再问。妈妈就问，石头契爷，求求你救救我的小孩，你是不是有办法可以救？掷出的是圣杯。妈妈说，石头契爷，你救救小孩，我请戏班给你唱三天三夜的戏好不好？筊杯掷下去又没有圣杯了。妈妈问，大家都叫你石头契爷，你救救小孩，小孩认你作契爷，小孩活着一天，给你供养一天，好不好？掷出是圣杯。

妈妈说，我的命是石头契爷给的，人活着一口气，对神明说过的话要算话，不然命就被收回去了。现在我要死了，很快就要死了，跟石头契爷的约定也没有了。但是你们两个要知道，爸爸的命，是石头契爷给的。

哑巴看父亲的嘴开开合合，突然掀开被子，握住父亲的手。那只手干枯、冰冷，像木麻黄树锯断的枝干。后来弟弟跟他说，阿爸问的话是，你们谁来一辈子供养石头契爷，你傻啊，听都听不见，你点头点头！点个猪头啊你这只傻猪！

哑巴应承了临终的父亲去供养那根石柱。一年过去，两年过去，结婚生女，离婚，再结婚。直至第三任妻子到来，哑巴有了新的理由去或者不去供养。糖水般甜的时日里，不去。争吵打架的时候，去。女儿问哑巴那么厌恨那根石头，为何有时候又跑了去。哑巴挥挥手，习惯了。但这一年来，他不太想得起石柱了。他不太想得起父亲，甚至弟弟，他们渐渐定格成黑白遗照般不声不响的纸片人。哑巴觉得，可能自己开始老了。

这个妻子不在家的夜，哑巴靠在竹椅上抽水烟，抽着抽着竟打起瞌睡来。半梦半醒间，石柱的阴影投在他脸上。哑巴猛地醒了。

手臂和膝盖凉飕飕的，哑巴起身，找出孙女留在这里的铅笔和练习簿。他算账。这么多年，他储蓄在石头契爷那里的供养，折给阿爸，折给阿妈，折给弟弟。阿爸病死，阿妈病死，弟弟在远洋船上染上毒瘾最后自杀死。四舍五入，负负得正。两清了吗？

哑巴盯着自己用铅笔在纸张上写出来的数字和汉字。五十几年前，从省城返岛养老的乡贤给梁氏子弟开蒙，七岁以上的孩童都在祠堂中分得一张凳子，哑巴也在其中。耳朵不管用，哑巴就努力用眼睛，描红本上的字一个个活过来，笔画铿铿锵锵，字和字比武，使兵器。先生对父亲说，哑巴学得不慢。

哑巴合上练习簿。他不懂这秘密的算账可叫作日记，只觉得四肢慢慢恢复了生气。

他躺到床上，把脑袋贴近妻子软而小的枕头。

妻子村中的大事，是镇上接到通知，要把教堂改作的村小学改建成博物馆。这十几年，年轻人都离了岛去城里打工。出息的，去省城或者上海北京，岛上慢慢只剩些老人。村小学招不到学生，也就荒废了。这么一座荒废的建筑，改作他用，原本无可指摘。至少在哑巴这么一个外人看来，不是什么了不得的大事。但妻子村中老人却说，博物馆是什么？要纪念，纪念什么？日本人来时，占了它，烧了它，我们没有放弃过，现在要建什么新的，我们为什么要同意？妻子也算半个老人了，虽跟同村七八十岁的耆英相比，还年轻得很。她静静听老人们七嘴八舌，又听干部们动员安抚，话锋来回，刺出她琐细的记忆来。她听家人讲过的，讲过很多次，这两栋房子和这个围着矮墙的院子的故事。

她是在这里读完小学的，所以，这坐东向西，朝海而建的院子，对她来说格外熟悉。再穷再饿的时候，村里的女仔都是上学的。就像父亲说的，不识字，不读经，不能听主的话语，属灵的生命枯干，人白白活着不过是浪费粮食。

进学堂，远远就能看见拱形山门。白色山门上阴刻大字刷了朱漆，佑华小学四字写得敦厚雄健。山门左右延伸出围墙，墙体由石块叠筑而成，青砖和花岗岩石条压顶。岛上多台风，岛民世代摸索，用红糖混合黄泥砂浆筑墙，一年数次台风，房子也不塌毁。这围墙和山门费了功夫与心力，形制算不上气派，材料和手工却扎扎实实，抵住了百年的风雨。校门脚下是石头砌的台阶，一共八级。先长高的男生女生，可一步两级蹦上去。

这岛虽靠近大陆，离得最近的镇子不过十海里之外，但毕竟是个小岛，孤悬海上，船开出去十几海里就到了公海。整个南中国海域，这里是日本人最早登陆、最晚撤离的地方之一。教堂原本叫露德圣母堂，日本人来之前，是岛上信天主的教众弥撒聚会之处。日本人数次登陆后，最终选中岛的北角作战略部署，教堂也改作"南支海防军挺进队基地指挥所"。

那是昏黑的日子，日军的军舰从黝黑的海面驶来，火力凶猛，上岸后为了迅速攻占及控制小岛，往往焚毁房屋、残杀岛民。岛虽小，却有密林和高山。岛民们躲到山里去，日军撤退后才回到已变作废墟的家园。

等到日本人第二年再来，岛上已有了壮丁组成的自卫队，用自制土炮偷袭日军，敌不过，村庄还是被焚毁。也有刚烈的壮丁当场被杀。

战事炽烈，日军的军舰在海面徘徊不去。讨海的人，风险再大也要出海寻回一家的口粮，只好结伴而行，几艘渔船夜里驶向深海。最惨烈的一次对抗，就发生在海上。渔船与日军舰艇突然相遇，渔民们冒死用鱼炮、土炮把舰艇轰沉，是夜逃回岛上。第二天日军军舰开至岛上，大肆报复，烧毁村民泊于岸边的渔船，劫持岛民前往大陆的渡船。渡船被劫后，四十多个乘客被驱逐落海，大多溺死水中。

岛民可躲避、武装、反抗、赴死，也可泅泳、捕鱼、种植、猎获。他们的先祖从中原一路迁徙到这小岛上，早已学会如何从自然中求取口粮。当野蛮袭来，他们可以复归另一种野蛮，只做一个求存的肉体。但神父不能如此。最开始，表面上相安无事。这个中文名叫江能士的神父出生于苏格兰格拉斯哥，三十四岁时来到中国。在北回归线以南的炎热地区，他和其他神职人员一样，入乡随俗，穿中式的长袍马褂，戴竹编的斗笠或瓜皮帽。他们办学、看病、收孤、传教，坐牛车马车行在乡间土路上。战争爆发后，他们并未撤离。江能士神父也还在岛上主持弥撒、听取告解，为信众洗礼膏油。直到日军第三次登陆，在他五十七岁的冬天，不再理会他嘴里的言辞和信条。这些黄色军服绿色头盔下的肢体，原是信别的。战事至此，生灵涂炭，任你金发还是黑发，他们都只视作一团死肉。江能士被杀后，他主理的露德圣母堂被焚毁。

村里的小学生们都知道这里曾是教堂。院子不寻常。教堂虽被烧毁，墙基和圣坛却留下来。圣坛半月形，白色花岗岩打制。建造这教堂的工人，应是从大陆购置石材，押运过海，安置在这小岛北端的平整地段。还有柱子，如今只剩八个柱础，同为白色花岗岩材质。沿墙基北侧成两排摆放，只有稍许残损。还剩什么？一口井。井壁青砖砌成，圆形井口。战后，教堂旧址不远处，同在这院子里，修起一座坐南朝北高两层的建筑。信众在此弥撒，后来做了小学。

如今，说要把这废了又起、起了又废的院子和楼改作博物馆，请省里的专家来勘察设计。村里耆英们说，这是给外人做门面，跟我们有什么关系？镇干部说，那这楼荒在这里，草都长到齐腰高，不也是作废？老人们摇头又摆手，我们可不是那梁家村，你们要搞旅游就搞旅游，挖开了路钱又下不来，最后草草用平价石材铺了地，让人笑话。终究，吵吵嚷嚷，谁也不肯退让。

阿琼听了一晚上，第二天一早回来就急急跟哑巴说这些。争论的过程简省略过，却讲起别的事来。

阿琼说，她梦见过教堂被烧之前的样子。白色外墙，顶上有十字架。日本人渡海时航错方向，被深水湾两股激流困阻，最后放弃登陆。你的奶奶从没遇见过日本人，更没有被日本人杀死。你父亲也没有认石柱作契爷，后来也没有入赘梁家。他很长命，活到现在。你弟弟被他管教，跟你一样，只种地，不出海，所以你弟弟也就活到现在。江神父后来回到英国，他的后代也活在英国。

所有人都还活着。

哑巴像是听懂了，却不作声，埋头抽水烟。

阿琼见他无响应，追一句道，是时候了，今天主日，你去吧？

哑巴起身，从墙上取下草帽，又拎起靠墙摆放的大剪刀，出门去了。

哑巴不敢跟妻子讲，昨夜他梦见石柱倒了。不是天公作威雷神劈倒的，也不是哑巴发狠租了挖土机终于把它铲了，而是海水涨起来，一点点漫过石柱，石柱醒了，长长吁出口气，蛇一般滑进水里，头也不回游走了。

哑巴停了手，任心绪浮动，沉至胸口，再任其流走。木麻黄树就是这样，吸进来，任其停驻，再任其流走，就是这么吐纳，就是这么活着的。这么像树一般呼吸着，过了会儿，哑巴胸口轻松了，他睁开眼，继续咔嚓咔嚓修剪灌木。

灌木是丛生的变叶木，间杂几株籍杜鹃。一年前，连同帆船形状的木牌被运到村口。镇干部指挥哑巴和其他村民，按图纸把石基、木牌和灌木围成设定的图案。然后，又运了几块石头来，错落布置在木牌和灌木周围。变叶木很美丽。叶片紫红色，遍布金黄斑纹。叶片虽薄，却皮革般柔韧有光。哑巴修剪变叶木，却不舍得剪掉籍杜鹃顽皮的枝条。箭杜鹃总是胡乱生长，像头发没干就去睡觉的男仔，醒来时顶着爆炸的发式。枝条上缀满艳丽花朵。哑巴听见花内部的歌声，就停了手，坐到石头上歇气。

太阳升高了，不远处，石柱投下的阴影在缩短、变圆。哑巴眯着眼望去。怕自己眼花，两只手卷起成个人造望远镜，又望过去。一个人影贴着石柱在绕圈。

哑巴扔下剪刀，想了想又捡起来，提着剪刀跑过去。

是个生面孔。比哑巴高些，瘦些，细白脸，手里拿卷尺在石柱上量着。哑巴呜呜哇哇喊出些声音，指指卷尺，脚用力跺在地上，手胡乱挥舞。

男人往后退两步，看清楚哑巴，站定片刻，躬身从放在地上的背包里掏东西。男人摸出个黑色钱包，取出张红色百元钞票，卷了卷，递给哑巴。

哑巴伸手接过，剪刀头朝下靠腿放着，两只手哗啦一声抻开钞票，对着阳光检验人头水印和金线。

男人见哑巴不再大喊大叫，放松了些，向前半步。

哑巴举起三根手指，冲男人晃晃。

男人笑了："三百块，你带我去沙滩。铁丝网拦住了，我进不去。"

哑巴眨眨眼，黑白分明的眼珠在帽檐下转动。

男人脚下除了一个黑色双肩包，还摊着张图纸。

"来都来了，我想去沙滩看看。"男人又说。

哑巴举起四根手指，对着男人晃了晃。

男人从钱包里再掏出一张百元钞："先给两百，看完再给两百。"

哑巴把钞票卷好，塞进贴身兜里，掉头就走，手在身后摆了摆，示意男人跟上。

这岛上，长长短短的沙滩不下十余处，哑巴知道只有一段值四百块。那是岛西面一处避风塘前的海滩，这些年，岛外的人陆陆续续来，在沙子里挖出文物古瓷，随后就围蔽了。不时，镇干部们就领着各种考察队去海滩参观。哑巴见过那些人。他们多半只是走走看看，拍几张照片。木头和铁丝网搭成屏障，久而久之，这片海滩愈发荒凉。干部们让哑巴去收垃圾，把海水冲来的废弃轮胎、塑料瓶塑料袋、儿童玩具甚至铁丝网清理干净。哑巴半月去一次，去的次数多了，也捡拾到几片好看的古瓷。他不晓得这些碎片有什么用，只觉得好看，别处寻不得。

哑巴领着男人抄小路去海滩，走了大半拐出去乡道上，沿着柏油路向前。走到村口小卖店，哑巴示意男人等等。柜台不见人，只两个年轻男人坐着喝啤酒。见哑巴来了，两个男人喊一声叔，探身往小卖店深处喊了几句本地话。

一个肤色黝黑的女人跑出来。哑巴看着女人一边碎步跑，一边把湿答答的手往裤腿两边蹭，眼里不觉带些爱怜。

"你怎么来了？男人懂什么？每天好多事情忙的！"

哑巴掏出烟卷般的两百块钞票递给女人。

女人看哑巴一眼，右手挽了挽垂落的发丝："别以为给我钱就打发了！"

两个年轻男子笑起来。

女人一把抢过钱："走吧走吧！"

哑巴转身，对在凉棚下歇息的男人招招手。

女人冲着凉棚下的男人喊："是省城来的吴老师吗？"

男人说是。

女人说："我听教会姊妹说啦，吴老师你住在她的客店。我们家可以招待吃饭，都是自己打的海鲜，你来呀。"

吴老师点点头。

哑巴和吴老师走出十来步开外了，女人在后面喊："我叫阿琼！我男人叫阿豪啊！"

吴老师问哑巴："这小卖店是你开的啊？"

哑巴摆手。

吴老师又说："挣了钱就上交，老婆对你好吧？"

哑巴点头。

"你们这里消息传得快。我昨天下午才到的。"

哑巴不言语。

阳光下，两团黑影子拖着两个身子，从柏油路拖到水泥路，又从泛白的水泥路拖到浅黄色的沙滩。

木麻黄树几乎与沙滩融为一体。树干从不知有多深的地底探出，细密枝叶层层叠叠，自成屏障；枯枝败叶厚厚堆积，掩盖了人或兽的脚踪。兴许是故意，小路入口处堆了些垃圾，让人恍然觉得这是尽头，而非入口。哑巴自顾自走着，也不解释，绕过垃圾就深入密林。赫然一条人脚踩出来的小道，在林中蜿蜒。两人不说话，只埋头往前走，不时伸手破开低垂的枝条。木麻黄的叶子擦在脖子上酥酥痒痒，吴老师顺手想折一枝，却发现这枝叶看似柔软，实则强韧，根本无法轻易折断。背包、衣袖摩擦出沙沙声，慢慢地，汗水从额头渗出，渐强的海浪声掩盖了一切。等到树木全然退居身后，阳光重新落在脸上，一片绵长平整的沙滩跃然眼前。

哑巴在前，吴老师在后。两人在沙滩上踩出深深浅浅两串脚印。沙滩既被围蔽，禁止闲人入内，就只剩风与海浪的力，将这绵延近五百米的海滩上的瓷器残片从沙土里剥离而出。沙滩背靠坡地，坡地巍然而起，高近四十米。山势绵延，不断升高至陆地深处。这一面朝大陆、背临高山的港口，如合抱之羽翼护住一湾海水，是平静深阔的天然避风塘。

哑巴不确定要不要喊他。那个妻子唤作"吴老师"的男人，一踏上沙滩，就拿望远镜出来，把远近四周仔细看了十来分钟。跟着就迈开步子，往有碎瓷片的地方去了。他像是在脑子里标记了隐形的区隔图，从铁丝网栅栏最东端起始，一寸寸一格格往前推进。一个多小时过去，男人从海岸线推进至高出海平面几十米的半山腰。山被刨开许久，断面犬齿般起伏，黄褐色的泥土上，青花的瓷色和质地更突兀清晰。

哑巴静静看吴老师捡拾、拍摄、摩挲那些碎片。他想告诉吴老师，没有人找到过完整的。这片海滩挖出来的都是碎片，红的绿的，白底蓝花的，还有酱色的。看得出是碗底，大盘子的一角，罐子或壶的一块。常见的图案有花有鱼有神仙，哑巴自己捡了藏起来的，一块是龙，一块是凤，还有一块上面有大半个十字架，捡回去给阿琼欢喜。哑巴觉得这东西像小时候阿爸去港口跟走私船买的新加坡垃圾。成袋的万宝路烟蒂，用了半罐的万应止痛膏，过期的速溶咖啡粉，还有给他和弟弟买的弹力球、铁皮公仔。东西本是好东西，做出来也是讨人欢喜的，但不知怎的到了哑巴手中，就跟自己一样，半残。他不喜欢这些脏污怎么都擦不干净的东西，不喜欢阿爸蹲在昏暗低矮的檐下，凑着柴火堆一个接一个啜那些烟蒂。

哑巴总是干干净净的，别的男仔一天冲一次凉，他早一次，晚一次。

不知怎的，他突然对躬身擦碎片的吴老师满怀怒气，吃饱了没事做，才把这些垃圾当宝。洋垃圾也是垃圾。

哑巴愤愤起身，一脚踢开一个空易拉罐。易拉罐轻飘飘地跃起，划出一条抛物线，"噗"一声闷响扎进沙子里。哑巴追上去，准备给它第二脚。

哑巴刚凑近，一群苍蝇轰地惊飞，撞击他的胳膊、脸颊，有一只险些撞进哑巴眼睛里。哑巴更生气了，拨开草丛，要寻找元凶。

几个芒果，黄色表皮上布满绿色白色灰色的霉菌，果实早已腐败，甜腻的汁液混合了油脂浸出。一只苍蝇钻在果肉深处忘情吸食，没有随蝇群飞走。变质的甜腥气让哑巴一阵恶心，他趔趄着退几步。是哪对贪吃的情人，把水果带来这片禁足的海滩，躲进树荫下，最后留下这被遗忘的果实呢？哑巴怔怔望着被黑色斑点和绿色霉菌吞噬的表皮，还有一两处仍鲜活着，是明亮的黄色。但更旺盛的，在活跃繁殖着的是霉菌。芒果奄奄一息，霉菌却在歌唱、在生长。哑巴听到芒果内部微弱的脉动，有些不安，憎恶这丑陋的场景。弟弟也是这么一点点发黑、发臭，一点点衰弱下去的。

哑巴转身走进树林。木麻黄树的枝叶擦洗着他的身体，镇定着他的神经。这些长了霉的果子甚至不能埋进土里，霉菌在泥里也能活下去，会弄坏土地。

哑巴张开嘴，喉咙深处一声呜咽。火化时，弟弟躺在轻飘飘的铁皮上，布满针孔的胳膊像炭化的树枝。他闭上眼，直至听到芒果呼出两口气。一口短促，停了几秒钟，一口悠长。然后彻底静止。

哑巴走回那堆腐败的芒果跟前。它们是在等待他吗？等待他来见证最后的死亡？如果今天他不来，它们还要撑多久呢？

霉菌的墓穴不再让哑巴不安，他俯身捡起易拉罐，塞进裤兜里，嘴里碎碎念着只有自己能明白的祝祷与哀思，只有他会吟唱的安魂曲。跟人相比，岛上的植物们才是他的血亲与兄弟。他又一次被提醒自己早已懂得的事：在岛上，他本不需要做任何事，只需细看自然的法则显形。

他转身朝向男人的方向，渐渐变弱的光线中一个转淡的人影，那个人懂的，是什么呢？

"一上岛，导游劝你去烧香吧？佛啊，妈祖啊。"阿琼把三双筷子分别放到三人面前。

"我没有导游。"吴老师笑笑道。

"你雇了导游，他会告诉你，这个岛上最值得去的景点是哪些哪些，其中就有几个庙。等你去了，他又会说，你如果没去呢，就一切平安，但你去了，就必须烧香，不然的话……就不好了。怎么个不好法，你自己想。"

"这是骗钱吧?"

"谁知道呢。说不定他们真的相信。"

"相信?"

"有人信妈祖、信佛，这个村信石柱、信祖宗。"阿琼调整着桌面上的盘子，海鲈放正中，小鱿鱼挨着海鲈，焖柚子皮和虾酱炒通心菜放一边。

"你们也信石柱吗?"

哑巴刚拿起筷子，这下又放下来。

"我? 我们村是信天主的。岛上只有我们村。其他村的人觉得我们奇怪，很奇怪的。"阿琼说。

"你娘家不是这个村。"吴老师说。

"嫁了阿豪我才来的。"

三人沉默着吃了一会儿。阿琼让吴老师尝尝焖柚子皮，吴老师夹了一块，放进嘴里却是半天吞不下去。

"不习惯呵?"

吴老师扒口白饭把柚子皮咽下去，又端起玻璃杯喝了口茶，才缓过劲来。

哑巴埋头默默吃，把一盘小鱿鱼夹得干干净净，葱油酱汁倒进碗里捞饭。鱼却没怎么动。吴老师在边上看着，只见阿琼把一根根鱼刺慢慢抿出，摆到桌上，鱼头更是吃得慢。原来阿琼爱吃鱼。

哑巴吃好了，用脖子上挂的毛巾擦干额头的汗，不动也不作声。直到阿琼也吃好了，他从裤兜里掏出钱来，摆在阿琼面前的桌上。

吴老师放下手机，对哑巴、阿琼说："我还要住几天，能每天带我去今天那片海滩吗？"

阿琼捡起钞票，塞进裤兜，犹豫了一下说："那里不给人进去的，吴老师。不是我们不想带你去，要是发现了，阿豪那份工就……"

"我明白，我明白。"

"这个村姓梁，阿豪姓黄……"

"没事的，没事的。"

"你想找什么呢，吴老师？那片沙滩翻过几次了，大一点的东西都清走了。现在还有的，今天你也看见了。"

吴老师吞吞吐吐像在考虑："你们常去那里，有没有捡到过有字的？"

"有字的？什么字？"

吴老师从背包里掏个文件夹出来，翻开，里面夹着打印出的一页页图片。

哑巴突然伸手压住图片，比比心口。

"他欢喜，想看看呢。"阿琼说。

吴老师笑了，翻转文件夹，把图片朝向哑巴。

"红彩，绿彩，黄彩。这些是彩瓷。蓝白色的是青花，有粗瓷，有细瓷。都是这片海滩上挖出来的。"

"这个不怎么蓝。"阿琼说。

"带点紫色，是吧？应该是烧的时候掺了回青料，发色就沉稳些。"

吴老师一一指给两人看缤纷的图样，锦地纹、花瓣纹、锯齿纹、璎珞纹，凤纹、鱼纹、兔纹、扁菊纹、折枝纹，图样在抽象与具象间往复，如珠子落盘，叮叮咚咚，各美其美。

翻多几页，哑巴指着图册哈哈笑出声来。吴老师见哑巴开心，也笑起来，指着那活泼动人的图样下的小字念道："仙人乘槎、高士行吟、婴戏仕女"。

哑巴手指戳戳其中一样，阿琼说："这我知道，狮子滚绣球！"

"这个有字，这个也有。"阿琼说，又杵近了看道，"正德，嘉靖。吴老师，这是什么意思？"

"这是明朝皇帝的年号，有这个字的，就是明朝时烧的。"

"你要找的有字的，是这种吗？"

吴老师直了直身子道："不是，我要找的，不是汉字，是这样的。"随即将图册翻至最后几页。

"这个像外国字。"阿琼说。

"你知道?"吴老师看向阿琼。

阿琼起身进里屋，木衣柜"呀"一声拉开，再"呀"一声关上。她抱着个饼干盒，铁盒受潮长锈，用匙羹柄才撬开了。她依次取出三块瓷片，摆在灯光最强处。

吴老师从背包里取出放大镜，细细看。

"这些都是阿豪捡回来的。"阿琼说。

哑巴应了两声。

"有十字架那个，是他送我的。"阿琼边讲边看哑巴，忍不住笑，"十字架也算是国外字吧?"

吴老师没应声。

"吴老师，我听人讲，这些陶瓷，是坐船出洋卖给鬼佬的?"阿琼说。

吴老师放下放大镜:"你说得对。里面有些成色最好的，是个叫阿尔瓦雷斯的葡萄牙人，五百年前向中国人定做的。他拿到货，船从这里出发，走得远的陶瓷，到英国啦、中东啦，送给皇帝、女王、王子、贵族。"

"哇! 我们这些也是吗?"阿琼问。

吴老师翻动图册，指着其中一组数张的图片，是完整的铭玉壶春瓶，底部字样被放大显示:"有阿尔瓦雷斯名字的外国字的，才有身份证。没有的话，是普通陶瓷。"

过了会儿，吴老师指着铭玉壶春瓶图片，逐字念道："在葡国，他们拥有比黄金和白银更有价值的东西——瓷器。它精美光洁，像玻璃和石膏一样。他们用蓝花装饰瓷器，其图案如青云一般。"

哑巴听得认真，格外安静。

"外国字是证据。"阿琼说，抬头看一眼哑巴，又说，"吴老师，你是来找证据的。"

吴老师一愣，看着阿琼。

"找到证据，有什么用呢？"阿琼问。

"对啊，有什么用呢？"吴老师像在自问自答，过了会儿才喃喃道，"只能找些看得见的东西吧。"

阿琼跟哑巴对视，两人默默起身，走去院子里，留吴老师独自在灯光下看那三片碎瓷。

吴老师临走前，阿琼拣起一块瓷片，扯张纸包一包递给他。

"吴老师，这个阿豪说送给你。他今年来老是脸黑黑，今天见了你，出太阳啦！"

吴老师连连摆手。

"这块上面没有字，你当个纪念吧。"

哑巴跺脚，冲阿琼比画着。

"我说不能去了就是不能去了。"阿琼坚持道。

吴老师拎起背包，想了想说："这个我不能收，心意我领了。来这里，只是我自己的兴趣。找得到也好，找不到也罢，来看看都好。"

"那你收下吧，这都是阿豪捡回来的。他高兴送给你。"

虫鸣阵阵，吴老师的人影闪进黑暗里。

直到他已经走出院子，走到了村道上，哑巴才追上来。黑暗中，哑巴把一个纸卷塞进吴老师手里，不待对方反应，转身就跑。吴老师看清不是钱，就把纸卷揣进裤兜里。等回到暂住的农户家，他进房间打开灯，才看清上面的字：

　　吴老师，你知道陶瓷是怎么来的，你也知道石柱是怎么来的吧？可以跟我说说吗？谢谢你！黄定豪

第二天是星期一，哑巴和阿琼按惯例一早起来就各自出门干活。天黑前，两人比平时都早些回到家，心照不宣地在厨房择番薯苗、切西瓜。

天一点点黑下来，直到乌漆墨黑要点灯了，也不见吴老师来。

阿琼说先吃。两人对坐，嘴里嚼着米粒，想各自的

心事。

第三天晚上，阿琼回来告诉哑巴，姊妹说，吴老师已经坐船离岛了。

哑巴走去院子里，站定，摘下助听器。这样，夜、植被、昆虫和岛就不再言语了。

星期六，梁氏宗亲大会，阿琼说不去。阿琼在生气，她当然可以生气。哑巴本也不想去，但辈分是侄儿的村主任来家里打招呼，他只能独自去。

祠堂前的百人宴，荤菜有西洋菜汤、咸香鸡、五味鹅、焖海参、白灼虾、焖大蚝、烧猪肉和蒸沙白。素菜有莲藕、菜花、鲜菇和生菜。把这些吃下肚去，人就餍足了。全族男女老少等看戏。如今的戏班子，流行歌、滑稽小品轮着上，最后大戏唱完才散场。不知是否穷的日子久了，如今不怎么穷了，办起这种大事来，还是露怯，像要给谁看一般，处处用力，祠堂正门也披红挂绿。

除了开蒙时念书，哑巴没有进过祠堂。此刻，他像棋盘格里下场的棋子，独自从战局中逃跑，慢慢绕到祠堂背后，往半山上走。阿琼一句话没怪他，可他有些怪自己，是不是自己提到石柱，让吴老师不高兴了，才招呼不打就走？也许跟他一样，跟每个人一样，吴老师也有自己的苦衷，但他当时没有想。他只是像小时候那样，想知道，到底那根石柱子是不是真的？还是像其他人拿来骗他的话一样，只是阿爸编的故事，想要诓他，框住他？给他立个规矩，他就不会像弟弟那样短命？

哑巴边走，边拔起一根斗鸡草，把草茎叼在嘴里。这山上有孤坟。没人扫墓，又有些年头了，草高得把坟包埋住，哑巴一不小心就差点踩上去。是那些外省女人。一度，小岛钱作祟，但当时，整个国家都沸沸腾腾，不止这里。伺候伺候远洋的水手，从更偏远省份来的年轻女子做皮肉生意。码头边，大通铺，女人白花花躺在上面。后来又打赌场的主意，毕竟，几十海里外就是澳门。再后来，所有这些污浊营生都被打掉后，岛民可以像全国其他农村百姓一样，开农家乐。变幻，来去，钱如紧箍咒，人日夜不得安宁，像讨海人的噩梦——漂流在太平洋深处，做人做鬼都不得归家。

讨海人只争朝夕。在岛上，一年中的绝大部分时日，太阳都炽烈照耀，人内部的哀乐，在让万物都无所遁形的光照下，显得矫揉造作了。此刻，哑巴容许自己哀愁，他开始老了，或许他的秉性生就如此，只是此刻他开始真的领受。他想这些原本他不该想的事，想了也不觉得负累，只是慢慢走下山，找到自己的摩托车，笃笃笃笃，骑了去找他的妻。

夕照让海面金光闪闪，几乎无法睁开眼睛。老妇人在金光下补渔网，斗笠投下的阴影落在她飞舞的手指上。房屋的背阴面，戴眼镜的老人就着天光在看一张纸，细密的文字。觉察到哑巴路过，老人抬起头，对他点头微笑。

他来得少，阿琼村中人不认识他也寻常。村舍门都敞开，哑巴沿水泥铺就的窄巷向前，鳞次栉比的屋脊直铺到山脚下，远远地仍能看见，苍翠山麓上耸立着一幢白色建筑。阿琼村人把山叫圣山，梁家村人却喊鬼屋山。阿琼村人口中的圣人生前是司铎，在这座岛上去世，死后遗体运去印度葬在印度。梁家村人却说，鬼佬啊，几百年前的鬼佬啊！闹鬼啊！

梁家村人从不来这里。哑巴不知自己是否多少信了这些鬼话才不太来，还是别的原因。路过一间村舍，在一楼堂屋里贴了圣母像。穿白袍，白袍的帽子遮住头发，圣母举起的双手和身体罩在光晕之中。圣像彩印镀膜，跟九十年代的明星海报一样尺寸和材质。

哑巴跟那海报对视一会儿，若无其事继续走。

讨海的人也有分野。岛上其他村的，跟阿琼同辈的人，就有不惜贷款也要砸重金出远海的人。讨海本身已仰赖天气时运，砸钱远航至太平洋，更是赌徒的魔性。用岛民口中的话说，是搏命。这村子却恪守不远航的祖训，或公约，总之，每天早晨架一艘小船，最远去到唤作赤楠洲的小岛水域，就不再进深。撒网等待，鱼获拉到码头去卖，野生濑尿虾可卖到四五十一斤，野生白鲳也可卖到三四十。就这样不起眼的一条小船，养活一家人不说，余裕处还能让他们负担起在县城买房的成本。信天主，已让这村人在岛上格格不入。加上钱作祟，这十几年来，争端愈多了。

跟阿琼结婚前，哑巴听过，听过很多次。

——喊，大年三十都不给祖宗供饭烧香的人，你同他们讲什么？

又或者——他们可是说买房就买房，钱从天上来，说不定是从前老番埋下的宝。

他没想好，中午在百人宴上听到的话，要不要跟阿琼讲。

梁家村人说，建博物馆需征用土地，全岛十九个村，无一积极。博物馆是什么来的？可比不得宾馆、浴场、游乐场。打听下来，省城的博物馆都是不收门票的。不收门票，他们这个小岛的财政可是补贴不起，到时恐怕又是一本烂账。最后投票，几轮投下来，"他们世代出海，也不种地，土地应该有空余""他们最靠近圣山，老番最中意，博物馆这等洋派玩意，要搞就搞在一起"。

这些话说来说去，只一个字——钱。这些话说给阿琼听，有什么用？

阿琼站在娘家小楼二楼的阳台上。哑巴仰头看她。

阿琼问他，你不怕鬼了吗？

哑巴笑了。

两人骑车回家。夜晚的风清凉，温柔，绵延不绝。哑巴从院子里摘几朵鸡蛋花，拿去水龙头下让流水冲走花蕊上的小虫，都洗干净了，摊在手心里，珍惜着送给阿琼。鸡蛋花洁白，芳香，阿琼的躯体也花瓣般打开。

待阿琼睡熟，呼吸轻柔平稳了，哑巴独自走去黑暗中。

跟这座岛一起活了六十多年，哑巴以为自己对它已经足够熟悉，岛上的一花一木跟自己的身体发肤一样，细微，平常，如呼吸般自然。某种意义上，它们彼此相连。哑巴从没离开过岛，他身体里的每一粒原子，早已跟构成的岛的原子颗粒进行了上亿次交换。他和岛，互为彼此了。

可是这个夜晚，他独自来到海滩，像是重新发现了岛。海滩上空无一人，他像是独自拥有了岛。这静谧足够大，足够广袤，让他可以跟岛的精魂和实存进入某个不受打扰的结界之中，又或者是真正进入岛之中。不对，不是进入，是彼此持续地交连，你来我往，互通电流的气泡。

夜空非常晴朗，出奇地晴朗。星星闪着光，其中有些最亮的，精钢般寒光闪闪，暗些的，则晕染出红光或蓝光。他确定岛正在移动，可能因为星星连缀成的大屋顶正在移动。他知道星星们跑得很快，所以，岛必然也在飞速跑着，他才能原地不动。岛连带着他一起，在飞翔。

他听见心脏咚咚跳，平稳，规律。而岛的深处传来相同节拍的鼓声。岛说话的方式有许多种。风吹过树冠，沙——沙沙沙。海浪拍打礁石，哗——哗哗。椰子垂落——咚！花破蕾，鸟破壳。加上他新发现的，霉菌生长繁殖——嘶嘶嘶。他听进去，记住了，学会了，不再孤单。有一天他死了，他的身体会湮灭在土壤深层，与岛屿慢慢融为一体。有一天岛将从海面上消失。他在电视里看到过。那么，曾构成他的那些颗粒，也将闪着光去往别处，在别处再浮出水面，或浮出地表，成为新的岛或夜空中的一颗星，继续发出声响。

哑巴觉得，自己是被深深祝福的。

他向石柱的方向望去。他可以讲石柱的故事。石柱原本立在水里，后来填海成了平地，土壤异常肥沃，岛民开始聚集在石柱附近，成了岛上的大村。村民拜石柱为神，小孩子拜石柱为干爹，世代兴旺。但这石柱是断的。早年石柱还在水里时，被渔民当柱子拴船，生生拉断，不当回事。后来才被当作宝贝。人哪里记得这些。有专家来考察过，石柱据说是葡萄牙人带来的，立在水里作葡萄牙皇室的标记。五百年前，航船到中国的葡萄牙人，到此一游的标记。为什么要千里迢迢带这么一根柱子？没人答得出。慢慢地真成了故事。这个夜晚，他知道了，这种故事，他可以不讲。

过几个月，哑巴收到吴老师从省城寄来的书。里面有石柱的图片、文章。女儿帮助哑巴看懂文章，知道许多学者费了功夫找证据，目前可以确定，这根石柱跟葡萄牙人无关。

说不出什么原因，哑巴觉得轻松了。在此之前，他已经轻松了。

飞在三万米高空的气球

文｜小饭

作者简介

小 饭

青年作家。在《收获》《上海文学》《十月》《当代》《四川文学》等杂志发表作品上百万字。曾获首届《上海文学》文学新人奖、第二届《青年文学》年度文学新人。上海市作家协会首届作家班学员、鲁迅文学院第 40 届高研班学员、鲁迅文学院高质量发展班学员。出版作品《不羁的天空》《毒药神童》《蚂蚁》《偷生》《后台谈话》《打牌》等十余本。中国作家协会会员、上海市作家协会理事会成员。

1

每次想到他，我就能想到那只气球，一只飞在外太空的粉色的孤独气球。也能想到他贼兮兮的笑，黑黝黝的脸，一头乱糟糟的中长发。还有那一句"范总，这个真的骚"。王翔他有自己对汉语的延伸或者说异化的用法，比如，骚就是厉害。他的眼睛是杏眼，男人有这样的眼睛实属少见，我也是最近看抖音才知道的。

初次见面，王翔在我面前用苹果电脑打开了一个视频。那个视频开头就是四个字：《太空计划》。随即 Muse 乐队的 *Time is running out* 响起。我兴奋起来。视频做得很酷炫，"太空计划"四个字经过了设计，显得大气，而且最后它们爆炸了，然后真正的故事开始。总体来说无论是拍摄，剪辑，配乐，这个视频都显得很新潮。至于内容，简单地说就是几个年轻人在沙漠里把气球放到了天空上去，气球升天之后，视频随即出现了气球的视角，画面右边出现了数字，意思是此时此刻距离地球表面多少距离。眼看着数字从几百到几千，最后定格在三万多。此时气球视角下，地球是一颗蓝色的小球，而气球边缘还挂着一个钢铁侠的手办。那个钢铁侠手指着地球相反的方向，我猜那就是它想飞往的外太空。

"太空计划是我最骚的项目，可能并不挣钱，但我必须骚一下。"王翔说。他说话的时候很注意尊重人，盯着你，看你的微表情。如果你在他说骚的时候皱眉，他就会跟你解释什么是骚。仅限于刚认识的时候，后来当然也不需要了。如果身边有新人，就让新人慢慢理解翔总的语言风格和特殊语义。太空计划到底是啥？我心里当然打鼓。

"下个礼拜你来，我就告诉你。"

这才认识俩礼拜，他就邀我参加他第三个礼拜六的婚礼。看到微信里他给我发的邀请函，我心里又接着打鼓，莫不是我上辈子就欠他一个红包？

婚礼放在佘山索菲特，这个酒店档次不低，属于高贵的上海郊区。新郎王翔，新娘的名字比王翔还普通，我就从头到尾没记住。那么礼金我该出多少？我把这个问题抛给邱鹏，就是他把王翔介绍给了我，多少我有点把尴尬留给他的意思。他没有领会我的企图，就伸出了全部的手指给我比了个数，五。他大爷的，就认识两个礼拜，我就得交五千的见面礼？不，见面礼这个说法不准确，拜晚年也不需要这么贵吧，你们是上流社会？

"我们不一定是，但你必须是啊。"邱鹏哈哈大笑，当时我跟他在一个港式茶餐厅吃夜宵。我只记得他笑得很灿烂，莫名其妙地灿烂。

"我？我为啥就是上流社会？"

"你是名流。你是韩导眼前的大红人。简单地说，你是文化圈的。"

"文化圈，那就不算上流。"我说。且那阵子我刚准备从韩导公司辞职，打算自己单干，但如果拿不到投资，自己马上就要处于暂无收入的圈子。这礼金我得想想办法，能挽留就挽留。如果在婚礼高潮的时候用微信发出转账红包——这个时间节点是最有可能成功的，如果他也是一个体面的人，这种方式这个时机他最有可能跟我客气一下，没准就退回我的钱款。

时间很快就到了王翔的婚礼，我确实就按计划干了。舞台的高光时刻，音乐也是庄严神圣，我微信转账完事了顺便夹住一只烤鹅翅膀。在随后的半小时我始终留意着手机，关注微信和王翔对话框里的消息。谢天谢地，如我所愿，王翔退回了我的转账。体面人王翔。在微信对话框，我虚伪地打出了一个问号，但王翔作为新郎想必挺忙，他当时没有为我答疑解惑。

2

"我是肯定不会收你这个红包的。那时候我就决定跟她离婚了，礼金是说好的全给她，我收了不收没啥两样，那不如给你一个惊喜和人情。"王翔说这话已经是半年之后了，我们已经处得很好。当时他笑得大方。又宽容，又友善。惊喜，他说得没错。人情，更准确。年纪相仿的我跟王翔已经成了很好的朋友。

"那你老婆没意见？哦，现在是前妻，她没意见？"

"她哪会知道。就算知道了，我说你是我认识俩礼拜的贵宾，不能收。"

"喊，这理由，你老婆，哦，你前妻听了能服气？"

"她平时就一直损我，说我思想境界高。我跟她，怎么说呢，一场孽缘。"

王翔是结婚八个月后办理的离婚手续，匆匆忙忙终结了一场孽缘。孩子才三个月。这个姻缘，奉子成婚，不得不成。

他离婚没多久，怡人科技成立。几乎差不多时候我也终于拿到了韩导的投资，自己做起了老板。"还是韩导对你好啊。"邱鹏说。好事成三，邱鹏自己的网红经纪公司也挂了牌。我后来也问了邱鹏，到底是为什么介绍我和王翔认识。

"你要创业，我在创业，他想创业。我就觉得大家应该能相互帮助一下。"邱鹏的出发点很好，但似乎并没有找到关键点，所以这个问题他等于没说清楚。那一阵我们三个就经常在一起磋商，说要搞点事情。我的业务模块主要是文化演出，托韩导的福，我和国内很多演员歌手有联系。就是帮忙组织这些演员歌手做线下的生意。实实在在小生意，没啥想象空间。邱鹏比我下沉，专做网红，如果更精准一些，是以车模为主体的美女直播。邱鹏早年是赛车手，每一场比赛他都能认识好几位站在赛车发车点的美女车模，具体怎么认识的，交情有多深我就不知道了。但显然邱鹏把她们当作了自己的好朋友，同时希望帮助她们挣更多的钱。那些女孩挣线下的钱太辛苦，邱鹏说，烈日炎炎，赛车轰鸣，赛场机油味很重，小姑娘们穿着暴露的衣服站一天也就几百块钱，实在过意不去。开个直播，遇上几个傻老板，一个按键就能送出上千打赏。他和女孩二八开，谁也不亏待谁。

还别说，邱鹏这个路子行得通，如果没吹牛，他前几个月已经让他旗下的每一个女孩赚到了六位数的钱。他第一批签约了十几个女孩，我估算了一下他的盈利，几次吃夜宵都让他买了单。

王翔其实之前就有个小团队，主要业务是拍汽车广告。邱鹏是他的中间商，帮他介绍汽车客户。一直以来据说也是二八开。但王翔这个人，根据邱鹏的说法是个有大梦想的人。邱鹏说他自己不认识"梦想"这个词，但很愿意帮助认识这个词的人。

我原本打算老老实实为演员歌手做线下演出项目，卖卖门票，但是还没等我开始，就被王翔骚到了。简单地说他是要拉我合伙，一起做。"范总，你想，我拍一个广告，挣十几二十万。骚一下，可能就没了。"注意，这里的骚，不是厉害的意思，我理解没错的话。王翔继续说："但如果我骚到一定程度，不，是我们骚到一定程度，我就可以拿到特别多的钱，不，是我们就可以拿到特别多的钱，而且……"

"而且什么？"我问。

"而且，我们可以更骚。"王翔最喜欢的人，或者说他的人生偶像，活着的叫马斯克，翼龙马斯克，特斯拉的老板；永远活着的，叫钢铁侠，一个英雄。我也在媒体报道中听过这两个人的故事。确实骚，但总觉得跟我离得比较远。

"我们这个时代是泛娱乐化的时代，科技也是一种可娱乐的对象。年轻人对音乐游戏敏感，如果你加上一点科技的元素，那么音乐和游戏都会成为年轻人最愿意花钱的项目。"

"加上社交？"我问。

"社交不重要，现在的年轻人不爱交朋友。他们自己就是自己最好的朋友。"

"你真骚。"我对王翔说。

我确实看了王翔给我的一个榜单，或者说调查表格，上面显示"年轻人"对娱乐的热衷度达到业余生活的56.1%。就如王翔所说，科技也是年轻人的重要关注点，达到了40.2%。之后是游戏，这个我没想到，我以为现在年轻人只会打游戏，游戏是32.4%。再之后是社会政治，体育，财经。看起来被调查的对象群体确实年轻，他们对财经的"热衷度"只有10.1%。他们一定会长大的。

"对，等这帮人长大了，他们就不会消费我们的产品了。你不是做文化吗？你难道是给四十岁五十岁的人做的文化？"

王翔问住了我。我想做的文化，到底是给谁做的。

"科技加上文化，就是老虎加上翅膀。相信我，范总。到时候，四十岁、五十岁的人也会为我们的产品买单的。"

"那么翔总，我们要做的产品到底是啥？"

王翔又开始贼兮兮地笑，这笑容总是让我狐疑，也总是让我觉得温暖。仿佛他在传达他的自信，并且让我也相信他。"先骚起来，等骚起来之后，一切都会好的。"

"怎么理解呢，就是先有名再有利？"

"范总，你也很骚。就是这个意思。"宏观上说服了我之后，王翔跟我具体说他要做的项目，"你听过我的'太空计划'吗？"

"听过，听过，还看过。你把气球放到三万米的高空。"

"这只是表面的。你看我把气球放到太空上去，这已经成功了。我现在要实施'太空计划'的第二步，我要做一个太空音乐节，我要向异星表达人类的文明。"

不，王翔，你等等，你能不能把你的"太空计划"更深入浅出一些告诉我，这样我们合伙起来才能有点正形？如果说是商业机密也圆不过去，毕竟在王翔口中我已经是他最紧密的合作伙伴。一切都太玄乎了，也有可能是我自己领悟力的问题。以前韩导也经常这么说我，说我理解力不够。

后来在王翔一次又一次的宣讲之中，我努力概括出的"太空计划"包括：第一步，把带有 GoPro 等摄像设备的气球放到三万米高空，并且返回地面，捕捉到太空的影像，并和太空"打招呼"。第二步，办一个太空音乐节，主打科技和太空文化（但我并不知道此处所谓太空文化的内涵和外延）。第三步，我想了很久，也做了种种揣测，最后得到的答案可能是"骚"——成名，变骚。或者具体地说，营销第一步和第二步两件事。最后呢，这个我相信是我和他一致的：做出产品。唯一的问题是，什么产品？

邱鹏是对这个未来的产品最有描绘能力的人。他对王翔说："你能不能把你的气球，带着摄像头的气球，搞得足够便宜，比如说，三百元以内。还要四年，或者至少八年内承诺质保。这样，我就可以让我的网红们用你的气球直播啦。"邱鹏对这个气球摄像机的描绘，直接让这个"产品"在我脑子里有了具体的形象：一个跟在网红身后的萤火虫，一个气球狗仔。我知道很多网红直播的时候需要架设拍摄设备，有时候是手机，有时候是摄像头，但这两个东西都不够灵活。足够灵活的是真人跟拍摄像师，但不是每个网红都有足够的本钱去雇佣一个真人摄像师的。很多网红一个月直播只能挣到三千多元，其中还得给平台分掉一千多元，她哪来的钱雇人？"翔总，只要你带摄像头的气球总成本控制在几百元，我就能帮你卖掉几百台。"邱鹏说。他说这话的时候，我们就知道邱鹏公司签约的网红已经有几百个了。看来还是邱鹏的公司发展比较好。

3

我确实没经验，开了这个文化公司，也就是找了几个闲散人员每天来陪我聊聊天。一个月过去了都没有任何营业收入。我甚至怀疑我开的不是公司，而是给自己的一个养老院。即便如此，哪怕王翔天天给我洗脑，让我做有科技属性的文化产品，我也始终没有把我和他的两家公司合并。我总想着走一步看一步，直到黄涛跟我说，他的朋友做了一个古董市集，赚了不少钱。

"怎么赚的?"我问。

"就是从义乌批发很多小商品，然后租一个场地，搭一个舞台，布置一些装饰，请几个小歌手上去唱歌，搞一些氛围。就像嘉年华，让人过来游览，卖货。你猜他一天赚了多少钱?"黄涛笑嘻嘻地问我。

"两万?"

"十倍!"黄涛这嗓门，没必要这么大声的，不过这好像值得干。做一个市集，听着不难，义乌小商品，场地，舞台，歌手，这些都不是问题。

"范总，你有那么多文化圈的朋友，还可以搞一些文化热点的演讲。韩导的新片不是要上了么? 你请一两个演员来，办一个发布会，这样肯定能吸引人过来。"黄涛刚从大学毕业，大学毕业后在延安路天桥上摆过一阵地摊儿。他喜欢文艺，就一直给韩导的微博账号发私信，表达自己的文艺见解。我恰好当时负责管理韩导微博，每天要整理所谓有价值的私信和评论，从中检阅一部分出来，以供韩导翻看。但黄涛的我没有选，因为他几乎每一条私信都是一首打油诗。有时候用韩导的名字，加上自己的祝词，比如"万岁"。所以这首打油诗我没记错就应该是这样的：韩国最近天气好，峥嵘岁月还没到。万水千山总是情，岁岁年年似今朝。

这样，藏头诗要表达的意思就是"韩峥万岁"。小把戏，带着一股可爱劲儿，还有一股傻劲儿。我分不清到底是前者还是后者激起了我回复他私信的冲动，总之就是回了。这一来一去，黄涛就加上我的微信。此后我对他摆地摊儿的业务能力有所了解，我相信他是一个人才。

在黄涛的建议下，我的公司终于有了第一个项目。一样是市集，我们不卖古董，我们卖文化产品。用一些机构的话术来说，文化是用来赋能的。用我们自己的话术来说，文化是可以给一些产品增值的。更俗一点的话，就是可以增加利润空间。比如一件 T 恤，本来卖三十。我们印上去几句话、一张图，至少卖他一个九十九。你别不信，还真的管用。

"但是范总，你得想办法把人给弄过来。有人才会产生消费。"黄涛说。

弄人来，这有的是办法。我马上给一个畅销书作家朋友打了电话，他有新书，我跟他建议，让他在我们的市集上做新书签售。不错，他还答应了在他拥有一百多万粉丝的微博上推广这次新书签售活动。这就是我本来的目的，让他用自媒体帮我的活动引流。一个小时后我跟黄涛说了这个事，他单纯又爱献媚，直截了当狠狠夸了我的商业才华。

在黄涛的激励下，我又请了一个歌手来市集演出，她的微博没那么多粉丝，但我的说法是有关这个市集的所有宣传上都会带上她的微博 ID。这个活动会在线上帮她扩大知名度，线下还能零距离抓捕粉丝。很好，她没有找我要演出费。

一天的活动仅仅一个歌手是不够的，但只要有第一个歌手的案例，后面几个就都很好谈了。"张晓欣没收我演出费，算帮我忙吧，做文化不容易。"我说。于是，麻花二人组也答应过来一起演出。

事实上张晓欣没要我演出费的关键并不是我所有的宣发会带上她的微博 ID 帮她引流吸粉，只是我跟她关系非同寻常，这事没其他人知道。我们一两个月就会约会一次。生活中我们彼此能帮的都帮，对外公开的关系是好朋友，我们心照不宣。

韩导确实有一部新片马上要上映。男主都是大牌，都是顶流，如果能请任何一个过来捧场，都会让这个市集"爆"掉。黄涛问过有经验的园区房东，就是租借场地给我们办活动的人，类似这样的活动会有极限人数，超过极限人数会增加我们的报批审核的难度——这还不光是钱的问题，是安全问题，于是无论如何也没想着要请顶流过来，更别说以我的能力根本请不到。顶流男艺人的行程，尤其是商业性行程都是特别复杂、特别费钱的。最后我想到了一个朋友——他在韩导的电影里客串了一个重要的角色，反正现在是这么说的，到时候剪出来的公映版本到底会有多少秒戏份我们都不知道。至少海报的演员表上已经有他的名字，有一张海报——我很怀疑是这位朋友特别要求的，或者是自己制作的——甚至有他的头像。他跟我一起在酒吧通宵玩过，因为有这一层关系在，他也就答应过来帮我站台——"不过我得跟经纪人打个招呼，我现在的行程我自己不完全能做主，要是没问题我只能过来半小时。反正范哥，来我一定会来的，但行程要跟经纪公司报备一下。你等我消息。"他来就行了。他来，我就有了找本地娱乐媒体发通稿的内容了。

那晚我把这事跟王翔也说了，他建议我，不，不能说是建议，他是要施以援手，帮助我。"范总，我帮你拍一个纪录片。你这种活动不能做了就做了，也不能以赚一点小钱为目的，要留下珍贵的影像资料。相信我，这在将来都会成为你的财富。嗯，这个纪录片就用我的气球摄像机拍。"

"翔总，那你的气球——或者你这个产品的名字想好了吗？到时候我所有的宣传里都把你这个气球写上去，就叫特别鸣谢。怎么样？"我以为这是我对他友情帮助的回礼，没想到王翔并不领这个情。"不用不用，我就是想帮帮你。除了留下影像资料我还想给你这个市集增加一些科技的元素，让来的人都情不自禁地感叹，真骚。"

对于王翔的友情帮助我自然是笑纳了。在我想象中这会是不错的氛围：有那几个曾经飞过三万米高空的气球出现在我们的文化市集上，"这就是故事"，这就可以讲故事。

但我也意识到了，或者说有一种微弱的预感，为什么王翔不利用这个机会，让我在宣传上曝光或者预告他的产品呢？我并不觉得这会让他的友情帮助变得不纯粹，因为这对我来说几乎没有任何成本。在没有成本的情况下，我也应该对王翔的帮助予以回应，何乐不为。王翔不让我为，我还真有点纳闷和不高兴。

4

当一切开始了我才明白，事情做起来都比想象中难得多。首先是场地的问题，我们虽然通过了文化项目报批的环节，但是平白无故多出来一个消防报批的关卡。说平白无故是因为我单纯，我以为活动过程中并不使用明火就跟消防没啥关系，没有火灾隐患嘛，其实不然。好，学到了，做这样的活动需要消防报批。消防报批还没结束——且不说这当中有多复杂了——文化监察大队突然找到了我们，这个单位我发誓真是第一次听说。黄涛自从和场地方签订了租约后就一直在前方。他回来跟我说了这个事。对了，他摆地摊好几年，这个单位他也没听说过，好歹他也是卖过文化衫的。随后我去网上查什么是"文化监察大队"，有些地方也叫文化稽查大队。我问黄涛对方需要什么？黄涛说："对方想认识你，想跟你吃顿饭。"我瞬间就明白了什么意思。你说我单纯吧是单纯的，但也没有那么单纯。吃饭就吃饭。吃过饭之后场地问题终于完全搞定了。在设备问题上也费了一些周折，不过余下的麻烦可以让黄涛或者钱解决。

我的另一位同事，一位名叫苏菲的年轻女孩负责联系厂家。我们研究决定要做帆布袋和 T 恤。一件衣服为什么能卖钱，并不仅仅是因为面料和设计超过其他，是它背后的文化和品牌溢价。比如 LV……还没等我讲完我的商业常识，苏菲就说，那我们就在我们的 T 恤上印"LV 劲敌"，怎么样？

好……我一时觉得这是个不错的主意，有可能会吸引到精神叛逆又没什么钱的年轻人。

此外，我们当然又通过了"古驰劲敌""普拉达劲敌"等等方案。自然，我们也在淘宝上花了几百块钱找人设计了一些字体图案。文化产品有这样一个好处，不需要你在产品本身上多么专业，那是工厂和工人的事，你只要负责跟工厂沟通——确保产品质量和成品跟我们预想的差别不大。

大约十几天之后，苏菲冲进了办公室，兴奋地说，我们的T恤和帆布袋都到了。跟着她进门的还有几个穿蓝衣服的工人，他们背着几个麻袋，然后把麻袋重重地扔在我们的办公室门口。用剪刀把麻袋剪开之后，我看到了一片平庸。虽然那些字确实印在了T恤和帆布袋上，但整体并不让人眼前一亮。我刻意隐藏了自己的失望之情，我想黄涛也是这么做的，因为苏菲实在表现得太喜欢这些破玩意儿了。

那几天黄涛确实很忙，感觉他整个人都沾满了灰尘。布置一个市集，搞定很多摊位——没错，他还找了之前参加古董市集的很多小摊贩来为我们的文化市集增加摊位和内容，并且在我的启发下，他虽然减免了不少摊位费，但要求他们必须把我们市集的有关信息发布在他们可能并没有多少粉丝数的官方微博上，当然也包括小摊贩老板自己的朋友圈。黄涛强调："我们这个市集还是很有亮点的，有明星会来哦。"在一旁听见的我不知道他说的明星指的是谁，是那几个没什么代表作的混迹在酒吧唱歌的歌手，还是在韩导电影里跑龙套的演员。其实最有知名度的当属我那个作家朋友——尽管他的一百万微博粉丝中一大半也是买来的。"我们的文化市集还会有气球直播。"黄涛对其中一个小摊贩打电话的时候兴奋地说，"那些气球，它们还有一个兄弟此时此刻正在三万米的高空旅行。"我心想是某天翔总跟我聊天的时候黄涛正好在场，具体是哪一次我都不记得了。

市集开始前一天，歌手需要彩排。黄涛让我建议翔总那边也派人过来："得让气球走走位，至少得安排安排摄像机的位。"我觉得有道理，就给翔总发了一个微信。翔总很快回了微信："好，没问题，我待会儿派一个新郎官来彩排一下。"

"谁，什么新郎官?"

"哈哈，就是哈利，哈利下个月就要回国结婚了。我让哈利和锋哥带着气球过来彩排。范总放心。"

哈利是个老外，王翔团队的摄影师。锋哥是哈利的搭档，负责导演的工作。我心想老外真是敬业，都快结婚了还要出来打工。但这不是重点，重点是王翔这后面那条微信是用语音跟我发的，我来回听第三遍的时候才确定其中还有一个女孩的娇喘声。这个王翔确实很骚，这才离婚没几天呢。

我终于要见到真实的气球了。我听过看过太多次气球，但每次都是在茶餐厅，在夜排档，或者邱鹏的办公室，以及王翔的视频里。真真切切的气球我没见过，哪怕去王翔工作室我也没见到过，因为气球在工厂那边，王翔总是这么说。

在现场苦等了两个小时，哈利和锋哥都没到。我问了一次他们到哪儿了，他们只回复我堵车。在一片像是工地的搭建氛围下，我感觉就要错过和气球的初次见面了。晚上我得请张晓欣吃饭，她的表演环节刚刚已经彩排过了，我注意到她今天穿了很好看的皮裙。我和她有过约定，每次她穿皮裙，我们就要做爱。我真是看到她穿皮裙才想起这个约定的。

和张晓欣吃了饭，也喝了点酒，开了房，洗了澡，一切进展都很顺利。我看了看手机，原本只想看看时间，却收到了黄涛的微信："范总，翔总的气球在现场爆炸了！"

5

黄涛夸张。填充氦气的气球如果破了，不能称之为爆炸。从照片上来看，只是翔总的气球漏气了。气球漏气就飞不起来，瘪下去了的气球躺倒在一个角落里。这和我第一次看到《太空计划》那个视频里的气球的形象差了十万八千里。一个是圆鼓鼓的、饱满的、精神的、年轻的，一个是老态龙钟的、晦暗的、无力的。

我把黄涛发给我的照片给张晓欣看。"这是啥？"张晓欣问我。"这是气球。"我说。"漏气的气球？"张晓欣补充，并带着疑问。"不，这是一个可以飞到三万米高空的英雄伟大的气球。""什么意思？"张晓欣把头靠在我肩膀上。在我还不知道该怎么解释的时刻，张晓欣就开始打呼。虽然她是个歌手，但打起呼来也并不动听。我想今天我没有尽力，我应该在她还没有睡着的时候夸她的新歌，以前我都是这么干的。夸她的歌，我始终认为这是我们爱情的一部分。

随后黄涛又发来一条微信："范总，彩排完毕，其他都没问题。"关于漏气的气球我还不知道该怎么跟王翔提，我想装作不知道这件事。最后黄涛发来一张图，"那个气球被挂在了房顶上，当个装饰还不错。"黄涛说。

第二天中午就是我们市集开张的时间，我十一点就到了。看着黄涛布置的我们的市集，还真像那么回事：偌大的场地里，头顶一片星光璀璨，脚下一条银河隽永，远处还有气球。来市集摆摊的人不少，一堆一堆来的，都是黄涛一个人忙东忙西在接待。陆陆续续有游人探头进来观望，很明显，他们是想看看里面是在搞什么花样，如果需要排队的话他们这时候就可以占得先机。

小河的新书签售被安排在下午一点。十二点半，小河打电话跟我说到了，我去楼下接他。他穿着高帮大头皮鞋，头顶西部牛仔帽，加上身边那个女助理，我以为我要接的人是周杰伦，总之小河这行头颇有明星范儿。见到我他也很高兴，说："范儿，待会儿会来很多人，你地方大不大？"

"大，很大，大到能放气球。"我拍了拍他的肩膀说。

"气球？"

"你进去看就知道了。"

我帮小河在网上采购了两百本新书，两百，我寻思这是一个合适的数字。假如签售不完，可以留下来当作礼品，或者以后送给文化稽查大队那帮大爷也行。小河看了看两堆书却说："完了，范儿，我只能增加握手的环节了。"

小河判断比我准确，签售开始不多久我就意识到了这一点。如果不是他增加握手合影拍照的环节，他一点半就能把这些书签完。那时候整个场馆里的一大半人都围在小河的签售台前，包括很多小摊贩。站在舞台边上的我对着黄涛说："这就是明星。"黄涛却指了指门口，说："范总，人家小河是高人。"

"高人？怎么说？"

"我数了数得有三十几个托儿，三十几个就能搞成这个样子，真的厉害。"

"这就是厉害？"

"真的骚。"黄涛已经能用王翔的词。

不管小河怎么搞这么些人来的，我只看到他签售的时候热火朝天。一群少男少女跟他攀谈合影，小河笑容可掬，礼貌大方。

"你看那两个姑娘，范总，她们又来了。"黄涛指了指两个扎马尾辫的女孩。我看着好像是有点面熟，并不确定她们是不是回头客，但我注意到签售活动的主持人，也就是小河那个助理和这两个女孩之间确实有一些眼神上的交流。

就在小河签售快要结束的时候，王翔终于姗姗来迟。他是来看他的气球的，不过他身边有个女孩，穿得就像一个气球。她跟在王翔身后，而我的目光正被她吸引。

"小雅。"王翔介绍。

"哦。你好。"我尽量大方得体，我想我听过她的声音。

"听说昨天彩排出了点状况？"王翔倒是实诚。我还在微笑，然后说："好像是。"随后我和王翔不约而同一起抬头看了看顶上的气球。"哎，这一批气球质量不行。不过被你这么布置，那气球就像一颗星球。"

黄涛把整个天花板都盖上了一层布，然后在那层深蓝色的绒布上装点了很多小灯泡，意思就是咱们大家头顶星空。那边上的气球确实就很像遥远的一颗星球，只是互相不成比例。

"如果这是在荒漠上就好了，这气球能飞老高，你这效果就太骚了。"

我和王翔聊了几句之后就得去送小河离场。他显然对这次新书签售活动表示了满意，他的助理也贡献了职业的主持。因此我算欠下小河一个人情，我说："小河哥，今天晚上会很忙，过一阵我一定请你吃饭谢恩。"小河笑着对我摆了摆手："范儿，你回去忙吧。我这都是小事。"随后他和女助理就从后门一溜烟的工夫不见了。

我不是要去忙啥，只是张晓欣的演出马上就要开始了。张晓欣今天这打扮，要是问我意见我是肯定不同意的，胸口那两坨肉都快爆炸了。好在她的舞台高，观众想看也看不全。

黄涛跑来跑去，这时候倒也站到我边上来。"范总，这妞可以啊。"我知道黄涛的意思，说的也是那两坨肉。我转头看了一眼黄涛，感觉他这时候很馋，眼睛里还有星光。"不是，范总。我觉得这妞唱歌可以啊。"

我怀疑我的哪个表情出卖了我。张晓欣唱歌可以不可以，我其实并不确定，但我的态度始终是"很不错""有前途"。那时候她就会说她爱我，我说我也爱她。"那我们爱情会消失吗？"那次她问我。我都不认识爱情，又怎么能知道它的行踪。但我会说谎，我说："如果你留下，我的爱情就不会走。"不对，这也未必是谎话。

"我的爱情不会走。"此时此刻张晓欣嘴里唱的歌词，就是我曾经对她说的情话。

爱情面前我总是怀疑自己在说谎，也确实说过很多谎。一个男人为什么要说谎？要对一个女人说谎？我有时候也会纳闷。可以把心思说得直接一些，或者保持沉默也行，但那样会造成尴尬的局面。也许男人说的谎，就是女人爱听的话。

最后的压轴大戏是韩导电影的明星见面会。不是发布会，我要不到这个名头，但明星见面会这五个字也够惹人注意了。我那朋友个子很高，在一群人的簇拥下来到了市集的现场。他走上舞台的时候我感觉他一定已经彩排过好几次了，走得节奏正好，还很稳。

台下不知道什么时候已经围了一圈小姑娘。黄涛又跑到我跟前来，说："范总，这影视圈的套路可比作家圈还深啊。"我仔细看了看，明白了黄涛的意思。行业规则了，反正现在这场面热热闹闹的，挺好。我微微一笑。

6

舞台也有相对冷清的片刻，但总体下来，大部分时候我们这里是热闹的。晚上九点半，小摊贩开始陆陆续续撤离，他们脸上满意的表情告诉我这个市集算是成功举办了。我问苏菲——她是我们的主打小摊贩，占尽天时地利——卖了多少衣服多少包。她让我猜。我看她表情挺搞笑，就说："难道卖光了？""Bingo！但黄涛找我要了好多钱。"苏菲说，然后表情从喜悦到落寞。我看了看黄涛。"那我不得交水电费，设备租金啥的呀？"黄涛一脸委屈。

"摊位费不也可以收一点的吗？"苏菲质问黄涛。

"这个范总可是同意了的，我们几乎都没收摊位费，让他们发微博朋友圈带人流。"黄涛看向我，我点了点头。打开手机，我看了苏菲截图给我的账本，心里一算：白干。我让黄涛和苏菲留在这里收尾，自己迷糊着走出了商区。看到王翔的车就在路边，我知道他在等我。副驾驶位坐着小雅，我只能往后排钻。"范总，活动办得挺成功啊。"王翔说。

我笑了笑，说："还行。"

"那我们要趁热打铁，今晚我们边吃边聊。"

"聊啥？"

"到我的地盘，咱们去敦煌。怎么说呢，就是把你这个活动搞大。"

"去敦煌搞市集？"

"不，是搞音乐节。我不是跟你说过吗，'太空计划'第二步，范总，这个项目我需要你的帮助。你要帮我。"王翔头一次这么认真诚恳对我发出请求。

"我怎么帮你？"我让他具体说说。

"走，咱们边吃边聊。小雅，你想去哪儿吃？"

7

我知道"太空计划"的第二步是办一个太空音乐节，主打科技和太空文化，但不知道是要去敦煌。认识的演员歌手作家基本都在北上广，去敦煌就意味着大笔交通费的必要支出。再说，这些演员歌手有没有档期还不一定。我个人也不喜欢长途旅行。我从各种角度试图让王翔对太空计划接下来的动作"合理"规划，再说："做音乐节的成本开销可不小，咱们从哪里搞钱？"

"做一个商业计划书，做好了，钱自然会来的。"王翔说，好像完全不跟我客气。他话说得是没毛病，只是很多没毛病的话都是说来容易。"范总，你觉得这个世界上是先有鸡还是先有蛋？"王翔问我。"这是个天问啊，大哥。"我说。"没事，范总，无论我们先有鸡还是先有蛋，都行。先有鸡，咱们就会有蛋，让鸡下蛋。先有蛋，咱们就会有鸡，让蛋孵出小鸡来。"

我被他这番话说愣住了，用一双小眼睛直勾勾看着王翔。意思是我们既没有鸡也没有蛋啊，此时此刻。

"没事，咱们还有邱鹏。"王翔说。

"咱们是有邱鹏，但是邱鹏有什么？邱鹏是有鸡还是有蛋呢？据我所知，邱鹏只有网红啊。"

"不，邱鹏还有车。你刚刚提醒我了，咱们要解决艺人的交通问题，我们搞一个千里自驾。"

听王翔说完我脑子里开始出现一张中国地图，从上海到敦煌，到底是几千里？

3151公里。王翔后来告诉我。

邱鹏是有真本事的人，他很快联系了一个他的老客户，斯科特汽车公司的赵辉，赵总。邱鹏说赵总对我们的自驾计划很有兴趣，但他需要跟我们开一次会，详细了解我们这个活动的各个细节。如果都没问题，他愿意提供八辆斯科特房车给予我们支持。紧接着，邱鹏仿佛一掷千金，他说："我也不是小气的人。"

确实豪气，邱鹏打开手机，给我们直接配了八个网红主播。"这八个网红主播会全程跟车。"邱鹏还说已经谈妥各大直播平台24时专版直播我们这次的异星节自驾。

是的，这次音乐节还会有一个前戏，就是这个自驾。

"专业摄影师全程跟拍，制作最完美的后期记录短片。"这是王翔在招商计划书里最后加上的话。

赵总来开会的那天，王翔穿了一身正装。这很罕见。这是王翔表达对赵总的尊重程度，或许也是邱鹏提醒王翔这么做的。邱鹏还提醒王翔，在做项目介绍的时候多强调活动有公益的性质。这种汽车厂商需要承担社会责任，因此赞助一个活动如果带有公益性质会让赞助本身获得更多合理性。

在邱鹏公司的会议室，见大家已经落座，王翔开始了他的表演。"我们这个项目，叫'太空计划之敦煌异星节'。"王翔说。关于这个名字，我猜想他是得到了美国火人节的启发。"我们的项目能有斯科特房车的加入，真的太合适了。"在投影幕布前，王翔友善地微笑。

坐在我身旁的赵总稳如泰山不动声色。

"我们从上海出发，各大主流直播平台会由网红主播参与其中，我们会在各地结合当地的人文特色进行直播，每到一个补给点，艺人还会在当地 Livehouse 内进行音乐演出。这些，范总都能搞定。"王翔看了看坐在他对面的我，我慌忙点头，"从而全方位与粉丝线上线下同步互动。"

"启动仪式我们会让虎牙独家直播，这个邱鹏也已经和直播平台谈好了。特效化妆之后的异星美女车模——同时也承担直播的工作……"王翔的 ppt 做得很用心，每一页都很美，很烈，用他自己的话来说，够骚。如果我是赵总，我想我很快就要被征服了。

"那你刚才说的公益活动，会体现在哪里？"赵总忽然提问。我想这是一个非常具备大局观的问题。

"是这样的赵总，车队人员会沿路向当地居民收集二手电子元件，将收集到的二手电子元件带到敦煌进行改造。改造之后的作品将直接作为异星人带来的礼物赠送给酒泉留守儿童。"这件事王翔没有跟我提过，不过听上去确实还不错，足够有创意。

"好，那你继续说说自驾的细节，我要确认我们的房车会走什么路线，会在哪里得到曝光。"

"好的，赵总。我前面说了，咱们的活动平台会全程直播。上海到敦煌全程 3151 公里，我们预计跑五天。第一天上海到郑州是 943 公里，大约行驶时间 12 小时，考虑到这一段时间较长，洛阳是备用停留地点。第二天郑州到西安，全程 485 公里，预计行驶时间 7 小时。到达西安后我们计划在回坊文化风情街骡马市钟楼做任务：外星人'突袭'Livehouse，艺人在 Livehouse 里进行现场异星人特效化妆及装扮，装扮完毕后开始艺人演出。"

王翔又看了看我。我心想，我之前跟王翔吹的牛，王翔全部当真了。我曾经对王翔说过，西安的 Livehouse 就像我家，老板全是我朋友。"西安的魑魅乐队、零蛋先生等音乐人都是范总的好朋友。这些我们都已经安排好了。"王翔对我笑着，这笑容里，有感恩有欣赏还有恳求，我当然又一阵点头。

"随后再去兰州。兰州的演出阵容有红白蓝乐队，空中降落伞乐队，旅途乐队。"王翔继续看了看我。好吧，我那天是真的喝大了，把我听说过的全国各地的乐队都处成了兄弟。王翔也够骚，都记住了，要不然就是他在网上搜出来的。"在兰州我们的任务是寻找丢失在街头的变装道具，将自己变装成异星人……"王翔还没说完，赵总打断了他。"嗯，这个我知道。咱们继续往下。"赵总的不耐烦，意思是这些不是重点，让王翔尽快翻页。

这时王翔观察到赵总桌前的茶杯里空了一半，就让小雅给赵总续一点热水。小雅把赵总的茶杯端走，还经过了我跟前。她的行走使得空气流动，我闻到了小雅身上有一股香味，也不像是名牌香水，就是那种比洗发水的味道更清幽的香气。我见赵总也抬起头看了看小雅。

"继续，咱们从兰州到酒泉，全程 711 公里，预计行驶时间 9 小时，车队预计到达酒泉的时间是晚上 6 点左右。"王翔终于翻页了，"到达后车队进行休整，当晚无任务安排。但是……"王翔停顿了一下，他知道接下去说的是赵总比较关心的话题，"但是我们的重头戏来了：参观酒泉卫星发射中心。"随后王翔播放了一张酒泉卫星发射中心的大图，下面还配有文字说明：

> 酒泉卫星发射中心是中国最早建成的运载火箭发射试验基地。中国目前发射了约 280 颗人造卫星，其中 82 颗在酒泉发射。

我看了看赵辉，此刻在王翔的慷慨陈词下，赵辉应该是兴奋难当的，不过我觉得赵辉可能昨晚没有休息好，或者在想别的事，出了点小差。这时候小雅已经把续好的一杯新茶放在赵总身前，但得到新茶的他也没有给王翔他所需要的回应。

"在酒泉我们有一个针对留守儿童的公益项目。留守于酒泉的孩子们由于特殊原因，没有正常小孩拥有的寒暑假甚至日常假期，这群孩子缺乏社会的关注和关爱，也缺少和外面世界接触的机会。因此异星人将在酒泉为他们送去惊喜。车队工作人员们会化装成异星 NPC 来到小朋友们的学校或家里，组织小朋友一起玩游戏。沿途收集到的成色较新的电子元件将作为异星人的礼物赠送给小朋友们，同时以异星人的名义赠送他们生活用品，图书，玩具，文具等。"看着赵总表情寡淡，王翔略有失望，不过我感觉这个计划书马上就要接近尾声了。赵总也在坚持。

"最后，酒泉到敦煌全程396公里，预计行驶5小时。车队早上出发，将在敦煌举行到达庆祝仪式。全体车队人员化装成为异星人参加到达庆祝仪式。晚上8点是篝火烤肉派对，与敦煌异星大本营的异星小伙伴共同参与，然后房车车队做成花车车队在敦煌市区游街。异星人穿梭在敦煌主要城区，车上将配备部分NPC在游街期间下车与群众互动。异星花车队搭载演出队伍、乐队、dancer、DJ……"

邱鹏着急为王翔的演讲做一个重点提要总结："超酷炫异星改装车燃爆敦煌。"

"那我们的权益?"赵总转头看了看邱鹏。邱鹏迅速看了看王翔。

"是这样，房车权益有自驾全程直播的logo露出，口播鸣谢。活动现场的落地推广，印有你们斯科特官方微信号二维码的矿泉水赠送，游客扫码即可获得矿泉水一瓶。房车营地八辆房车现场集结，统一停放在规划的房车营地，营地旁放置斯科特房车介绍易拉宝……"

"酒泉那边呢?"赵总再一次打断了王翔，问到了他的核心诉求，"公益，得有公益的部分。"

"呃……"王翔略作停顿,"我们会在酒泉做完所有公益活动之后放飞一个异星气球。气球会写上若干大字:斯科特房车全程赞助本次活动。"

8

赵总走后,我为王翔捏了一把汗,也为自己捏了一把汗。不知道那几个 Livehouse 的老板我要怎么联系到,也不知道那几支乐队有没有解散。我还有一个问题:"你那个气球,还没放上去?"

"放了,视频我不是给你看过了吗?但是那个气球现在失踪了。GPS一直没有信号,所以我必须再放一个,这次我要确保气球的精准落地。"王翔说。

"视频我看过,但你没说失踪了啊。"在那个视频的结尾我只记得钢铁侠指着太空的方向。哦,假如是这样,也说得过去。"我还以为我们会在敦煌古城音乐节现场放气球。"我喃喃地说。

"气球是我们放的,谁知道我们是在敦煌放的,还是在酒泉放的?赵总要是希望气球是在酒泉放的,那我们就是在酒泉放的。"

"可是赵总不是说要跟着一起去吗?"我的这个问题让王翔面露难色。

我以为王翔的那个气球一直被他牢牢控制着,漂浮在距离地球三万米的高空。我心想这就是科技，这就是我们文科生崇拜的东西，没想到科技产品也会玩失踪。原来那个所谓的气球精准落地还只是构思，并没有成为现实，而这个现实王翔需要我一起见证。我能帮助王翔的原来就是拉赞助。我的加入能让王翔把这个项目计划书里文化演出的那部分完成，然后他就会有钱、有车，能去敦煌放飞他会精准落地的气球。这就是我在"太空计划"中不可或缺的原因。

"放气球就放气球，你为什么对精准落地那么在乎？"我问王翔。

这下王翔笑了笑，没有回答我。我看他拿出了一张纸，上面写着物品清单：高原维能口服液，红景天，维生素 C 葡萄糖粉（冲剂），头疼粉，奥默携氧片，氧气袋，腹泻药，感冒药，创可贴，医用绷带急救包。"范总，这些你让苏菲准备准备。"王翔说。

"就准备这个？我要准备的东西可多了，我是不是还得帮你准备一些艺人？"我口气中带着一些嘲讽。

"当然，范总，都准备准备。"王翔又笑了。

没几天张晓欣问我能不能加入异星自驾车队的时候，我纳闷她怎么知道这件事的，还这么快。

"你们这个活动现在可火了，我好多音乐人朋友都知道啦。"她这么一说，我就开始怀疑是不是我做事太谨小慎微，犹豫纠结。这事情在我这边还没谱呢，但事实上这事是不是已经成了一大半了？"你没看到吗？你们异星音乐节的票都上了大麦网了。"

我确实不知道，这部分不是我的工作，想必是王翔那边操作的。张晓欣给我看了一张手机截屏，这音乐节的海报做得，怎么说呢，就像王翔的 ppt 一样骚。只不过演出嘉宾那部分，只写了"神秘大咖"。"也就是说，你有档期？"我问她。

"你去哪我就去哪，天涯海角。"张晓欣喜欢这句台词，不知道是从哪个电视剧里看到的。

仿佛是王翔在拉着我往前走，但我有我自己的坚持，我无法忍受好几天都要跟车模女主播共处一车，大概率还得牺牲自己的隐私。再说句实在的，邱鹏那边的所谓美女主播几乎没一个靠谱的，全是整容脸，胸口垫着硅胶的女孩。哪怕邱鹏贼眉鼠眼地劝我跟他们一起出发，我也不为所动。我有我的打算。就这几天还得帮他们联系郑州西安和兰州这三个地方的 Livehouse。我问张晓欣，去那边演出过吗？她回我没有。我想也是，不然她为啥这么积极要参加这个活动。

"范哥，你真不跟车队去？你得当家啊。"

"让黄涛当这个家吧。"

我们决定黄涛负责八辆房车中的两辆，王翔负责三辆，邱鹏负责余下三辆。

很快就到了发车那天。发车仪式上，我们三家公司的人站成一排，身前扬着不少旗帜，上面印着除了我们三家公司的名称和 logo，还有异星节的设计图标，以及斯科特房车。掺杂着七八个车模，一起合了张大影。合影完毕我就往后退了，看着年轻人们激动地上车，各种新鲜。我顺便数了数举着手机开着直播的美女主播，"怎么只有七个，不是八台房车，一台一个主播吗？"我问一旁的邱鹏。"临时有一个不来了。少了一个。你们黄涛说可以让你们的随行艺人顶一下。"邱鹏说。

"谁？"

"就那个美女啊。"邱鹏往那一指。我这才发现张晓欣也举着个手机，正坐在最当中那辆房车的副驾驶位上。我仔细看，她没有穿那条皮裙。

"范总真不去啊？现在改主意还来得及。"邱鹏一脸坏笑冲着我。

9

目送着车队远去，一拐弯上了高架。一路顺风吧。随后我打开异星音乐节的工作群，点击了其中一个直播链接。不是张晓欣，我关了，再点一个。一直点到第四个才看到那张我所熟悉的脸。他们已经上路了。黄涛开车，张晓欣把直播画面给了黄涛。黄涛就冲着镜头用他右手的大拇指和食指比了一个最小的心。

一共八辆车，司机全是我们自己人。邱鹏和王翔也都齐齐上阵。

换了一个直播间，是哈利和锋哥那辆车。他们是老搭档，一个摄像一个导演，他们也是王翔团队里我最熟悉的人，上次来帮我的市集架了一个气球机位，没成功，改成用手持摄像机跟拍现场。后来他们回去把素材剪辑成了一个关于这个市集的小视频，剪辑和配乐还挺到位。

"哈利，你会说中文吗?"女主播举着手机一边直播一边正在逗这个外国人。哈利回头，用他的手持摄像机也对着美女主播。"会，会一点点。"哈利岂止是会一点点中文，他甚至可以用中文写微博。上次聊天的时候我就知道他来中国好几年了。他大学就是在中国读的，我听说他在中国交往过几个女朋友，不知道为什么还是要回国结婚。算日子在这次异星节活动之后，他就要回去当新郎官了。"哈利，你喜欢中国女孩吗?"女主播继续问哈利。"喜欢。"哈利说，然后又补充，"喜欢一点点。"哈利这句中文说得特别溜，应该是经常用到的缘故。直播画面还算清晰，除了手机的屏幕有点反光。我看到稀稀拉拉的直播的评论区出现了一条留言：美女别问了，哈利他不会喜欢你。看 ID，是王翔。

在韩导的帮助下，我率先搞定了郑州一家名为枪花的 Livehouse。随后顺藤摸瓜，西安和兰州的也顺利谈好档期。好在 Livehouse 的下午永远是空档，能带客人去消费，一切都好谈，只要王翔他们路上别耽误出岔子。

按计划我和赵总都是直飞敦煌。赵总是大忙人，我是陪他一起，真是为了陪他我才给自己也买了头等舱的票。小飞机的头等舱性价比很低，就是座位宽敞点，空乘有更多时间服务你。"范总是吧？听说范总是文化人。我一直不太明白，文化具体是指什么？"赵总扭过头问。"就是听听歌，看看演出，再就是书和电影。"我简单归纳。"哦，是这样。"赵总抿了一口茶。那茶挺香的，他让服务员给他的保温杯加上了热水之后，那茶香就顺过来了。"那你说茶是不是文化？""茶文化。算。"我顺着赵总的意思。赵总又问我这几天有没有看他们自驾的直播。"我看了。当然看了。"但我不能说我主要是看张晓欣那个直播间。"我觉得你们搞的那几个女孩啊，真的没什么文化。"赵总也看了直播，他摇了摇头，仿佛对这个活动直播环节的呈现并不满意。"我都听不懂那些女主播在说啥。对车都完全不了解。有观众问她们坐的什么车，那几个女的就直接说，房车。再问到房车的具体细节，居然就说要打赏。你知道吗，范总？""嗯，赵总。"我看着赵总欲言又止，忙着应了一下。"我也在直播间留言了，我问，这个房车怎么样？根本就没人理我，很快我的留言就被刷走了。"

"可能女主播确实没看到嘛。"我说，"那些观众看直播就是看那些女的，这也不能怪他们。"

赵总继续叹气："哎，一群少男少女，其实我也挺羡慕他们。这样走一遭，在我年轻的时候，可没这样的机会。不过这个年纪的人受荷尔蒙影响太大，无法集中精神搞事业。"

赵总看样子也就四十出头，比我大了几岁，但他仿佛已经为自己的青春写好了挽联。

10

我以为我到的那天张晓欣会穿上她的皮裙，但没有。在酒店大堂的时候我看见她和几个应该是这一路上结交的年轻人正往外面走，好像是还有一些直播的任务。我微信约她晚上要不要出去吃夜宵，她过了五分钟回复我，说晚上她要去古城看现场布展，还问我去不去。这活儿是黄涛的，王翔他们应该也在现场布置。帐篷啊，化妆间啊，还有最重要的大舞台。我在考虑，忽然王翔打来电话，喊我晚上去市里吃夜宵。我说："你不得去古城监工吗？"

"你们家黄涛办事我放心，再说哈利和锋哥也在。我和邱鹏都想死你了。"

"不叫赵总吗？"

"叫了，人家晚上说要开电话会议。就咱们三个。"

终于又见面了，尽管才分开几天，他们的热情让我以为我们几年没见了。意外的是小雅没有出现在王翔身边，这是自从我知道小雅这个人开始第一次她没跟着王翔。王翔上来就给我和邱鹏倒上了满满一杯啤酒。"来，干一个。谢谢两位帮我王翔完成这么骚的一件事。对了，范总，郑州枪花的老板真够意思，直接给我们塞了三组艺人。还死活不要钱。"我呵呵一笑，反正是神秘嘉宾，谁上去演不是演，只要能唱能跳。我们这个异星音乐节主打的不是音乐，而是异星文化，和外星人交流科技发展，你王翔又不是不知道。

酒过三巡，大家已经开始胡扯。但我还有个事得打听。我说我要听听你们这一路五天的八卦，光看直播我看不出什么来。"那是你没看邱鹏那辆车的直播房间吧？"王翔说完诡异地笑，还看着邱鹏。邱鹏就迅速又提了一杯。"来来来，喝一个。"我是真没看。不过王翔说得可能也太夸张了，如果邱鹏真能在直播间对那女孩做什么，平台是要封禁主播账号的。"你们家黄涛也很骚。"邱鹏说。

终于到我想听的部分了。他们这一路，我就盯了张晓欣的直播房间一路，我看着张晓欣和黄涛打情骂俏了一路。好几次让我感觉挺酸的，甚至有点后悔把黄涛招进公司。当邱鹏津津乐道黄涛和张晓欣的故事，说到很多细节的时候，我终于忍不住了。

别说了。我怒气冲冲，简直想摔一个杯子。那会儿也意识到自己失态了。桌上太多酒瓶，我控制住自己不去触摸它们。并非张晓欣就只能是我的女人，她可以不是，只是爱情走了，我恼羞成怒。王翔见状，忙给邱鹏使了一个眼色。而邱鹏一脸傻子相，根本不理解王翔那个眼色代表什么。

终于我还是安静了下来。

第二天下午，我们的音乐节开演。我提前到了现场。酒醒了，生活还要继续。古城已经被我们完全占领，西边巨大的主舞台，在沙漠戈壁的映衬下我认为不比国内任何一次草莓音乐节的气势小。然后是观众区，估摸了一下至少能站两千人。两侧是餐饮区，一排排烧烤架子已经开始冒烟，像是在书写西部传奇。观众区后面大约有五十顶帐篷，蓝色的，贼好看。我听王翔说观众租用一个帐篷是一小时一百三。是个好生意，如果有人来租的话。再边上是更高级的房车营地，八辆房车。不过这是噱头，并不对外营业，赵总那时候已经拒绝了这个提案，具体什么说辞我已经忘记了。

艺人们已经在临时搭建的化妆间就位了，只等古城大门口络绎不绝的观众和游客进场。我问王翔："门票卖得如何？"

"这个范总放心，今天是周末。人少不了。"

谁说的，周末人就一定会多？我感觉被骗了，但不知道到底是谁在骗我。昨晚宿醉导致我连生气都没精神。就这样吧。

下午四点半的时候，已经有两组艺人演完。其中第二个出场的是一个抱着吉他的女孩。她一个人孤孤单单地在舞台上弹唱了四首歌。台下，我满打满算不超过十五个人，包括工作人员。穿着白色毛衣的女孩很坚强，她坐在舞台的正中央，背后只有一位调音老师，王翔的那个装饰性的气球正好在她头顶的不远处。

当晚我是要找王翔聊的。我觉得必须有所动作，但王翔借口说要跟当地文旅局的人开会。我心想大约王翔也意识到了问题所在，他已经有所行动了。

本来第二天张晓欣要上台表演，但她怕了。她说那个抱着吉他的女孩下了台之后哭了一个多小时。"范哥，反正也没什么人，我也不拿什么钱，能不能我就不上去唱了。真的。特别难。我可以允许自己唱错，唱跑调，但要当着这么大一块空旷的场子唱一个小时，我会疯掉的。"

张晓欣，你不要怕。你为什么要怕呢。"张口就来，晓之以理，欣欣向荣，美丽动人。"我说。

"咋了？这首诗……"她好像明白了什么，说话吞吞吐吐起来。

张晓欣美。你美，你就该上去唱，哪怕台下空无一人，你也要勇敢去唱。黄涛的藏头诗水平越来越差了，但既然你在直播间亲吻了黄涛的脸，而且我又看到了。

"爱是会消失的吗？范哥。"她曾经好几次问过我这个问题。有一次我说得跟以往不同，我说不会，爱是会转移的。

"明天晚上我们放气球。"王翔开完会回来告诉了我这个计划。他自信满满，但是哪里来的自信我是真不知道，或者是破罐子破摔，死马当活马医。我没办法，但我也想看气球升天。我问王翔，放气球的时候咱们能不能放那首歌，*Time is running out*。"能啊，这有啥不能的。"听到王翔答应了我这个要求，我心满意足。

回到酒店房间的时候黄涛已经等着我。亲历第一天的场面，看样子他比我还着急。"我们的门票你知道卖出去几张吗？就两张！"黄涛慌里慌张。"现在我们那八辆房车，四辆被扣在宾馆，翔总连房费都没交。那四辆房车弄不出来，赵总很生气，他跟我们算租金，一辆房车的租金每天都好几百。"

嗯，我点头，表示我知情了。据我知道的信息，赵总也该生气。

"范总，你得找小河。你找他想想办法。或者找你那个演戏的朋友。"

"找他们干啥？"我问。

"你忘了咱们办市集的时候小河那场签售了还有那个明星见面会？"黄涛解释他的动机。那我明白了，黄涛是要让我去找托儿。看着黄涛一脸着急的样子，我心里却想到了别的事。"你急什么急，你又没吃亏。"我黑着脸对黄涛说。黄涛："我怎么没吃亏，咱们这次活动得赔钱了，范总。"

"那你黄涛至少泡着妞了呀。"被我这么一说，黄涛傻了。"这是哪跟哪儿呀。"过了会儿，黄涛说，"范总，要不我跟你说个事，本来这事我可不想提的。"

"嗯。"

"翔总搞这个事，你知道是为了谁吗？异星，你知道是哪颗星吗？""不知道。"我等着黄涛继续说。"翔总才真的是为了泡妞才搞出了这么大一个事。他是为了他那个妹子。""小雅？"我问。"还能有谁。异星，就是水星。我听邱鹏总说，小雅的梦想是去水星，去水星找她妈妈。"说完这一句黄涛自己都不相信，仿佛在说一个童话故事。

哦？新鲜。我还以为异星不是一个特指。就算特指，一般也是特指火星多一些。水星，太阳系八大行星最小的那一颗，水星能有文明吗？不是，小雅的妈妈怎么就在水星呢？

赵总生气了。其实在酒泉过后的自驾路程直播间里，据说赵总就生气了。他在飞机上都没跟我提。王翔也是个马大哈，之前答应得好好的，那个气球上会写斯科特汽车全程赞助，结果那个气球光秃秃的，什么字都没有。我后来才知道这个事，我想得让王翔找机会给赵总解释。

赵总很生气那天我不在，我听的是邱鹏的转述。版本是他喝多了，把酒往桌上一洒，说敬酒是不吃了。当时正在给赵总倒酒的小雅面露难色。是邱鹏马上上去拦住他们交互的目光。赵总问："你们这个活动是不是得赔光？"

"做生意嘛，总是有赚有赔。"邱鹏还试图打马虎眼。

"我说的不只是钱，还有名声，还有我们斯科特。我们之间的信任。你跟我说音乐节现场有上千人？"赵总指着王翔。"人呢，在哪儿呢？酒泉的公益活动你们搞的是什么？气球上有字吗？那些破烂玩意儿你都是从哪里弄来的？"一连串的问题都让赵总说话大喘气了，"做生意有赚有赔，那赔的是你们。我赔个屁。你说你赔啥？"

"我啥都可以赔。"王翔不知道哪儿憋出来这么一句。

"啥都可以赔？那你赔个夫人行不行？"赵总对王翔吼了。当时这就快撕破脸了。邱鹏对我说，"场面很不好看。小雅转头看了王翔。王翔自知理亏，但还保持体面微微笑，看着怒目圆睁的赵总，他王翔仿佛慈父看着发脾气的小孩一般，但其实他那时候更像一个孙子。"

我跟邱鹏说，那天晚上我知道赵总很生气，我也不敢去找他，但后来我看小雅去他房间了。"你看到了？"邱鹏很认真地发问，"你真的看到了？我还以为就我知道。"

我确实看到了，但这个事太让人尴尬。如果我和邱鹏想到了一块儿，那就是王翔白白胖胖的女孩和赵辉睡了，而王翔并不知情。说真的小雅能跟赵总好我是没想到的。唯一的线索是那天在上海开会时候的某些细节。不，我还想起来在飞机上赵总问了我一些关于小雅的情况。

"不过赵总对小雅那叫一个上心。"邱鹏说，"你别跟王翔说这个事。我也不打算说。"

"我跟他说这个事干啥，我又不是傻子。"

"我是怕王翔受不了。你知道王翔对那个小雅有多认真吗？他搭上了小雅之后就决定离婚，是净身出户离的婚，啥都没有，连车都给他老丈人、前老丈人拿走了。

我给他搞的车。他这家伙。"

"遇到真爱了呗。"我说。

"前老丈人气得要打王翔，王翔就站在前老丈人面前，让他打。不是真爱这么简单，我觉得小雅给王翔下了蛊。"邱鹏见多了美女，在他眼里小雅长相普通，一个外地女孩子在上海没亲没故的就跟着王翔。"你说小雅有多机灵呢也谈不上，但她就是死死跟着王翔。跟我们在一起的时候小雅也不怎么说话，我偶尔会观察一下她，王翔跟她说话的时候她会笑。不是，王翔说什么她都觉得好笑，她一定觉得王翔是一个谐星。"邱鹏还打算继续跟我说一些细节，关于赵总和小雅的，就像赵总和小雅发生什么事的时候邱鹏就在边上一样，这不可能，大概率邱鹏是在想象和杜撰，因此我不想听下去。

古城不远处传来了我熟悉的 *Time is running out*，我想是气球飞起来了。这地方不会有别家放这首歌的。

"放气球你也没去?"我问邱鹏。

11

第二天晚上我们在古城烤肉吃，当然还喝酒，小雅也来了。我和邱鹏装作平常。周围的一切仿佛就是为了我们吃肉喝酒而特意搞的氛围。灯光，舞台，还有巨大的音响。王翔说下个月他和小雅要去哈萨克斯坦参加哈利的婚礼，他要跟小雅求婚。那时候小雅去上厕所了，他让我们暂时保密。王翔笑得很开心。我说我又不是傻子，我去把这个浪漫的计划说给女主角听干啥。邱鹏连忙点头，闷着喝了一口酒。王翔说他算过了，下个月，他到哈利老家那边，那时候气球就会掉落在哈萨克斯坦。据说这是他和哈利两个人合谋的甜蜜计划。太空舱里面有他和哈利提前录制的一段 VCR，哈利的话应该就是用在婚礼上了。可以想见，一群哈萨克斯坦的年轻人唱唱跳跳，然后忽然从天而降一个巨大的气球，然后从气球上摘取一个"太空舱"，找到一个 USB 存储卡，插到用来播放婚礼音乐和视频的电脑上，然后，画面出现了哈利。哈利会说什么呢？

紧接着，画面该是王翔出来说话，作为一个婚礼的彩蛋，王翔会当场对小雅求婚。王翔会拿出一枚精心准备的钻戒，捧在手里，对着小雅单膝下跪，然后问小雅，你愿意嫁给我吗？我能想到的就是这些。

"真要求婚？王翔，你刚离过婚，你为什么这次这么深情，这么执着？爱是会消失的，你觉得呢？爱很难长久，真爱最短暂啊，歌都是这么唱的。"

"爱在每个人的想象里都不一样。我喜欢小雅是有特殊原因的。你是不是想过，范总，人的生命本身其实并没有任何意义，金钱、名声也一样，或许只有一段时间内能让你沉浸其中，但豁出去、豁远了看，你还是会感受到空虚，只有情感的价值才能让我们终身受用。小雅，对我来说就有巨大的情感的价值。"

"你变了，王翔，你平时搞来搞去的骚劲儿呢？你搞这么多事又是为了什么?"

"就是为了小雅。还能为了谁?"王翔乐了，对着我咧开嘴笑。

"敢情你就是为了泡妞？是不是根本没有'太空计划'这回事？你为了糊弄我才放了那个气球?"

"别的能骗你，这个事不能骗你。"王翔拿出手机，打开一个软件，上面飘动着的气球，以及一连串数字。"还有 21 天。"他说，"这次我要的可不是它安全降落，而是精准降落。"

"气球降落?"

"不，气球自然会炸掉。但是气球挂着有一个太空舱嘛，太空舱里会储存所有的影像资料。"王翔比画着什么。这跟我想得一样。

"那这个太空舱它会掉在哪?"王翔把地图打开，两根手指不停滑动，地图几何级别地放大。意思就是这气球要出国。我看着王翔一直往西边滑。最后，我看到了Алматы 这几个字母。"阿拉木图。哈利的家。我必须让它降落在那里。"他说。

我虽然不懂黑科技，但是王翔你到底是靠什么让这个气球能精准降落在你需要它降落的位置。这风一刮，雨一下，气球一爆炸，这太空舱完全可能从地球上消失。但是爱不会消失。他用我的话来撑我。真是肉麻。咱们为什么要聊这个？就是因为邱鹏也上厕所去了吗？

"《太空计划》那个视频你还记得吗？视频里我用的就是 Muse 的歌做开场曲。你说你喜欢的那首。"王翔说。我记得我记得，*Time is running out*，我最喜欢的歌，可以排前十。当我第一次看到《太空计划》的视频，这首歌的前奏刚响起，我就知道我和王翔会有一段深刻的友情。他们说 Radiohead 像乔治·奥威尔，Muse 更先锋，我觉得 Muse 更像扎米亚京，一个讽刺作家，他的代表作《我们》是一部融科幻与社会讽刺于一体的长篇小说。

王翔又吃了一口肉，喝了不少酒。我认为他马上要跟我掏心窝子。这本来是没啥必要的，不过仿佛是为了弥补或者掩盖我的某种情绪，此时此刻他这么做我认为时机也是正好。王翔说他的老家其实在江西。"上栗县。""没听说过。""枫桥村。""闻所未闻。"他说他在枫桥中学读完高中就没继续深造了，但据他说枫桥中学是一所在当地很有名气的学校，里面还有他这十年研究方向的导师。王老师把自己的一生都放在航天事业尤其是对航天人才的培育上，枫桥中学也是因为层出不穷的航天航空少年在整个江西省都特别出名，但就算这些我都没听说过也不影响王翔继续诉说。"当时学校低年级有个女同学，一直嘟嘟囔囔说要去水星，不知道谁骗她，说她妈妈去了水星，她就信了。我一开始不信，水星哪里会有人啊。她因为要去找妈妈就加入了我们航天队，我是队长啊。她进来后常常哭。我就得常常安慰她。不知怎么的我后来居然也信了她妈妈就在水星。我还答应她，要帮她去找妈妈。"

"安慰出事情了吧？"我笑他。

"嗯。很正常。当时我才十五岁嘛。后来知识丰富了，知道了水星可真不近。这个忙我要帮起来，难度那是相当高。"

"所以，这个女同学也跟你一样喜欢放气球吗？"我问。

"喜欢，她昨天还放了。她就是小雅。"

哈哈，没错，王翔，我全猜对了，你就是为了小雅才干了这么个事。现在我真想告诉你，小雅已经跟别人好了。有一件事还特别有意思，王翔跟我说，他要让小雅生活在希望之中——但以我的理解，恰恰是王翔的这种想法，反而让他自己生活在了希望之中。如果我不告诉王翔小雅和赵辉的事，王翔就会生活在希望之中，活在假象之中。

好了，小雅终于上厕所回来了。后面跟着邱鹏。

12

异星音乐节为期三天，第二天的时候我已经预判到了结果。毫无疑问，一场惨败。但我也迅速接受了这个事实，因为我获得了更多。就在第二天晚上和王翔吃肉的时候我已经平复了我的心情。

黄涛问我怎么回去，是飞回去呢，还是返程就跟着房车走。王翔小雅和哈利从敦煌飞，转两趟，去阿拉木图。我看了看黄涛，问了他一个问题："你觉得王翔是认真的吗？是认真做异星音乐节的吗？"

"认真的，但是他失败了。小马拉大车，宣传都没跟上。算上场租宣传和舞台搭建，他这次会赔不少钱，但无论如何，你已经让他少赔了很多。范总，你相信那个气球的故事吗？"

"相信啊。不然我这么帮他干什么？我相信他。"我说。因为我已经知道了事情的全貌。但黄涛似乎也知道了一部分。"范总，你觉得那个气球真能掉到阿拉木图？哈哈哈，你太不了解这种把戏了。我跟你说，范总，到时候王翔会在一片荒地上提前放好他要找的东西。然后开着车，带着哈利和小雅四处'寻找'。最后他会'惊喜'地找到那个气球,那个太空舱。他会用刀撬开太空舱,拿出一个 USB 存储器。把那个存储器插到电脑上,视频文件打开就播放他对小雅的求婚录像。你不知道,哈利,哈利他一直就是王翔的托儿。所有高空视角的视频,都是哈利在国外网站上偷来的。你以为什么气球能飞到三万米还不爆炸?充了铁吗?还能精准降落,这真是欺负你们文化人。"

黄涛说的跟我想的有一部分接近,但似乎我俩对这件事的态度不太一致。我相信王翔身上的浪漫,但黄涛似乎已经把王翔当成了一个骗子。我微笑看着黄涛,心想你除了会写打油诗,还有没有别的办法哄女孩子?"你真喜欢张晓欣吗?"我问他。他抬头看了我,没有第一时间回答我,但那个眼神吧,能看出一点东西。

在张晓欣还是我的女孩的时候,我一直跟她说,你是个好歌手,你是金子,迟早有一天你会有个很大的舞台,你会成为明星。她听了就很高兴,那时候她会笑,她的眼里会充满希望。我想这就是王翔跟我说的,人就会活在幸福里。我不知道将来黄涛会做什么,他说他想做导演,希望他梦想成真。这个异星音乐节,他忙里忙外,对接舞台设备,对接音响师,对接很多艺人,而且还遭受了失败的洗礼。假以时日他能去草莓音乐节干。韩导认识摩登天空的老板,回头我可以让韩导推荐一下。我只是希望黄涛能像我一样，给张晓欣无穷的希望，让她幸福。

气球就像爱情，或者说爱情就像这个气球，本身充斥谎言，但你在相信它的过程之中是特别幸福的。我不知道小雅会不会和王翔登上去阿拉木图的飞机。如果登上了，到了阿拉木图，她在现场能不能看到气球的降落。如果一切真的都变成了现实，她看见了王翔为她拍摄的水星的镜头，她会不会看到自己的妈妈，会不会哭。

王翔跟我说过，哈利在视频里已经准备好了水星的近景照片。

"还别说，范总，水星真好看。很骚。"

7 鹏飞里日 | 文 播音

作者简介

默　音

1980 年生于云南，少时迁居上海。十六岁于《科幻世界》发表第一篇小说，开始自学日语。中专毕业后从事过多份工作，2007 年考入上海外国语大学研究生院，就读日本文学专业。担任出版编辑若干年，现为自由写作者、译者。已出版小说《甲马》《星在深渊中》《一字六十春》《尾随者》等。译有《真幌站前多田便利屋》《日日杂记》《眩晕的散步》《富士日记》等多部日本文学作品。

妹妹从微信发了条语音过来："听说太后要去你那儿？"

我意外地打字回复道："没听说啊。她自己来吗，不是说老人出国得有人陪吗？"那边想是在忙，十来分钟后才以焦躁的语气说："搞了半天她还没跟你讲？跟团才需要陪同，她是自由行。再说她还没到七十岁好不好。"接着来了条文字消息，四个字：

她有人陪

我以为妈又是和她的什么老同事或者合唱团伙伴等一群人浩荡出行，没放在心上。几天后，我微信收到一张自拍照，墨镜帽子围巾全副武装的老妇和圆脸戴眼镜的老头——后者头顶锃亮，寸草不生。我注意到两个细节，其一，照片用了美颜滤镜，其二，他俩戴的像是同款围巾，颜色分别是暗红和深灰。

紧随照片来了一行字：我们马上就要上飞机了！浦东飞成田。明天一起去镰仓吧！

对着两个感叹号，我在心里呻吟一声。世界上只有一个人会搞这种奇袭，就是我妈。在她看来，自由职业者就该随时随地有空。我赶紧回道，明天不行，要赶个稿子。我今晚陪你吃饭。或者我们后天去镰仓？

那边可能刚关了手机，不再有动静。我继续对着电脑，在几个素材网站之间徘徊，寻找灵感。有本小说的封面插画后天截稿。这周画了几稿，总觉得不对。原因是小说本身让我厌恶。下班后如客人般百事不管的丈夫，被家事与兼职挤压的妻子，在她灰色的日子里闪现的年轻同事，该同事带来的精神上肉体上的撩拨……故事的最后，妻子发现自己怀孕，孩子是丈夫的，两人在一个月前有过女方非自愿的性事，而她和情人尚未到最后一步。她去了医院，医生说，你毕竟是四十一岁，如果这次放弃，今后再难受孕。归程，她在电车上思索，是否该堕胎并追求属于自己的自由，却在这时收到情人的分手电邮。简而言之，从头到尾看不到希望的小说。过多的心理描写，读来像在泥沼中跋涉。但我不能由于私人的阅读体验交一幅灰扑扑的画稿。和编辑还有设计师三方开会的时候，接到的要求是"描绘中年女人的生存压力，同时揭示她的细微快乐"。书名《返花》。日语特有的这个词，意思是樱花、棣棠和杜鹃等植物在冬寒乍退时误以为春天到来，提早开花。

思绪在工作中打了几个转，回到微信上。我妈不是第一次出国游玩，前些年妹妹在美国，她去待了两个月。看样子，和上次不同，她不是来投奔我，纯属顺道看看。让人犯疑的是其同伴。老头到底是谁？问一下妹妹就能知道，我忍住了。妹妹习惯用语音，每次听得我头皮发紧。她说话的嗓音、语速和节奏，都像妈年轻的时候。

在 iPad 上重新起了草稿，感觉仍然不对。妈发来消息说，落地了。我点开妹妹的头像，写道：你妈来了，晚上和她吃饭。

不知道是不是所有的双胞胎都像我和妹妹，习惯说"你妈""你爸"，温毅第一次在饭桌上注意到这一细节，立即问他的新婚妻子、我的妹妹李昱——李纯的妈妈不就是你的妈妈吗？为什么你们互相说"你妈"，听着好奇怪。妹妹漫不经心地答，哦，我是这样说的吗？没注意。我替她解释道，是因为我们小时候两边轮流住吧。温毅恍然大悟般点头，又说，轮流住也够怪的。

我们念初一那年，爸妈离婚，家被一分为二。按抚养协议，我跟爸爸过，妹妹跟妈妈。妈很快提出异议，理由是"你能带好孩子吗"。她对爸的轻视由来已久。父母经过新一轮的协商和争吵，决定让两个女儿分别轮换，一个学期待一边家里。也就是说，我如果这学期在爸位于长宁区的老房子，下学期就去徐汇区的新家。妹妹和我相反。暑假相对弹性，我和妹妹可以选择，想各自或两人一起待哪边家里都行。暑假条款透出了居高临下的意味，妈肯定认为，两个女儿会留在她身旁。她想错了。接下来的初中的暑假，我和妹妹是在爸爸家度过的，即便屋子老旧没有空调，洗澡的热水只有涓涓细流，中午也没有保姆头一天晚上做好的饭菜，只能煮个泡面。

毕竟，对十几岁的女孩来说，和物质生活的舒适度相比，自由重要得多。二十多年过去了，我依旧这么认为。我妈常说，你啊就是不成熟，不如你妹。

上了高中，我就不肯再轮换了。当然不至于在明面上宣告不去徐汇住。我念的是上外附中，得住校。妹妹考取的是普通高中，妈花钱让她进了一所排名不错的民办。爸有一天晚饭喝了点黄酒，对我说，李纯啊，你妈一直说你随我，你妹呢更像她，她还一直鄙视我的智商。你看看现在！还是你有出息，不是吗？

如果我和妹妹是同卵双胞胎，父母就不会有关于谁像谁的执念。爸得意太早，妹妹考取了复旦，且承袭了妈妈的专业，会计。我念了一所二流大学的中文系。也想过报考美术类专业，怕将来找不到工作。我的谨慎肯定不是遗传自爸。

爸下岗后的那些年很是落魄，一度当过保安。我们初二的时候，他在家附近的小学门口摆起了煎饼馃子的炉子。别人的煎饼摊只做早点，我爸的摊子从凌晨一直摆到下午三四点学生放学为止。他回到家总是很疲倦，把生意的家什搁在厨房，往床上一躺。和他同住的女儿，我或者妹妹，放学回家路上有个任务，就是买菜。熟菜店称点白切鸡酱牛肉之类，菜场买绿叶菜和番茄。到家先淘米煮饭洗菜，等电饭锅跳了，喊爸起来烧菜。他炒个蔬菜，煮一锅番茄蛋汤。作为煎饼摊的原材料，家里厨房地上总搁着两大篓蛋。蛋的表面沾着鸡屎，禽类的腥气缭绕不散。从那时起，我就讨厌鸡蛋，盛汤时避开蛋花只捞番茄。妹妹倒是没受影响。

高考前，爸特意找我谈了一次。他说，钱的事你别担心，我有钱。又说，等你大学毕业，要是想出国深造，我供你，用不着你妈一分一毫。这番话没能兑现。我刚上大二，他嫌银行利率低，学人炒股，赚来的钱都亏了。具体赚了多少亏了多少，我从来没搞懂过。

也许我当初应该像妹妹一样念会计。在日本七年，去掉离婚前在家做主妇的两年，后面五年的个人所得税申报，每每让我困惑。关于各项扣除和经费的日文条款，字面我都懂，读起来却如同天书。

妈那边有新消息过来，说是住在有乐町一带。我开始化妆，免得一见面又说我憔悴。从我住的大宫到市中心，需要近一个小时。妹妹也发来微信。接到你妈了吗？我回，没呢，神得很，起飞才告诉我，也没说航班号。刚和她约在银座的咖啡馆。别担心，我会具体告诉她怎么走。

冬天的电车里，既有不怕冷地穿件皮夹克的年轻男人，也有粗毛线编织围巾在脖子上裹三圈的女孩。后者不知是怎么想的，电车里热得很。暖意让思维变得迟缓，我怎么也想不起上次见到妈是在什么时候。我是元旦还是春节回去的？总之是年初。有一天全家在粤菜馆吃饭，外甥温其年没戴围巾，妹妹因此被妈数落了一顿。小学四年级的温其年，个头和模样都像初中生，我觉得是炸鸡薯条之类的吃多了。他的妈妈忍着"春捂秋冻"的轰炸不做反驳的同时，他爸在旁边坐山观虎斗，他本人捧着手机玩游戏。我这个大姨反正是客人，自顾自喝了两碗西洋菜龙骨汤。

"你最近是不是又经常熬夜啊，脸上怎么有斑啦？"

在咖啡馆，我妈刚在对面落座，开口第一句便是挑剔。我抿嘴打量她。没了美颜滤镜，她看起来虽然不像六十九岁，怎么也是六十岁朝上的人了。头发像是新烫过，发卷不屈不挠地拧着。她把棕色薄呢外套搁在椅背上，贴身的翠色羊绒衫勾勒出雄伟的胸和微凸的腹部。我和妹妹都没继承到她的胸。妹妹曾为此感到遗憾，直到目睹妈年过五十开始发胖。

"有斑还不正常？我也快四十岁了好吗。"我拿起菜单，问她那个朋友怎么没一起来。

"老罗说他在旅馆歇一歇，等一下直接去饭店。让我们母女先说些私房话。唉，其实没必要。私房话微信也可以讲的嘛。"她说太晚了不喝咖啡，我给她点了玄米茶，拜托服务员把冰水换成热水。年轻的男服务生像是有些诧异，麻利地去换了过来。

"你也不要喝冰的。"她盯着我的杯子说。

"这边都是冰的，习惯了，没事。"为了逃避唠叨，我问起她后面的行程。原来她那个姓罗的朋友悉数安排好了，明天镰仓，住一晚，后天坐新干线去关西，玩京都大阪奈良，下周从大阪飞回上海。既是玩关西，特意飞来东京显得劳民伤财，要说她是为了看我一眼吧，哪有临时提议明天一起去镰仓的？

"你明天就不能陪我一下吗？我难得来。"发现下命令无效，她又摆出恳求的姿态。

我开始头疼。陪她去的话，晚上回来赶一下，从完成度较高的两幅画稿当中取一幅，做最后的润色，也不是不行。我如果这次铁了心说没空，她即便现在退却了，今后会怎么念叨，在妹妹跟前又会怎么讲我，对我来说历历可见，如同有些店铺在圣诞季过去很久仍黏附在玻璃上的喷雪图案。

银座这边我不熟，出门前临时网上搜了几家店想订晚餐，电话一问都满了。无奈，在电车上通过 LINE 向编辑草津求助。她是所谓的"B级美食家"，很快推了三个链接过来。我选了一家日式锅。她说从程序订很方便，顺手帮订了。我发了个不断鞠躬的兔子表情。

草津大概二十七八岁，第一次见面时听说我是到了日本以后学的画，睁大眼睛说"好厉害啊，李桑是天才"。被夸成天才，从小到大是头一回。我摇头说，哪里，多亏了佐野老师。

最初只是为了解闷和多少融入这边的生活，第一年学语言，第二年进了白峰塾的绘画班。和阮涛离婚后，按理我该收拾一地挫败独自回国，留下来是出于固执。听说他在工作合约到期后回去了。我们四年的婚姻，两年上海两年东京，仿佛只是为了将我引渡到孑然一身的异国生活。有过妹妹在美国待得好好的又逃回上海的例子，我们家从上到下对海外不存幻想。妹妹常说，国外有什么好的，再拼你也还是个二等公民，全世界当然是上海最适意。

我从妹妹那里听说，妈有时拿我在日本的事刺激她。还是你姐有决心有毅力，你看，在国外不是待得好好的？你啊，就是不能吃苦，被我惯坏了。

然而等那位姓罗的男士和我们会合进了餐馆，乔女士摆出的是另一套说法。

"你懂的呀，日本物价多么贵，天晓得我这个女儿哪根神经搭错了，非要留在东京。画画嘛，在哪里不能做，在上海也能做的呀。现在反正都有网络。"

罗叔叔说："日本人不像我们先进，他们还是习惯见面谈事情，对吧？"

我赶紧点头。妈不依不饶道："国内就没有同样的工作好做吗？国内一年也有好多书出版啊。"

像我这种在国内籍籍无名的插画师，怎么会有人来找我画封面？目前的工作，主要多亏了白峰塾的佐野老师介绍，再加上后来的小小运气。我没心思解释，把话题挑到罗叔叔的赴日经历上。我妈刚在咖啡馆做了概述。他是二十世纪九十年代打工潮的那拨人，花钱报个语言学校，也不去上课，黑在了日本，为的是打工存钱回家。其时期大致和我爸开始卖煎饼馃子的年头重合。落座后他抢着点菜，为的是显示仍然会讲日语。在我听来口音不错，只是明显不太懂敬语的用法。聊了几句，得知他当年打工是在鱼市。

"一层冰块一层鱼，箱子好重的。一天搬多少趟，把腰搞坏了。唉，赚钞票总是有代价的。今天飞机坐久了，又有点疼。所以前面歇了歇没来找你们。"

他坐下来就摘了鸭舌帽，露出光头。头顶的肤色比脸白，太阳穴两侧发角的痕迹像染了青苔。看来是因为秃顶，索性剃光了。比欲盖弥彰的条形码发型好些。

等锅开的时候，我随口问："怎么想到去镰仓啊？"

罗叔叔看一眼我妈。"就那个电视。思薇看了部很红的日剧，说想去看看。"

"日剧？"我茫然道。

"叫什么……"他仍在努力回忆，我妈打断道："《倒数第二次恋爱》。"

"哦。"

——所以他们是在谈恋爱吗？

我在回家的电车上用微信问妹妹。她迅速发来三段语音，每段接近一分钟。我戴上耳机听了起来。

"别提了，简直让人抓狂。罗诚有老婆孩子。他是合唱团许叔叔的老邻居，常来看演出，跟团里的人一起吃饭，一来二去就和妈混熟了。而且他才五十七岁，比妈小一轮！你说搞笑吧。搞不懂他们彼此怎么看对眼的。你听到罗诚怎么叫她了吧，肉麻！"

我心想，谁让你妈有这么一个琼瑶风格的名字呢。原本是"乔思危"，取的是居安思危的意思。动荡的一九六〇年代末，怕姓名引来什么防不胜防的灾厄，外公把最后一个字改成了"薇"。印象中从未听过爸用名字称呼她。对着我们，他说"侬姆妈"（你妈妈）、"拿姆妈"（你们的妈妈）；对外人，他说"伊拉娘"（她们的妈妈）。名字被省略了。妻子，后来是前妻，被剥离了伴侣的属性，只留下母亲的角色。新一代的夫妻则不同，李昱和温毅相互直呼其名，有时听着像要吵架。至于我和阮涛，我试图回忆，却想不起从前怎么称呼彼此。

我回复妹妹：那边家里知道吗？他和我妈的事。写完才意识到，这次总算没把妈妈的归属推给妹妹一人。妹妹继续语音道："怎么会不知道，他儿子可厉害了，弄到我的微信，来和我说，你管一下你妈。我把他直接拉黑了。"

拉黑的确是李昱的风格。我忍不住轻笑。夜里往城外走的电车基本满座，从我站的位置看过去，一溜年轻人都在玩手机。刚来日本的时候曾感慨他们车上的阅读风气之盛，仅仅几年的工夫，已经看不到什么人在读纸质书了。我担心自己的出路会越来越窄，曾和草津讨论过。她眨着眼说，作家们也有类似的忧虑，不过插画应该比文字要安全才对。我差点对她说，也许哪一天，AI

会取代所有的插画家。没说出口，是因为自己也知道这话过于杞人忧天。但她所谓的安全又是什么呢？没有什么是安全无虞的，婚姻也好工作也好，以及未来。

就譬如现在，我喊"妈"的那个人，在她即将走入七十岁的初冬，居然又谈起了恋爱，还是和已婚人士。

从我妈他们的住处去镰仓，到新桥换乘最方便。她说要一起坐车，于是我折中约在东京站。怀着临近截稿的负罪感，我在东海道本线的月台上找到了她和罗叔叔。既然知道了罗诚的年龄，我悄悄重新打量他一番，结论是此人显老。我爸如果还在，至少能在形象上赢过他。爸走的时候比他现在多三岁。十一年前的事了。

上了车，我找到一处优先座，让妈坐了。罗叔叔站我旁边，比我矮一些。车里热，妈摘了围巾，大衣领口露出一截紫色的毛衣。昨天葱绿，今天雪青。

她开口说："昨天那个服务员看起来比我年纪还大，居然还在工作。"

说的是晚上吃饭的店。负责我们这桌的是个瘦削麻利的老太，橙色短和服加长裤的打扮在其他年轻服务生的身上有股俏皮劲，她穿着显得故作活泼。她的介绍不厌其烦，从食材、产地，到需要煮多久。服务业的老人不罕见，我刚来时会因为他们想到爸，难免伤感，现在已经麻木了。

我简单解释了日本的养老问题，并说，有些老人不是没有养老金，之所以出来工作，是为了孩子。现在他们"八〇五〇家庭"很多，也就是八十多岁的老人还在养四五十岁的儿女。儿女大多有社恐或其他问题，宅在家里不工作。

"那不就是啃老吗？中国也多。"

日本的"八〇五〇家庭"和中国年轻人的啃老不是一回事。我想打比方说，那就等于罗叔叔不工作让父母养，话到嘴边紧急刹车。只听她又说："你别看李昱现在是高管，你以为她不啃老？甚年的衣服玩具书本课外班，还不都是我和他爷爷奶奶在贴。我还好些，不用管接管送。他们两个老的真正被套牢了，忙完儿子忙孙子。"

这话要让我妹听到，绝对炸掉。她原本不想在孩子的抚养大计上和公婆有太多牵扯，无奈妈在温其年出生前就明确表示"我反正是不管"。不管就不管吧，没有谁规定祖辈必须出力照抚孙辈，可笑的是其理由。乔女士说，我已经养过两个女儿了，够了，不想再来一遍。

总之，因为乔女士追求自由，妹妹一家把房子换到了浦东的温毅爸妈家附近。总不能让爷爷奶奶每天为了孙儿横穿上海。旧居离妹妹的上班地点近，搬家后，她每天来回通勤要两个半小时。她很少在我面前抱怨，唯有一次，我离婚后，她像是不经意地说，还好你们没有小孩，不然更烦。

电车的车窗上开始出现一道道泪痕模样的雨丝，很快，整幅玻璃变得模糊不清。罗叔叔用上海话低声说，落雨了。

我妈没听到。她闭着眼，像是睡了过去。

我问罗叔叔："您见过李昱吧？我妹。"

"见过，见过，一起吃过饭。"他迟疑片刻，"你们虽然是双胞胎，不大像。"

"大家都这么说。"

我们之间没了话题，陷入沉默。到大船站换车时，我喊醒了睡着的那位。她匆忙戴上围巾。"昱昱啊，我们到哪儿了？"

"我是李纯。"

"哦！"她这才全醒了，抿起腮帮子。

父母以小名喊妹妹，我一直是"李纯"。我现在三十九岁而不是九岁，早就不会在意这种细节。实际上，不光是妈，爸也更疼爱妹妹。双胞胎按理只差了几分钟，然而妹妹就是妹妹。正如所有拥有双胞胎的父母，他们买两套同款同色的衣物，给我和妹妹梳同样的发型、配备相同的文具。差异体现在不明显的地方。妹妹吃鱼很笨，妈总是细心地帮她挑刺。妹妹念小学了还经常摔跤，膝盖一年到头涂着红药水，也就拥有更多关怀。我们打架不断，譬如小学二年级为了一块草莓模样的橡皮——原本是一人一块，我的一直舍不得用，妹妹把她的用秃了，要和我换，被我拒绝了——妹妹打不过我，一口咬在我的胳膊上，留下青紫的印记。冬天衣服穿得厚，不然肯定见血。结果被父母训斥的是我。不就一块橡皮，怎么不让着妹妹呢，你是姐姐！

妹妹上初中谈恋爱，老师把家长叫去学校。我妈当即表示难以置信。她问，真的是小的那个吗？老师说，你家李纯李昱我不至于搞错，长得又不像。这番对话发生时我们不在场，事后从爸口中听说。

我对妹妹的恋爱动向了如指掌，直到她进了复旦，有了更亲密的女友，不再把每个心仪的男孩拿来和我分享。她很容易觉得那些个男孩有一打以上的优点。她总是陪对方打发时间，即便内心感到无聊。我从来无法理解她花费在恋爱上的时间和精力。在妹妹眼里，我是另一种古怪。她不止一次地说，你太独了。

从镰仓站出来，妈和罗叔叔并肩前行，我有意无意地落在后面。看惯了爸妈之间的身高差，总觉得她走在中等个头的男人身边不太协调。但另一方面，她有这么个同伴，我感到庆幸。否则乔女士的注意力肯定百分之百倾注在我身上。快四十年了，还是没法适应。她总是拿她的标尺来丈量我的种种，工作、感情、人生态度乃至起居的细节。一句话，我不够格做她的女儿。

我带了折叠伞，在站前便利店给他们买了透明长柄伞，三个人各自打伞，汇入小町通的人流。雨天，又是工作日，没想到人还是不少。小町通简直就像上海的城隍庙，永无淡季。年轻情侣挤在伞下举着吃食，边走边吃。鲷鱼烧、芝麻冰激凌、抹茶冰激凌、烤红薯。在阴冷的雨天没有吃冰激凌的想法，也许说明我不再年轻。

"烤红薯要吃吗？"我问。我妈驻足看价格，惊呼"这么贵啊"，立即迈步。我追上她，隔着伞说："出来玩就不要管价格，再说是我给你买。"

"你的钱不是钱吗？你现在要没有国内的房租贴补，连自己生活都不够。"

我妈对我的财政如此了解，不用说，是妹妹做了耳报神。李昱从小就惯用的一招，抛出关于我的零碎负面信息，借此消解自身受到的关注。

我苦笑道："你声音轻一点，这条街上中国人多。"

逛了一圈，到了午饭时间。临街的店都在排队，我们穿进侧巷找了家队伍较短的咖啡馆，候了十几分钟，得以落座。店内充溢着日式咖喱的气味。桌上的玻璃杯里，粉色泛紫的紫菀伸展着纤细的花瓣，几朵簇拥成团。日语有个别名叫十五夜草，我在图鉴上看过。我拍了照。

"你倒是爱拍照，刚才一路都在拍。也不见你发朋友圈。"妈低头打量菜单，"哟，有中文菜单。不愧是旅游城市。"

"我拍照是为了做素材。"我扫了眼单页纸质菜单，没什么可选的，共三种午市套餐，意面、炖菜、咖喱。标了"全蔬"。在门口没注意到是素食店，我心说不好。

果然，等菜上来，我妈拿勺子捞了捞她面前的炖菜，开始抱怨。卖这么贵，一点肉也没有，太没有良心了。罗叔叔在旁边说，日本嘛，菜比肉贵。最便宜就是鸡肉。我现在都不爱吃鸡，就是从前吃伤了，海鱼也是，以前都是拿市场处理的便宜鱼回去煮。

他比昨天放松了些，开始谈及自家的经济情况。他于二十世纪九十年代末回国，用在日本攒的钱买了几套房子，本意是收租。后来房价开始飙升，他颇沉得住气，直到前年才卖了其中的两套。

"谁能想到房价涨成这样。真是炒什么不如炒房。我有朋友炒股票，到现在还套牢呢。唉，我也就是运气好。现在我自己住一套，我儿子儿媳他们住一套，还有一套在收房租，租客是韩国人。暂时也不用卖了，反正钱够用。"他呵呵笑着说，状似谦虚。

不是一个人住吧，不是还有老伴吗？我在腹诽的同时瞟一眼妈。她若无其事地把汤汁浇到米饭上吃着。咖喱太浓，我喝了不少水。有外人在旁，我妈没再朝我念叨别喝冰水。

借着去洗手间，我查看手机。信也在 LINE 问，到镰仓了？代我向你母亲问好。

昨晚，我把今天的行程告诉他，并表达了对插画的不确定。以为他会责备我不好好工作，或给我该怎么画的建议，却都没有。他那句问好估计也就是说说，我不至于真的转达。

佐野信也与我相识六年，最早是作为师徒。从白峰塾出来，正值我这边婚变，他帮了我许多。我能在日本拥有不算稳定的插画收入，也全靠他。三年前，我们开始交往。他比我大九岁，妻子是杂志编辑，有个上大学的女儿。

所以我没理由鄙夷和罗叔叔一起来日本玩的乔女士。可能，仅仅是可能，我比妹妹更像我妈。这念头让我微寒。

人和人的关系是由什么催生，又是怎样随着时间推移产生可见或不可见的裂痕的呢？吃过午饭，在向东行驶的江之岛电车上，我试图回忆爸妈离婚前的情形。

老房子是所谓的一室半。进门是饭厅和厨房，往里走经过浴室，便是客卧两用的房间。靠窗摆着窄长的书桌，书桌和墙之间的空隙被我和妹妹的架子床填满了。妹妹睡觉不老实，我分到上面的床，每天爬上爬下。床尾和爸妈的床头呈九十度，有一臂的空隙。没地方摆放沙发。不像其他人家，我们看电视总是在床上。出于为人父母的责任心，爸妈有种默契，吵架不能当着孩子的面。他们把房间通向走道的门掩了，在厨房里你一言我一语。门板不隔音，我和妹妹在里间坐立不安。既不敢开电视，也没心思学习。

姐，你说他们会离婚吗？妹妹问我。我们并肩坐在妹妹的小床边。时间是冬天。油汀的暖意没到跟前就散了，穿棉鞋的脚冻得发木。不断传出怨声恨气的厨房那边肯定更冷，但爸妈像是不怕冷，已吵了一个多小时。

你心里从来就没有我。你到底哪根筋被扯到了。你有本事就出去。凭什么。我真是后悔。神经病。

无法回答妹妹的问题，我说，来，给我讲讲你最近老在操场边盯着的那个谁，是隔壁班的吧？妹妹没上钩，垂眼道，前天去庙里，爸花钱撞钟，你还记得吗？我说，怎么不记得，五块一次，花了十五块。你当时不是还嘀咕，有这个钱不如给我们。妹妹问，为什么是三次，你想过吗？我答，爸，妈，你和我。答完方才一愣。按我爸的计量单位，我和妹妹不会被算作"一"。那就是他有意无意地漏掉了我们的妈妈。她自称是无神论者，在爸过去点香和磕头的时候昂然立在寺院中庭，显得格格不入。没想到那三声钟响敲在了她的心坎上，忍了两天没忍住，终于发作。

爸妈是一个厂的同事，技工和会计，从前两人的收入基本持平。当我们上小学，差异开始出现，一年年越来越大。最大的变化来自工厂改制，爸被迫下岗。在外人眼里，是我妈看不上我爸导致婚姻破裂，但我和妹妹知道，提出离婚的是爸。他表现出从未有过的坚持，我妈先是哭着说"你疯了""你神经""你养得起女儿吗哪怕就一个"，后来她突然变得干脆，原因是一个邻居——现在想来是她的仰慕者——帮忙找了处待售的房子，位置和价格都不错。在广元路的新居，我和妹妹有个共用的房间，不再是架子床，而是一张一米五宽的床和背靠背的书桌。其实我们不喜欢睡一块儿，从小分习惯了，任何事物必须有"你的"和"我的"。这也是我们暑假更愿意住爸爸家的原因之一。爸把他的床换成了小一号的，并用一道折叠门把房间分成两半。门拉起来，他的半边昏暗如洞穴，对此他显得不在意。

我不知道妈恢复单身后有没有过感情生活。爸看起来没有。大学毕业，我从宿舍搬到和同学合租的房子，半个月回一次家。每当我回去，爸总是张罗一桌菜，两个人根本吃不完。家里常备的酒从黄酒换成了白酒，喝到第二杯，他的兴致上来了，举杯眯眼说，你下次回家带上昱昱嘛。我说，你年纪大了，煎饼摊就不要再摆了。他摆手说，你在那种私人杂志社，又不是铁饭碗，朝不保夕的，我做得动还是要做一下。这要是换了我妈，接着就要开始感慨还是李昱的工作好。我爸不会这么说，可不保证他不会存了念。我并非没有心理压力，帮着洗过碗就撤了。和他说了很多次，架子床就不要了，房间会宽敞些。他一直没动，直到去世。他的肝癌在确诊时业已扩散。妹妹说，你知道他喝酒喝得凶，为什么不管？我心里又痛又气，想反驳，管？你不也是女儿吗？你回家看过他几次？最后我把话咽了下去，一如从小到大的很多回。

有时，我会怀念爸妈吵架最凶尚未离异的那些日子。那时的妹妹最乖巧。那时，我的家也是妹妹的家。

从长谷站出来，雨小了些，仍未停息。我妈问这是要去哪里。我回道，你不是看了那个日剧才来的吗，带你去剧里的咖啡馆。她诧异道，不是搭的景吗，还真有啊？我随口应声，走在前面。

《倒数第二次恋爱》是我来日本那年的剧，略有耳闻，没看过。今天来的路上搜索该剧的外景地，查到名叫"坂之下"的咖啡馆。顺便看了国内的剧评，"百岁情侣"的字样映入眼帘，是指男女主角的年龄和。我妈和罗叔叔加起来都超过一百二十岁了。

我边走边看微信。妹妹今天难得没用语音，发来三个字：怎么样？我正要回复，旁边一个声音说："走路不要看手机，不安全。"

我把手机揣回兜里："最近降压药还在吃吗？"

我妈说："当然在吃。只要开始吃，停不掉的。你别管我，先管好你自己，颈椎怎么样啊？"

"老样子。"

"要多活动，不要一直伏案工作。"

"知道。"

两把雨伞保持着并行，如果要问罗叔叔的事，最好趁现在。我静了片刻，说出口的却是："我现在有个男朋友，他有老婆孩子。"

我妈像是没听到，转头叫道："老罗啊，你走快点。别跟丢了。"我摸出手机看地图，发现走岔了，带着她折回，示意罗叔叔站那儿别动。三个人默默穿街走巷，路上遇到年轻的母亲带着双胞胎小女孩。同卵双胞胎，眉目如同复制粘贴，分别穿着蓝色和黄色的雨衣。一个冒雨骑自行车的年轻人和我们擦肩而过，车的一侧绑着冲浪板，尾巴杵出来长长的一截。这天气还去冲浪？我有些纳闷。在电车里望见的海被住宅区阻隔，小町通摩肩接踵的游客们也不在这一带转悠。除了我们的脚步声和雨声，世界寂静。我的心跳得有点快。为自己刚才的挑衅。

挑衅，是我和妈之间的相处法则之一。也可以说是某种逆反心理。

总之她看我从来不顺眼。固执，像你爸。不懂人情世故。她以前常这么说。意思是我没有听她的建议，报考会计或商科，而是念了个百无一用的中文系。加之不会讨导师欢心，考研未成。毕业后换了几份工作，在一份家装杂志落脚。至于妹妹，工作第一年就被派驻美国总公司，自然成了妈妈眼中的标杆，我连杆子最低的刻度都没达到。我当时的男友是中文系的师兄，在企业内刊当编辑。对他，我妈也是瞧不上的，只因他来自河南。不是说她对河南省有什么偏见，只要不是上海人，在她看来都不是理想的对象。和我妈的挑剔无关，那段感情无疾而终。听说他后来重新读了博，回到学校当老师。年月太久了，我想不起当初喜欢他什么。只记得，他是第一个对我的行为模式做出总结的人。

有一次，我先单独和我妈吃过饭，去了他的租屋。他见我面色不佳，问怎么了。我说，报了上译厂的配音班，和妈讲起来，被训了一顿。说我就不能学点有用的，哪怕学外语也好一些。我都这么大的人了，我学什么，难道不能按自己的兴趣吗？

他盯着我看了片刻，然后说，你也真是的，明知你妈什么脾气，偏往枪口上撞。

我只是想和她交流。

真的吗？我怎么觉得，你是明知她不喜欢什么，每次故意提起，刺激她。

哪有。

有的，你这种啊，叫作挑衅。还是你妹妹聪明，她只把好的一面展现给父母。

你怎么不说她经常在背后捅我呢？我没好气地说。

我知道他说得没错。随着日子深远，他的总结被反复验证。我还发现我对妹妹的评价不太公正。她也不是事事都做传声筒。我和阮涛离婚的消息，她帮我瞒了一年多。那时她隔三差五就问我钱够不够，我说没事，我还有房租。指的是爸留给我的老房子。前几年重新装修过，虽然小，毕竟位置好，月租有四千多。折算成日元，抵掉我在大宫的房租，还能剩点。

坂之下咖啡馆位置隐蔽，靠导航兜来转去，茶色小楼终于出现在前面右手边。海应该就在近处，潮水的气味隐约袭来。进门后被告知满座，好在有间宽敞的等位客厅。一圈长沙发围着方形茶几，角落里燃着煤油暖炉。披着寒气和雨水的湿气走了好久，接触到干燥温暖的空气，顿时不想动弹。最靠里的沙发上坐了两位日本姑娘，正在窃窃私语。我和妈坐了她们旁边的沙发，罗叔叔在我们对面落座。他摘掉帽子，拿出手帕擦拭锃亮的额头上的汗。

"外面那么冷，你居然走出汗了。"我妈像是震惊地说。我无聊地想道，在旁边那两个女孩的眼中，我们像什么呢？一家三口？为了制止自己想下去，我起身去角落摆着冷水瓶的桌边倒水。不急着端水回去，我先回复妹妹那句"怎么样"。

——我和妈讲了我的事。

妹妹年初的时候"抛夫弃子"来东京找我玩，见过信也。关于对方有家庭一事，我没瞒着她。她当然是反对的，不断地说，你怎么这么傻。她进一步想歪了，质问我是不是为信也离的婚。我说不是的，阮涛在外面有人了，不代表我就得有。离婚那会儿，信也对我来说还是佐野老师。

那你们打算怎么办呢？妹妹说，不，是你打算怎么办？你也不是二十多岁的小姑娘了，不能只讲感情啊。

我无言以对。人到了我这个年纪，要说一切都是出于感情，也不尽然。

刚离婚那段时间，我手里什么都没有，除了画笔。签证还有九个月到期，我用阮涛给的分手费搬了家，找了份超市货架整理的兼职。不用上班的时候，我在家画画和发呆。也许应该大哭几场，哭不出来的空虚更难熬。画累了，发呆把自己掏空了，我便看国内 B 站上的日本纪录片。不管是美食、旅游还是其他主题，日本的纪录片，尤其是 NHK 做的，绕来绕去总会绕到"努力活着"的核心。旁观别人的艰辛，我仿佛受到某种鼓舞，即便是微弱的鼓舞。

就是在那时看到了某个漫画家的故事。他甚至不是片子的主人公，只是支线人物。曾经也是出过十几卷单行本的作者，名气衰微后没有连载的工作，靠积蓄度日。日本不比国内，定期利率接近零，如果没有进项，完全是坐吃山空。漫画家说，我以前一周去一次小酒馆，后来一个月去一次，现在彻底不去了。唉，真是难受啊。哪怕一个月能去一次，活着也有点滋味。

信也第一次来我的住处过夜时，我已经有相对稳定的插画收入，辞了超市的工作，算是比上不足比下有余。久违的身体摩擦让人头晕目眩，我的耳际恍恍惚惚地响起声音比面容苍老的漫画家的感慨，哪怕……也有点滋味。我在昏暗中咬着牙，手指牢牢攀住他的背脊。

迟迟没有空位，罗叔叔喝完一杯水，起身去洗手间。旁边两个女孩像是关西来的，口音明显，语速飞快。我努力捕捉也只听见几句什么叔叔什么阿姨，俩人大概是亲戚。她们压着嗓音交谈，衬得我妈开口时格外响亮："中国人还是日本人啊？"

我一怔，片刻后才意识到，她的问题衔接的是我那句天降陨石般的宣告。我现在有个男朋友。

两个女孩静了一静。我压低嗓音说："日本人……你声音小点。"

"什么时候开始的？"

我有些气："你这是审犯人吗？"心里说，我可没问你和罗叔叔什么时候开始的。

"你打算怎么办？"

这话倒是和妹妹一模一样，连声调也像。背后藏着暗示，你怎么这么傻。我不接暗示，只说："没想过。反正我没有要他离婚的意思。我自己一个人也待惯了。"

仿佛听见了发条拧紧的声音。我妈就要发起下一轮攻势的瞬间，罗叔叔回来了。我感激地看他一眼。老头的脸色泛红，像是热的。他刚坐下就说："要说干净，还是日本洗手间干净。国内现在也有进步，仍旧比不了。"

"在你眼里，日本的月亮都更圆是吗？中国现在发展快得很，你再过几年看看。"

我听出我妈意有所指，不接话。她平时只要和我联系，总会旁敲侧击劝我回国。每当我说，我在这边有工作啊，她就会讲什么最好在国内工作云云。另一个话题是养老金。你在日本交社保又怎样呢，年限太短，不合算。再说他们的养老金根本不够花。国内的可以补，你回来补上缺的几年，不是挺好的吗？她的侃侃而谈背后估计有我妹作为智囊，否则一个退休的会计怎么会掌握日本的养老金状况。

罗叔叔遭了抢白也不生气，嘿嘿笑。脾气倒是和我爸两个路数。我妈尖酸，我爸火暴，恰如火柴遇上爆竹，一点一个着。不过脾气再好也是别人的丈夫和父亲，想到他远超小康的家境，我开始头疼。事关财产，那边家里还不知道怎么恨我妈呢。以我对妈的了解，她不至于眼馋不属于自己的金钱，但要让她找个穷伙伴，也是万万不能的。

不光我妈，我和妹妹也做不到。爸爸守在煎饼摊跟前的身影，是一辈子抹不去的烙印。爷爷奶奶走得早，爸爸没有兄弟姐妹，也很少朋友。他的葬礼来了原单位的领导和几个熟人。有个我忘了姓什么的叔叔说，你爸算是拉得下脸又做得动的，看，把你这个大学生供出来。我们同一年离厂，我就只能东一榔头西一棒子干点零活，到现在也没钞票啊。他的语气充满诚恳的羡慕，或许还有少许妒忌。我木然沉默。人都走了，过往的失败也好打熬也好，全化作灰。

空位终于有了，而且是接着来的。两个女孩和我们三人先后被领进去。到了里面一看，座位逼仄，等位的小客厅那么宽敞，简直浪费。我们这张桌子挨着落地窗，窗外是进门处的院子，另一边隔着走道坐了四个年轻男女，正在激动地讨论着什么。店里比预想得要吵，我放了心。要是环境安静，等我妈咄咄逼人地扯开嗓门，就太难看了。

我处于守势不肯开口，我妈像是不愿在外人跟前训我，话语权自动转给了罗叔叔。他先讲了某熟人在山东海边买房，又说，那边房价绝对涨不起来，无非是度个假，算下来不划算。接着开始谈论上海周边地区的房价走势。如果在这里的是李昱，一定会竖起耳朵听个仔细。她虽然整天嚷嚷说孩子就是碎钞机，还是有些余钱在理财，不像我，完全没积蓄，仅能维持目前的生活水准。我对未来并非毫无忧虑，唯一的底气是国内的房子在不得已的时候可以卖掉。有时会自我劝解地想，提早计划未来并无意义，像爸，刚踏入老年的分界线就走了。

中间我去了一次洗手间。妹妹少见地沉默，可能在开会。我经常忘记她现在手底下也有一二十号人。直到初中毕业，对于认识我们的师长来说，我是乖巧懂事的，而她是玩心重的。我和她的道路是在什么时候交错的呢？也许比父母将我们分开更早。

回座位时，我在房间入口停了停。下雨的关系，外面早早暗下来。我妈并未和罗叔叔交谈，偏转头望向窗外。她的脸被室内的灯光映在玻璃上。和爸离婚那年，她四十四岁，比现在的我长五岁。我不记得她从前什么样了，仿佛她一直就是个胖得两腮微垂的老女人。因为胖，皱纹不明显。玻璃上的倒影显得比她本人年轻一大截。

在异国的咖啡馆，对面坐着男朋友，她沉默地等着一直都不听话的女儿回到身旁。我看不出她在想什么。这一刻，她显得孤单。

我没陪着在镰仓吃晚饭，从咖啡馆出来便直接折返东京，理由是赶稿。回到大宫的家里，刚过七点半。我把便利店买的饭团和饮料往桌上一放，这才想起，早上洗的衣服还在洗衣机里。重新按下洗衣机的洗涤按钮，给手机充电，发了句"到家了"给我妈，然后关机。我怕她找我。挑衅只是一时爽。抛出我知道会刺到她的长矛，却害怕接踵而来的投石。我苦笑着想，这么多年，我一点长进也没有。

iPad上是早先的两幅画稿。为了贴合书名《返花》，一幅杜鹃，一幅梅树。杜鹃的粉色灼灼。梅树缀着白花，树下站着个女人，身子半侧，面目不清。后者简直像

《聊斋》的场景。

佐野信也在白峰塾的第一堂课上对我们说，任何人都会画画，线条和颜色是人生而具有的表达方式。并没有所谓"画得好""画得不好"，关键是，你要找到属于自己的表达。练习课上，他在我身旁驻足，低声问，你以前学过画画？我说，初中学过一年，很久以前了。他沉思着说，忘掉你学过的。

我始终没搞懂他那句教导的含义，一年的课程很快接近尾声。毕业作业是为某部书稿画封面。据说最后会选一份学生作业交给设计师，也就是说，被选上的作品将成为正式出版物。

像很多纯文学作品一样，我们拿到的长篇从头到尾没什么情节，寡淡得很。我经过反复思量，画了主人公的回忆场景。把初稿给佐野看时，他审视了足有一分钟。我以为将获得认可，正在暗喜，却听他说，你画的是情绪的最高峰。一个人，一段经历，总会有个高峰。不过，插画要表现的，应该是高峰之前，潮水起来的瞬间。

我似懂非懂。

书的封面最终选了另一个学员的画。佐野私下找到我，说有项工作给我做。他说，我发现你很善于画少女，这个应该适合你。

初中学画的时候，我唯一的模特是妹妹。他让我忘了从前学的，却还是旧时的影子为我带来了工作机会。不，也许只是我眼底的不甘心被他捕捉到了。

重新快速翻了一遍《返花》的校样，我起了第三幅画稿。运笔很快。画的是夜间在咖啡馆和男人对坐的女人。构图倾斜，只能看到男人的后脑勺和半边肩背，女人的脸映在玻璃上。书里没有的场景。与内容无关的一幕。我只想描绘她宛如永恒的孤绝。恰似开错季节的花。

一口气画到夜深，然后把画稿用电子邮件发出去。太疲倦，没洗漱就睡了。第二天早上起来，窗外是灿烂的秋日天空。想起洗衣机里洗过两回的衣物，忍不住苦笑。我打开洗衣机闻了下，没什么怪味，也懒得再洗，便着手晾晒。

打开手机，一连串的信息涌入。是我妹。我边做手冲咖啡边听语音，咖啡不慎做得寡淡。她的话都在预想之中。你怎么这么傻，还想着让你劝劝你妈，结果你倒好，先乱了阵脚。你知道的，我讲什么她从来不听的，也就只有你的话，她才听得进去……

拿饼干吃的手顿了顿。我干巴巴地想，是吗，我妈听我的话吗？我怎么不知道。

好不容易听完了妹妹毫无参考意义的长话，接下来就该点开来自我妈的新消息。是条语音，二十二秒。我对着手机看了片刻，悲壮地点了。

"说起来都是你爸没做好，他的房子应该留给你们一人一半。非要立什么遗嘱，傻吗？搞得我的房子好像只能留给你妹。等我回去跟昱昱商量一下，以后你们对半吧。就算这样，我还是觉得亏欠你。李纯，你自己照顾好自己。"

我有些呆。过了片刻才意识到自己哭了，木然地擦了脸。在微信说话的是我妈，却不是我认识的她。出乎意料，昨天的挑衅换来的不是新一轮的战争。

我们最后的全家福是我和妹妹十二岁的生日照。当天俩人还打过一架，好像是为了一盒香珠。到了我们十三岁的生日，爸妈虽然还维持着婚姻，却没了照相的兴头。

十三岁的暑假，我和妹妹几乎每天下午都泡在离家两站路的区游泳馆。爸妈从年初吵到了夏天，我实在烦透了看他们的脸色。家里待着烦闷，在水里扑腾能让脑子彻底停息。妹妹是为了减肥，其实她一点也不胖。某个周末，妹妹歇在家里，我一个人去游泳。爸爸在家闲了几个月，刚开始做夜班保安，白天总在家补觉。妈照例去上电脑培训班。刚下水的时候，我的脑海中浮现只有爸爸和妹妹的家。遥远又平和。游了几圈，我就忘了他们，专注于呼吸和节奏。

游完冲了个澡，顶着湿头发出来，刚走到公交车站，就看见我妈守在那里。我有种不好的预感。

她带我去了必胜客。在那个时代，尤其在我们家，绝对是奢侈的举动。游泳容易饿，我狼吞虎咽吃比萨的时候，听见她用镇定的语气说，我和你爸要是分开了，你愿意跟我过吗？

我以为我会噎住，却只是打了个嗝。我抬眼看她。她又说，问你话，你听见没有？

你问过妹妹吗？

我在问你。你们两个，你最像我。

我不答话，垂眼望着手指。被水泡得发白的手指上沾着油脂。又听她说，你也不小了，应该懂的，跟着你爸，只会受苦。

忽然她又说，你妹今天怎么不游啊，你们天天跟连体人一样。

我舔了舔泛着奶酪味的嘴唇，慢慢地说，她来姨妈了。

我妈敏锐地盯着我。我和妹妹总是同时来例假。这阵子家里的事造成心理压力，我的生理期变得紊乱，例假迟迟不至。妹妹的周期倒是好好的。她从小爱哭，遇到大事反而显得没心没肺。

不等我回答，她忽然说，你和昱昱不是总是一起来朋友的吗？小小年纪可千万别做傻事啊，你有什么都要和妈妈讲。

心头有道火苗噌地燃起来，就像爸爸每次被撩拨时那样。妹妹在放假前和她心爱的男孩接过吻，而我从未有过和异性的触碰。妹妹那个擅长打篮球的男友，也正是我的暗恋对象。我想要的和妹妹想要的，总是撞到一起。但我的就是我的，妹妹的就是妹妹的。如果一定要在我和妹妹之间画一条线——

我哽着嗓子说，我跟我爸。

对面的脸上一片空白，像是受了伤害。我拼命忍着泪，无暇注意她又说了些什么。有个声音在心里叫喊，我才不像你。一点也不。永远不。

为萨克斯写的蓝色情歌

文｜王莫之

作者简介

王莫之

作家、乐评人。著有长篇小说《现代变奏》《安慰喜剧》，短篇小说集《310 上海异人故事》，非虚构作品《为时代曲写的蓝色情歌》。

Y没念过大学，但我们都认为他是文化人。他的父亲在中华人民共和国成立前写过一百多首流行歌曲，全都录成了唱片（那种七十八转的粗纹黑胶，又重又脆易损坏，单面只有一首歌），演唱者多为以前的巨星，如周璇、姚莉、白光，等等。我们平时聚会，很喜欢向Y讨教一些涉及他父亲的老皇历，他最常说的一句话是："这我也不晓得。"

他是真不晓得。他在当父亲之前都不晓得自己的父亲以前是炮制流行歌曲的圣手。不得不说，这与他的年纪有一定的关系。Y是Y父最小的孩子，出生于1963年，当时Y父五十四岁，已经是两个小孩的外公了。那两个小把戏每次来铜仁路看望外公，见到Y还得毕恭毕敬地叫一声小娘舅，见到Y母不叫外婆，而是淡淡地喊一声阿婆，然后像哥哥姐姐那样领着Y到弄堂里玩。出了家门，打弹珠，拍香烟牌，彼此直呼姓名。

小时候的事情Y不愿意多讲，有啥好讲的，讲出来无非是大同小异。他就记得三岁时有一天家里突然闯进来一群陌生人，他被丢在父母睡的那张床上，像个废弃的布娃娃。我们问他当时是何反应？他说："没啥反应，就是巴瞪巴瞪地看着他们。"

两年后，Y父从静安区军管组收到了一纸判决书。在Y的童年回忆里，父亲经常埋首案头，用笔尖蛮粗的钢笔，蘸蓝墨水，愁眉苦脸地写着汇报材料，一写就是很厚一沓，写完交到居委会。汇报材料好像永远都写不完，就像为弄堂义务打扫卫生每周都要去，Y父对着案头坐久了，有时笔头与思绪打架，他点一支勇士牌的香烟闷几口，对着窗外发呆。有一次，他见Y回来了，把窗户开得更大一些，好让烟气尽快散去。

"爸爸，你又在画图啊？"Y抬头问道。

"乖囡，爸爸帮你画个小白兔好吗？"

Y点点头。Y父把他抱到自己的大腿上，握着他的小手，还有一支笔头更粗的美工笔，蘸红墨水，在纸上寥寥几笔，画出一只活蹦乱跳的小白兔。多年以后，这只小白兔成了Y父为自己辩护的理由。事情发生在1979年，Y中学毕业，最要好的几个同学都进了高中，他没考好，只能去读技校。他为此冲着父亲发了点小脾气：

"你为啥没从小培养我?"

"啥?"

"你是画家呀,你如果从小就教我画图,我以后也应该是画家。"

"画图还要教啊?自己看呀,自己学呀,自己练呀。"

Y不响。

七十年代末,出版社、杂志社、报社陆续恢复了与Y父的合作,各地的编辑写信或者打电话来约他的插画,好些故友也恢复了走动,重新踏进铜仁路的弄堂,拎着东西,把木头楼梯踩得嘎吱嘎吱响,上二楼,敲Y家的门。这些人,Y基本上毫无印象,反倒是会被他们调侃几句:"你不记得啦,你小的时候,我抱过你的。"然后他就得往自己的嘴唇上抹一层蜜,管那些爷爷辈的叫阿叔、伯伯。这些白发苍苍的长辈以美术界人士为主,也有一些是文学圈的,搞音乐的比较少。讲句心里话,Y还是挺乐意见到他们的,因为他们的出现总是跟下午茶这件事情前脚碰后脚。有时客人有备而来,有时Y母非常自觉地出门去买,无非是一些海派西点,比如白脱蛋糕、哈斗、牛利等等。Y跟着沾光,从那时起也认同喝咖啡是一种身体需要。Y父喝咖啡很少配西点,顶多吃一个哈斗。比起哈斗,老先生对烟斗更来劲。Y第一次见父亲抽烟斗的时候，还傻兮兮地问呢："爸，你买了一支烟斗啊?"

"没，买了几十年了。"

Y父不仅烟瘾大，还喜欢给朋友发香烟。他邀请朋友一道吞云吐雾的时候，总会忍不住呛儿子几句："拿两块到隔壁去吃，我们要吃香烟了，你跑开点。"

Y不响，继续吃点心，喝咖啡，当钉子户。他很愿意钉在客厅的某个角落，默默地听长辈们追忆逝水年华，虽然完全不晓得他们在说些什么，感慨些什么，但是那种偷听的感觉特别美好。他非常清楚，赖在这间屋子里，就能进入一个完全陌生的世界，这跟看译制片的感受是相似的，他只当自己是漆黑影院里的一位观众，用沉默的视听去感受父子之间的这种特殊的交流。大约要到1981年，他才忍不住插了一句："郎静山我晓得的，他是大摄影家。"

Y父转头问他："你晓得郎静山?"

"我在杂志上看到的，"Y说，"《摄影世界》《中国摄影》都介绍过他。"Y在八十年代初迷上了摄影，那时候照相机是奢侈品，上海滩能买到的地方极有限，况且，他也买不起，而是问同学借了玩过几次，有一回，还煞有介事地在父亲面前比画起来，说要给老爷子拍人物肖像，被他老子一口骂退。

"小鬼头蛮用功的。"Y父这句话是对着朋友讲的。讲完就把话题切掉了，Y能觉察出来，父亲在刻意回避。Y当天没再插嘴，而是等客人离开之后，趁着收拾杯子的时候故作镇定地问了一句："爸，你跟郎静山认识啊?"

"谈不上认识。"

"到底认识还是不认识啊?"

Y父思忖片刻，答道："郎静山的大女儿叫郎毓英，嫁给了国民党的军官张海容。两夫妻当年在大华饭店办的婚宴，现场还请了鹦鹉乐社去演出。这个鹦鹉乐社相当厉害，是顶顶早的华人爵士乐队，当年在上海滩名气也是蛮响的。"

"啥? 爵士乐队!"

"对啊，爵士乐队。"

"这啥时候的事情?"

"让我想想看……1929年。"

"1929年就有爵士乐队啦?"

"鹦鹉乐社是1926年成立的，在他们之前，还有一些外国人办的爵士乐队——跟你讲这些做啥? 讲了你也搞不清楚。"

"就因为搞不清楚，你要帮我多讲讲呀。"

"自己研究。"

一年后，Y的人生迎来了重大转折，对于"自己研究"的父训，也有了更深的理解。他从学校顺利毕业，分配进了某大型国企，搞化工检测，与钢铁中的有害元素打交道。同时期，他开始抽烟，终于有了属于自己的照相机（Fujica STX‑1，五百元，他当时的月工资是三十六块）、属于自己的房间（十平米出头的亭子间），那间屋子原本住着他的三个姐姐（年纪最小的比他大七岁），随着她们陆续出嫁，房子现在腾空了，他顺理成章地搬了进去。说是搬家，其实就是搬一条弄堂的距离，说是隔开了一条弄堂，其实仍旧活在他父母的眼皮子底下。这两套房子窗对窗，不拉窗帘的话，Y父朝窗外望去，就能看穿儿子的底细，因为那条弄堂的宽度不超过四米。

有一次，Y青天白日给窗户挂上一整块的黑布。他在屋内紧张兮兮地忙活着，第一次操作，手有点抖，随后就听到笃笃笃的敲击声，笃笃笃，又闷又急。别人找他都是敲门、打电话、写信，唯有他老子敲窗——他还不能不放下手头的事情及时回应。他走到窗户口，探出半个脑袋，他父亲此时手握一根三米多长、晾衣服专用的竹竿。

"你在做啥?"那根竹竿问道。

"我在冲照片。"

"啥?"

"我搭了暗房,在冲照片。"

"本事大的嘛,翅膀硬了。"

"不是你讲的嘛,自己研究。"

那根竹竿不响,随后叮嘱道:"冲照片的时候香烟别吃,一些药剂当心点,别把房子烧了。"

"爸,你开啥玩笑。"

那根竹竿不响,重新停在窗外的晾衣架上。

Y在家里冲洗照片,当时的条件仅限于黑白胶卷。Y是学化工的,配药水他熟门熟路;显影用的托盘,社会上不难买到,价格也便宜;暗房专用的照明灯有点贵,改用普通电灯泡,在灯泡上面涂满红漆;放大机无可替代,暂时买不起,是问朋友借的。

显影,停影,随着一张张黑白照片浮出液面,有那么一组问题也慢慢地呈现在Y的脑海里。有一次,他向父亲展示自己的新作品,随口问道:"爸,我从来就没看到过你年轻时候的照片,那些照片是不是被你藏起来了?"

"要藏也不是我藏的,是别人藏的。"

"啥?"

"你忘记啦,你小的时候。"

Y不响,为父亲整理相册,把自己新拍的几张插进去，小心翼翼，像集邮的人在安置新收藏的外国邮票。相册里，主要是Y父七十年代以后拍的黑白照片，彩照极少。有一张彩照，多年以后，Y向我们展示的时候自嘲道："这是我摄影生涯的开山之作。"严格来说，那是儿子对老子的一次偷拍。Y趁父亲点烟斗的时候，偷偷摁下了快门。冲照片之际，他叫苦连连，知道这快门一记摁下去是什么代价。八十年代初，上海能冲彩色胶卷的地方很少，撇开跨区的路费不谈，冲印一张彩照要八九毛，换言之，哪怕他上班了，一卷彩色胶片冲下去，他整个月的工资就得泡汤。

偏偏Y还是一个兴趣广泛的大玩家。除了摄影，他同时期对听音乐这件事情也蛮上心，也是先借后买，入手了一台三洋牌的饭盒录音机，那种小型设备从体格来讲酷似上海人出门带饭用的铝制饭盒。有了"饭盒子"，得配磁带，当年都属于大宗消费，所以他在1984年之前，主要是玩黑白摄影。

1984年对于Y父来说是值得庆贺的。市文史馆给他发了正式的聘书，聘请他担任馆员。荣誉是巨大的隐形财富，实实在在的好处是，家里每个月多进了一笔收入。那是相当可观的一个数字，如果把那个数字换算成一只大闸蟹，那么从今往后的每个月，会有几个蟹脚，甚至加上蟹盖，用于支持 Y 的摄影爱好。

　　Y 记得大约是在 1985 年的春天，某个周日的上午，吃了早饭，父亲对他说："下半日你陪我出去一趟，去望一个老朋友。"这事情还挺新鲜的，因为往常 Y 父是不怎么出门的，朋友交际，通常他是被访的那位。讲起来，毕竟是七十多岁的老先生了，出门习惯撑一根手杖，Y 父口中的斯蒂克。"这袋东西你来拎。"Y 父吩咐儿子。后者接过一个沉甸甸的袋子，里面是瓶装的醉蟹、蟹糊、黄泥螺。

　　Y 父要去拜访的那位旧友家住愚园路常德路口，那一片的弄堂后来全部拆除，现在是晶品购物中心。作为领路人，Y 父只带儿子去过一次，后来都是 Y 自己操作。八十年代的最后五年，Y 几乎每个月都会重走这段路，去愚园路找方家伯伯，有时去拿冲好的照片，有时带了要冲的几卷彩色胶卷。那些胶卷最终会装入牛皮信封，用挂号信寄给方家的香港亲戚。用这个办法，平摊各种成本，Y 当时冲洗一张彩色照片只要五毛钱。回顾那段时光，Y 觉得最大的收获不是省钱，而是与方家伯伯成了忘年交，从他那里听到了别开生面的父亲。

　　Y 第一次去送胶卷的时候，方家伯伯摆摆手说："不麻烦，不麻烦，你太客气了。"还叫保姆给小伙子倒正广和的橘子水。方家伯伯是孤老，子女都不在大陆，退休以前是文艺出版社的编辑，跟 Y 父的友谊可以追溯到北伐战争时期。

方家伯伯吃口咖啡，说："上趟你爸来看我，还带了东西，还记得我欢喜吃邵万生的黄泥螺，真正难得。"

Y 不响。

"你爸对你真好。"

"啊?"

"他这人，骨头太硬，从来不肯求人。"

Y 吃橘子水，不响。

"我记得 1933 年天热的时候，玫瑰社解散，团员各奔东西，大家都在托人托关系寻后路，当时我们劝他，快想想办法呀，托托看，他不肯。那么就失业呀。他就靠帮杂志画插图混口饭吃，后来翻《申报》看到有人要去香港办报纸，招美术编辑。那个时候日本人还没占领租界，上海人不大情愿去香港，不像后来，后来大家不愿意当汉奸，有蛮多人跑去香港的。你爸去香港属于去得早的。"

Y 不理解方家伯伯到底在讲什么，尤其是那个玫瑰社。

"玫瑰社是旧上海的歌舞团，法国的康康舞你晓得吗?"

"不晓得。"

"那么大腿舞呢？就是女的穿了花裙子，一边跳舞一边高抬腿。"Y不响。方家伯伯说，"你爸以前是玫瑰社的乐师，吹萨克斯的。"

"啥，他会吹萨克斯？"

方家伯伯不响。

那天，Y回家以后借了抽烟的工夫，向父亲询问萨克斯的事情。Y父吃一口烟斗，冷冷地说："怎么想起问这个？"

"方家伯伯讲你是全中国最早吹萨克斯的人。"

"这他是帮我戴高帽子了。他讲我最早，他有啥证据？"

Y不响。

"应该这样讲，我呢，吹萨克斯只是吹得比较早，因为我1928年跟了歌舞团去南洋演出，路过菲律宾的时候，菲律宾你晓得的呀，受美国影响比较大，爵士音乐在当地相当流行，我就对萨克斯蛮感兴趣的，我跟我们团长讲，要么买一把，我来学，他讲好的呀。就这样，我们在南洋演了一年多，等到回上海的时候，我已经改吹萨克斯了。"

"没啦？"

"没了。"

"怎么同样讲这些事情，我听方家伯伯讲，讲得五颜六色的，像在冲彩色照片，怎么被你一讲，就变黑白照片了。"

"旧社会呀，旧社会当然都是黑白照片。"

Y不响。差不多一个月后，他接到方家伯伯的电话，约了时间过去取照片。这次，他是有备而去，随身带着相机。进了方家，Y主动要求为老先生拍几张照片。方家伯伯哈哈笑道："好的好的，帮我拍两张。"老先生脸上的笑容一直持续到Y将前情补上。Y明显察觉到，屋内的气氛开始凝结，变得非常严肃。后来方家伯伯对Y说："你爸既然不肯讲嘛，终归有他的道理，我们应该尊重他，你讲呢?"Y不响。好在老先生的口风并没有预想得那么紧。他似乎挺喜欢Y这个小友。Y来拜访，一般选在周日下午，两点钟敲过，那时方家伯伯已经睡过午觉了。他这一来，算是给老先生的下午茶增添了许多欢乐。老先生很愿意跟Y聊聊自己年轻时的经历，说着说着，他们就在往事的海洋里迷失了，随后，导航的指针便会对准Y父。

有一次，方家伯伯突然问Y，家里谁开火仓。Y说都是母亲在烧。方家伯伯感叹道："真可惜。你爸烧菜的水平不亚于他吹萨克斯的水平。"Y不响。方家伯伯说："以前在玫瑰社，社员困宿舍，吃住在一道，我们经常吃他烧的菜。最欢喜他的焗蛤蜊。怎么烧呢? 蛤蜊的肉挖出来，随后跟鱼肉，一般是青鱼，或者胖头鱼，两种肉混在一道，捣捣碎，再摆进蛤蜊壳里，下油锅焗，这味道，赞!"

说来也巧，Y当日回家，进弄堂没多久便闻到一股奇香，也许是黄鱼或者带鱼红烧，也许是煎什么贝壳类的海鲜。他闻香寻味，最后走进了自家的灶间。更诡异的是，竟然是他父亲在掌勺，套着围兜，眉头紧皱，锅子里，油噼里啪啦到处乱溅。

"爸，你在烧啥?"

"焗蛤蜊。"

"啥?"

"快点上去，当心油爆着。"

如此反常的一天，Y父在饭后郑重宣布:"我封笔了。"Y说:"啥?"Y父说:"从今以后，不画了，封笔了。"Y不理解。Y父说:"十几年没画了，笔再拾起来，手都生了，质量明显下降，但是我硬生生在坚持，为啥，还不是为了你。再画下去，就是坏自己的牌子，有啥意思?"Y不响。Y父说:"你现在出道了，当个普通工人蛮好。我们对你没啥要求，你太太平平过日子，我们心满意足。"Y不响。此时Y母接着说道:"黎家姆妈帮我讲，前日在静安公园附近，看见你跟一个小姑娘荡马路，啥情况?"Y"啊"了一声，目光转向父亲，原以为他会和母亲一样发起猛烈的攻势，结果倒是老爷子帮忙灭火，只给了他一句建议："记牢我的话，跟女朋友出去荡马路，要走在她的外侧。"

谈恋爱的事情见了光，Y的女友后来毛脚儿媳第一次上门，Y父再度下厨，除了焗蛤蜊，这回还做了一道冬瓜盅——瓜身上有Y父刻的字，一面刻着"国泰民安"，另一面刻的是"丰衣足食"。不过这些都是1987年秋天的事情。

说回1986年，Y印象最深的除了父亲封笔，还有一部电视连续剧。那部电视剧Y到现在还记忆犹新：片头是黄浦江上的一叶小舟，船夫使劲摇橹，镜头一切，只见一个姑娘纵身投江，那姑娘在浑浊的江水里潜游，字幕随之上移，一分多钟后，字幕走完，姑娘还在水底下挣扎，看得观众都快窒息了。这还不够，正片的第一个镜头是坠楼戏，一个仰拍的长镜头，从电视屏幕的右上角，十几层高的阳台上掉下来一个人，伴着女子撕心裂肺的惨叫。就这种电视剧，或许是因为拍了旧上海的阶级矛盾，Y父每集必看。家里就一台电视机，Y被迫看了几集。剧中的大反派是两个资本家，为了营造某种腐朽的生活方式，每当资本家聚会之时，一些旧上海的流行歌曲就会躲在浓重话剧腔的对白背后悄悄亮相。有那么一首歌，Y其实根本没有留意，是Y父听见之后，冷不丁地指着电视机说："这首歌是我写的。"Y自然是非常惊讶，一下子无法接受。主要是Y父在陈述的时候采用了一种过于冷酷的语调，仿佛是指着一具尸体说："那只猫是我养的。"而且他拒绝为他刚才说的话做出任何解释。在电视剧中，这种解释更是付之阙如。

Y后来为此向方家伯伯求证，后者听了哈哈大笑，说："是真的还是假的已经不重要了，重要的是他讲了，而且还是他主动讲的。"说完笑得愈加厉害。Y不响。方家伯伯左手捂着肚子，吃一口咖啡说："我讲我也写过歌，你相信吗？"Y说："半信半疑。"方家伯伯说："我讲我帮你爸写的歌填过歌词，后来人家讲这是黄色歌曲。你相信吗？"Y不响。

"写歌事件"打了水漂。面对Y，方家伯伯始终把一句话挂在嘴边："你回去问你爸呀。"而Y父的态度则是："过去的事情，有啥讲头。"可是事情毕竟发生了，不可能不留下一些痕迹。Y后来听磁带，尤其是遇到那些所谓的老上海歌曲，他都会翻一翻内页，有没有印词曲署名，有些内页似乎是故意跟他作对，隐去作者的名字，或者干脆印个"佚名"。佚名到底是什么意思？他想，也许就连音像公司都不知道这些歌的作者是谁。又或者，佚名也是笔名的一种，就像他在《摄影报》上面卖摄影器材，用的也是笔名。

1987年，《摄影报》在国内创刊，当时有一个栏目可以免费帮读者刊登二手摄影器材的交易信息。Y有意升级设备，就在报上挂售了一个长焦镜头，很快就被江苏的某位读者买走了。交易完成之后，两人仍有书信往来，切磋摄影技艺。某日，Y跟父亲说起此事："爸，你晓得吗，长焦镜头在外地不好随随便便买的，要专门登记的。"Y父听儿子把情况讲清楚，脸色大变，响了喉咙说："这种事情以后不许再做。"

"啥？"

"我讲啥你听不明白？"

Y不响。

"不要骨头轻，到时候懊悔都来不及。"

Y那时与女朋友已经到了谈婚论嫁的阶段，对于父亲的教诲自然是全盘接受。隔年一开春，经常被Y父用晾衣竿捅的那扇窗户贴上了两个喜字，里面的窗帘变得更厚了。Y结这个婚，在住房上做了一定的牺牲。与妻子解释，Y说父母岁数大了，住在一起，方便照顾。当然，从事后来看，他们才是被照顾的那一方。

八十年代末，上海的通货膨胀非常严重，Y在父亲的接济之下，为妻子买了松下的彩色电视机，为自己买了一套爱华的组合音响。那套音响花了三千八百元，两个大喇叭可以拆卸，机体是黑胶唱机与双卡卡座的豪华组合。Y听音乐有个习惯，觉得音量开得不大就不能称之为聆听，所谓 Hi-Fi 音响，就是 Y 在家里听唱片，方圆十米以内的邻居都能跟着他一起欣赏。有一次，Y 顾及邻居，把门窗关拢，把窗帘拉上，把自己闷在暗房里，仿佛回到了过去。他听的是新近从延安路中图公司买的一张密纹唱片，那张唱片里有一段小号的即兴独奏，音调吹得很高，像飞机直冲云霄。爵士音乐经常这样，一首曲子能吹很久，很久，然后 Y 就听到门外砰砰砰的响声。这种事情如果发生在六七十年代，绝对能把他吓出毛病来，但在此时，他只不过是调低音量，把门打开。原来是他父亲。"你买的啥唱片？"Y 父迎面问道。Y 说："这张是美国的，艾灵顿公爵大乐队。"Y 父说："唱片封套有吗？"老爷子后来接过封套，坐在沙发上，对着上面印的英文说："这个人的水平相当厉害，小号居然吹得那么高，不得了。"于是，唱针啪嗒一下，非常识相地回到了唱片的最外缘，从头唱起。父子俩背靠沙发，点香烟，吃烟斗，再泡杯咖啡。

多年以后，听音乐这件事情已经迈入了数码时代，黑胶和磁带无可避免地惨遭淘汰，但是 Y 一直收藏着模拟时代的记忆：那些模拟时代的录音制品，那套爱华的组合音响，那上面想必还印着 Y 父的指纹。

回忆父亲的晚年，Y 觉得父子相处得最为融洽的时光，绝大多数是同那套组合音响一起度过的。音响在屋子里唱得迷醉，父子之间保持着某种沉默。这种缺乏对话的交流还延伸到了唱片的选购。Y 父年纪大了，不方便去音像店，但是他从来不会关照儿子，帮他买点什么，仿佛儿子已经吃透了他的口味。

在那间屋子里（1992 年毁于商业动迁），父子俩一起听过邓丽君、费玉清（主要是通过民间的盗版"拷带"），听过许多美国的爵士乐（在延安路的中图公司买的正版唱片），听完以后会聊几句，譬如邓丽君的歌为什么上海男人无法拒绝——这种嗲妹妹对着哥哥娓娓唱来的酥软感觉，杀伤力太强。邓丽君据说唱过一些老上海的老歌，但是 Y 没能从父亲口中再听到"这首歌是我写的"之类的话。一直要到 1990 年的夏秋之际，家里来了几位香港人，彻底改变了父子之间维持多年的沉默。

香港人最初来访时 Y 恰巧在上班，家里发生了什么他主要是从妻子那里听来的。大概就是某日下午，Y 父听到窗外有人用电喇叭喊他的名字，通知他去弄堂口的公用电话亭接电话。那通电话是方家伯伯打来的，告知 Y 父，等下会有香港唱片公司的人来拜访，要跟他谈歌曲授权的事情。具体怎么谈的，Y 不清楚，反正他当日下班，回到家里只见到老婆孩子。他问老婆，父母哪去了？老婆说："到锦江饭店去了，香港人请吃饭。"父母回来的时候已是深夜，看得出，老爷子心情很好，但是他并不打算分享原因，他说："不是专门请我吃饭，好几户人家都去了。"然后说自己要睡觉了，有什么事情明天再讲。

隔天吃早饭，Y父在饭桌上透露了一些情况。原来是香港的唱片公司预备再版一批老上海的流行歌曲，这次北上是来打招呼的。昨晚，领头的赵女士把住在上海，还在世的词曲作者以及家属请到锦江饭店，说是聚一聚。那是非常纯粹的聚会，因为整个出版计划尚未启动。赵女士说，明年她会再来上海，到时候跟大家签授权合同。她的普通话讲得很累，大多数情况下，要靠随行的朋友将粤语翻译成沪语。那位朋友看着五十多岁，据说是音乐学院的教员，跟赵女士那几位香港来的坐在席上，怎么看都是年轻人，此外，列席的皆为垂暮老者，年纪最小的也上了七十八岁，赵女士尊称他们为中国流行音乐的元老。说起这些元老，虽然生活在同一座城市，但是平常极少碰头，有几位相互询问上次见面的时间地点，怎么想都想不起来。对于他们而言，这次的饭局是时隔多年的重聚，是对往昔岁月的一次探寻，也是个人层面的告别。譬如方家伯伯，他吃了这顿饭，半年之后就过世了，没能等来香港的合同，更无缘见到他参与创作的歌曲借由一张张的镭射唱片、一盘盘的卡式磁带焕发青春。

在方家伯伯的追悼会上，Y第一次见到了方家的子女，第一次见到自己的父亲号啕痛哭。某种程度上，方家伯伯的离去在Y家留下了一条又长又深的印迹：Y后来每次冲洗彩色胶卷，总会有一张张慈祥的笑脸在他面前闪回。Y父的情况则是，他对于某些事情的信心在削弱。香港方面一直没有消息传来。有那么一段时间，Y父变得相当敏感，传呼电话的叫喊声、邮递员送件的声音、房门上的叩击声，都会对他的情绪造成一定的波动。

有一天，Y父要儿子陪他去一趟天平路，他要去见一位姓李的故友。见面的原因不难猜，Y完整地与闻了父亲与李家伯伯的交谈，一个多小时，香港那边就像一块巨大的磁石，将两个老头吸到一起。Y听他们谈事情，视线却一直在分析李家的经济情况——木头地板都不敢用力踩，好几处都破了；大阴天，照明那么差，连电灯都不舍得开；家里来了客人，倒两杯白开水，居然是温的。

李家伯伯比Y父大两岁，早一年去世。比起他们的同行，这两位老先生无疑是幸运儿，他们在1991年的9月中旬等来了香港方面的歌曲授权合同。合同来的时候把 Y 给吓坏了，因为那不是一份合同，而是五十多份合同。香港方面选用一首歌，就会与词曲作者签订一份专属的授权合同，歌曲受欢迎的程度不同，身价也不同，对应的版税情况，Y 父并不怎么关心，他更在意这套唱片什么时候能够问世。

"快了快了，估计明年就能上市。"赵女士说。

Y 父"哦"了一声，对着胖摄影师的镜头露出一点微笑。那个下午，香港来的摄影师为 Y 父拍掉了一盒胶卷。他为了老先生能在专辑的内页里拥有一个美好的形象流了好多汗。在他的身后，老先生的儿子也举着相机，为这次拜访留下了许多花絮。

香港团队在那年的 9 月，遍访上海还在世的流行音乐元老，签合同之余，还采访他们，录了一组口述史。他们在上海忙活了将近一个礼拜，离沪前请元老们吃了一顿饭，这次是去希尔顿酒店，Y 父携 Y 母出席。席间有摄影师，半个月后，Y 家收到了一封挂号的航空信，香港寄来的，拆开是一沓彩色照片——老人们坐在酒店大堂的沙发上，坐在餐厅的包房里，正襟危坐，留下了最后的一组全家福。在随后的几年里，那些照片上的老人陆续离世。先是严家伯伯，1992 年 1 月去世。几个月后，Y 父收到了香港寄来的 CD 样片，再版系列的第一辑，打头阵的是周璇的五张精选专辑。翻开 CD 附带的歌本，Y在最后那页见到了父亲的黑白照片，豆腐干大小，旁边是父亲的本名，下面配了一段文字："中国早期知名作曲家、词作者。现赋闲上海。"文中还罗列了Y父的七个笔名。

那套样片，Y父捧在手心，来回欣赏，可惜只能干饱眼福。CD唱机在当时的上海无疑是奢侈品，Y虽然有一套进口的组合音响，但那套设备只能放黑胶和磁带。"CD机要多少钞票？"Y父问儿子。Y说："两三千块总归要的。"Y父不响。那时候家里正面临动迁的压力，兵荒马乱的，缺钱，因为动迁组给的条件是分房子，而老人家觉得搬去郊区住实在不方便，他的想法是在铜仁路附近买一套二手房。

如何能让老爷子听到那些原版原唱的老歌，Y后来使了点巧劲。Y认识一个"拷带"黄牛，对方有一台CD机，Y请黄牛帮忙，把CD样片上的歌曲拷到空白磁带上面。Y记得那些"拷带"拿回家之后，家里就像过年一样，一家人坐在音响的周围，七嘴八舌，如同大年夜围着电视机观看春晚。

久违了周璇的金嗓子，她在音响里才唱了几句，而且那首歌还不是Y父写的，Y父就匆忙下了结论："比老早好。"Y不懂这句话应该怎么理解，到底是说音质更好，还是别的什么意思。Y父不响。Y也懒得追问，随着阅历的增加，他的好奇心已经老了。

那年的夏天，Y最关心的还是动迁。动迁会带来一系列的后遗症，对于他的父母来说，一个生活了四十多年的地方即将消失，一些习以为常的生活方式必然改变。四十多年前，他们经历过类似的大洗礼，当时他们还有适应的本钱，可是现在呢？Y不敢多想。就这样又拖了几个月，Y父决定，搬家，搬进愚园路的一处新式里弄。

在搬家前的一个礼拜，Y父在旧居里接待了两位外国歌迷，分别是马来西亚的柯先生，新加坡的陈先生。他们不知道怎么搞到了Y家的地址，最初是写信，后来这两位老歌发烧友居然组队自费来了一趟上海。他们搭上了末班车，踏进Y家所在的弄堂时，有些住户已经搬走了，房门贴了封条，墙上到处可见"拆"字。进屋后，他们从背包里翻出好多Y从未见过的宝贝，有民国的音乐杂志、黑胶唱片，还有一些是新马地区的华语报纸，有一期的副刊上还专门为Y父做了一个整版。当时是深秋季节，Y父身穿藏蓝色的老棉袄，戴一顶黑色的瓜皮帽，这是他流传到国外的最后形象。他给外国歌迷签名的时候手不住地颤抖；与对方合影，面无表情，神色枯槁；回答他们的提问，瓮声瓮气，还经常答非所问。

临别之际，两位老外主动要求与 Y 父拥抱，他们是抹着眼泪离开的。Y 送他们下楼，一直送到弄堂口。双方约定了，常联系，有什么资料相互分享。这两位老外没有食言，Y 父去世以后，他们与 Y 保持着书信的友谊，每隔一段时间，他们就会把最新的研究成果与 Y 无偿共享。老照片也好，旧采访也好，歌谱也好，任何关于 Y 父的文献资料都是这样日积月累，前后花的时间超过了四分之一世纪，Y 现在收藏了其父参与创作的老歌共计 165 首，绝大多数都是简谱。

"等明年，"有一次，Y 在饭局上对我们宣布，"明年我就退休了，到时候争取一下。"他在展望为父亲出歌集的计划时，手握一支相当别致的烟斗。那烟斗像极了一把迷你的萨克斯，斗钵壁是铜制的，周身布满了一圈一圈、耐人寻味的螺纹。"这个啊？"Y 对我们说，"这我倒是晓得的。老头子当年讲过的，接触的面积越多，手摸上去越烫，所以呢，还是少接触为好。"

文 | 王璐

冰雨

作者简介

王　瑢

祖籍山西太原，现居上海。中国作家协会会员。上海市作家协会签约作家。作品发表于《上海文学》《山花》《文学港》《花城》《山西文学》《黄河》《西部》《诗刊》《南方周末》等。出版长篇小说《食事绘》，长篇非虚构《薪火》，中短篇小说集《告别的夜晚》，诗集《敲门的影子》，散文集《光影流瀑》等。多次入选《笔会文粹》《散文海外版》《全国优秀作文选》等。

郑淑娟突然就想回家。昨晚一宿翻来覆去，满脑子净想着回家回家回家。挨至天亮，便一分钟也坐不住了。

敬老院的大门边上有棵大槐树，季节一到，在屋子里就闻得到槐花香，一股一股，这香气让郑淑娟想起遥远的陈年旧事。那时几个孩子尚且年幼，大儿子刚上学，小儿子跟女儿才刚蹒跚学步。"那时的日子可真穷呵。"郑淑娟喃喃自语，想起每年的整个五月，匆匆吃过午饭，牺牲午休时间，跑到学校的后山上去打槐花，跟白面、棒子面掺和起来蒸拨烂子。去时背一个装面粉的白布口袋，打满折返，恰好赶得上下午去上班。

没人注意到郑淑娟从大门出去。

十字路口有个清洁工，正在清理夜里狂风刮落满地的散乱残迹，在平时，这是郑淑娟再熟悉不过的景致，但在此刻，却仿佛隔了一层时光，她惘惘地想。

马路牙子上停了辆卖西瓜的大卡车，车后槽打开，露出满车的西瓜。太古青皮黑纹瓜。卡车后头是个菜场，门口站满了卖菜的小贩，见有人来，吆喝一声："杀割喽，给钱就卖！"

郑淑娟正要过马路，身后传来一声："瓜，好瓜咪！"她忖量一下，走过去。

"沙瓤还是肉瓤，保熟？"

"不沙不甜不要钱！"

一只切开的瓜搁在瓜堆上，黑子红瓤，皮很薄，看起来十分新鲜。

郑淑娟挑个小点的，其实并不小，个顶个的大。

郑淑娟抱起西瓜，小心躲避来往车辆，走进菜场去了。没多大工夫，出来时手里多了几个塑料袋。四五根黄瓜，都顶花带刺。刚采摘的新鲜黄花菜，当地人习惯叫金针菜，性味甘凉，消暑去燥，浅浅的金黄色，条身紧长，拿来做过水面的菜码儿，再好不过。尽管一斤要卖十七八块，她狠狠心，称了半斤。想买几根芫荽调味，人家嫌少，不卖，只好买了整把。边上的摊位堆着圆茄子，紫皮锃亮，阳光下望去，跟大马金刀似的，她挑了两个，兀自叨咕一声："烧茄子多搁蒜，这一把芫荽，也就剩不下多少了。"她的手臂上挽着一根大蒜辫子，刚上市的独头紫皮蒜。郑淑娟记得，大儿子吃过水面，就喜欢就几瓣儿生蒜。

她接着绕到卖粮油调味料的小摊，买老黄酱豆瓣酱跟甜面酱。付钱时老板从墙上扯下一只最大号的塑料袋递过来，叫声"大娘"，说："买这么些菜，能拎动？"找零时又扯下几个塑料袋，帮郑淑娟把东西分门别类装好，笑道："买太多吃不完，连吃带扔，不划算。"

郑淑娟笑一笑离开。

东西实在是沉，越走越沉。郑淑娟不时地要倒一倒手，走几步，停下歇缓。但她心里十分松快。已经好长时间没买过菜了，还一下买这么多。郑淑娟说："拎不动？还直嫌买少了呢。"笑吟吟的，皱纹在阳光下舒展开来。

一眨眼，郑淑娟已经住进敬老院第七年。每逢年节，或者她过生日，两个儿子，一个闺女，轮换着来接她去住个三五日。郑淑娟去年生日没能回家，本来轮到小儿子来接，结果单位临时派他去出差。

从年初开始，郑淑娟就一门心思想回家。金窝银窝，不如自己的狗窝。虽说家还是那个家，但自打郑淑娟住进敬老院，小儿子一家便搬了进去，于是对她来说，那家似乎已经不再是自己的家了。有什么不一样？又说不上个子丑寅卯。

从敬老院出来，郑淑娟买完菜走过两条街，到了最近的一个公交车站。连倒了三趟车，到了自家小区。进小区时没见门口保安在，进楼门也没遇见熟人。郑淑娟觉得，趁上班时间回家，真是明智。

天实在太热了，进得家来，郑淑娟把塑料袋搁地上，一屁股坐换鞋凳上好一阵喘。汗水已经把内衣浸得透湿。她坐在鞋凳上望着眼前这个家，左瞅右看，觉得那么熟悉，又那么陌生。

客厅墙的颜色变为淡蓝色，以前就刷大白。电视机后面以前挂着她跟老伴的合影，如今换成小儿子一家三口。天花板的顶灯也换了，吸顶灯变成水晶灯，烁烁金芒，直晃眼。一低头发现以前的水泥地已经变成木地板。郑淑娟想起有次小孙子在电话里跟她说起过，一块地板一百多？定一定神，弯腰俯身，把自己的鞋往门口摆了摆，想一想，打开门搁在门外。她的目光停在自己脚上。鞋子长期挤压，导致右脚的二拇趾跟中趾叠摞起来，严重拇外翻畸形，一走路就疼，穿再好的鞋都走样。

郑淑娟把袜子脱掉，摩挲揉捏，想起昔日古事。上中学时，正赶上汾河修水库大坝，净想着好好表现，争取早日入团，抢着挑干重活，跟男同学一样挖土扛沙，晚上就睡在铺了稻草的泥泞工地。她的肾盂肾炎跟风湿性老寒腿，就是那时落下的病根。

郑淑娟叹了口气把眼睛闭上，慢慢坐起来，说："以前走这点路算啥？"仔细想来，自打住进敬老院，已经很久没这么走路了。平时大门铁将军站岗，门卫白班倒夜班，不允许私自出入。

郑淑娟问自己："哪去？你要到哪儿？"歇了一歇，感觉缓过来了，只是小肚子憋胀得难受。她已经好几天没大便，不借助开塞露，根本拉不出来。有次无意中听见大夫跟一位家属交代，说这是老年痴呆症所引起的症状。确切来讲，属于脏器功能生理性衰退，直肠肌与腹肌已发生萎缩，可能引发其他症状，严重者还会伴有焦虑性抑郁。但这种事，实在难以启齿，郑淑娟几次想给儿子闺女打电话，一直忍到现在。

人上了年纪，容易瞌睡。郑淑娟不敢多坐，她扶着墙慢慢站起来，拎着那些塑料袋去厨房。但进去立刻退出来。她想起阳台上有个专门用来放蔬菜水果的纸箱。那箱子还在。里面塞满废报纸跟旧杂志，落了一层灰。阳光下那些呛鼻的尘埃连成一线。窗外远远地有人吆喝着"磨剪子咧，戗菜刀——"慢慢悠悠走过来。

郑淑娟想了一想，打算找什么东西把纸箱子蒙上。突然间瞥见箱子里什么东西金芒闪闪，随手一翻，就看见一沓叠金银元宝用的那种锡箔纸，还有各种面额的纸币，她顿时怔住，踌躇一下，想起老伴儿的生忌快要到了，小声地念叨："下面最值钱的就是金元宝、银锭，纸币都是零钱，大面额纸币等于废纸，根本不值钱，也花不出去。"把那些锡箔纸跟纸币拿出来装进一个塑料袋，打算带回敬老院，生忌日那天烧一烧："穷家富路，出门在外，钱多好呀老头子，别舍不得花，花不完的钱，都拿来给子女们铺路呀……"

忙活一阵，郑淑娟手撑住膝盖，慢慢坐到凳子上，开始从塑料袋里往外掏菜。坐下方才看见，桌子底下摆着两个相框，巴掌大小，并立在角落里，满面灰尘，相框一旁扔着几个山药蛋。她掉转身来看看，找来晾衣竿，探进去，把那相框跟山药蛋勾出来。山药蛋皱巴巴的，已经发芽。她用指甲把芽子仔细抠掉，咕哝一声："老头子，他们怎么把你跟大小子的相片扔这儿了？"

就在这时，郑淑娟听见门外有人叫一声"妈，妈"，她探过身去看，屋子里静悄悄的，扫一眼对面墙上的挂钟，现在是上午九点三刻，她把塑料袋里的菜蔬一一拿出来，抬头又看见窗台上摆着的花盆边上有个牛皮纸袋，用晾衣竿勾过来。里面是没用完的金元宝跟银锭，还有一捆涂过金粉的檀香。

这二年，郑淑娟的手脚越来越不利索，常常拿东忘西，眼神也不济，一会儿就眼花，看东西总像是隔着一层纱。她停下手里正在剥的蒜，探着脑袋侧过身去往对面的墙上看。"这挂钟是自己买的还是别人送的？"她死活想不起来，剥了两头蒜，笑了，咕哝一声，"送钟，送终。应该是自己买的。"她剥完蒜刚要往起站，看见地上拣剩下的芹菜跟芫荽，坐下来仔细翻检。她已经忘了她刚刚已经择好了，啧道："看看看看，看看这，好好的菜，扔扔扔，败家子呵。"

郑淑娟昨晚彻夜未眠。天一下就热了，说什么也得赶回家来给小孙子做一顿过水面。多做一点。过水面就算放着也不怕坨。实在不行，煮熟以后多过几遍凉水。郑淑娟择菜时，家里那只狸花猫一直静静蹲在脚边看着她。不动也不叫。郑淑娟腾出空来伸手摸摸它的脑袋，叫一声"咪咪"。猫朝边上躲开，又近前来用头蹭她的裤腿，蹭来蹭去，突然往地上一躺，四脚朝天。

郑淑娟不禁眼眶泛红，说："在敬老院住了这么长时间，咋就没想起你来？"猫咪翻个身站起来，一屁股坐定，盯眼看她。郑淑娟想了想，说："来家几年？时间不短喽。"猫咪的眼睛瞪得圆丢丢的，默无一言，听见郑淑娟说："今儿咱吃过水面。"又说："你去敬老院住吧？去不去？"猫咪打个哈欠，郑淑娟叹起气来："那地方难得有个年轻人，小孩就更看不见。"猫咪过来蹭蹭她的裤腿。郑淑娟叹起来："坐吃等死，人没鲜活气，树可不少。槐树这么粗。"伸手在空中比画一下："花特多。桃花红，杏花白，丁香刚开。紫丁香，白丁香。紫丁香像是要比白丁香好看，香味却没白丁香浓。推开窗，碎叨叨的一树的花，香死个人哩。"摸一摸猫的脑袋，继续说："鸟也多。每天早上听见布谷叫。布谷布谷。你去呀不？"猫咪呼噜呼噜开始念经，蹭了她的裤腿又蹭鞋。

郑淑娟拍了拍手，说："时候不早了，得抓紧时间和面。和好醒着。"

她进厨房找出瓷盆，把面粉舀了四碗，想着回家一趟不容易，就又加了两碗。接着从冰箱里拿出三颗鸡蛋，再拿一颗，通通打进面粉里，这样和的面吃起来有嚼头。

郑淑娟有两儿一女。大儿子叫国泰。小儿子叫国强。孙子叫凡凡。凡凡一接到西安交大寄来的录取通知书，国强立刻跟老婆喜梅商量，一家三口必须好好庆祝一番。十几天前就预定好了，今天要在城南新开的"唐都生态园"吃午饭。

凡凡去年高考落榜，补习了一年，今年考上西安交大，比录取分数线高出三十多分。一家子高兴坏了，凡凡妈逢人就说："这可是全国一类重点。出来找工作，随便咱挑拣。"

国强本打算请亲朋好友到饭店同喜同乐，但喜梅说，请亲戚那顿饭不急，等凡凡临去学校报到前再说。国强立刻表示同意，说："金榜题名，恰好今天又是凡凡生日，双喜临门，咱自家人先撮一顿。咱不差钱。"

国强跟朋友合伙开了一家 4S 店，专门做汽车配件生意，常跟客户来这家饭店，吃饭能签单，跟饭店经理称兄道弟，除去酒水跟海鲜，还能打个八五折。

国强定的是二楼的小包房，临窗靠街。一家三口今天早早起来，没吃早饭便出门了。凡凡说："好不容易宰我爸一顿，得腾出肚子。"喜梅也只喝了半杯牛奶。结果来得太早，到"唐都生态园"时才刚过十点钟，人家还没开门。

国强埋怨说来太早了，不如睡醒了再来。喜梅说赶早不赶晚，咱儿子考上全国一类重点大学，这是多么了不起的事。

饭店斜对过是一家美特好超市。喜梅说："去超市转转，个把小时一眨眼就过去了。这么大的超市，我还没进去过呢。"幸福像潮水般一波一波袭来，冲击着国强一家人。凡凡平时最讨厌逛街，尤其逛超市，今天也毫无二话。喜梅又说："超市中午人少，吃完饭，正好再进去转转。看给儿子买点啥，有备无患。"

国强笑着说："你们女人就是喜欢瞎逛，转悠半天，什么也不买，干转也要转，瞎耽误时间。"

要搁在以往，喜梅听见这话指定一蹦三尺高，今天却一点也不生气，她说："这回不瞎逛。需要买的东西多着呢。"国强说买也是瞎买。喜梅说："隔壁六婶刚给闺女买了一个羽绒被，上回叫我看，摸起来暄腾腾的。"

国强说："西安交大那么有名的大学，宿舍里还能没集中供暖？"

凡凡在一边也说："现在谁还自己带被褥？学校统一购买。"

喜梅迟疑了几秒，说："毛巾浴巾，牙膏牙刷，内衣内裤这些，学校给发？"

凡凡哎呀道："西安比咱这儿可一点不差，什么东西买不到？"拉了他妈就走，又道："我这是去上大学，又不是发配非洲做苦役。"

喜梅说："裤衩背心，袜子，鞋，学校不发吧？你别洗，洗也洗不干净，多买点，脏了堆一起，等妈去看你时给你突击清洗。"国强跟在后面抽烟，不再说话。凡凡说："妈，你要是非想花钱，那就给我买个苹果笔记本。"

国强把烟头掐灭踩在脚底，拧了几下，跟上来说："笔记本？"看了看喜梅："才进学校，是不是太……"话未落音，给凡凡打断："不就是个笔记本，什么稀罕东西，我同学早都有了。不买拉倒。"喜梅踌躇了一下，说："笔记本就先买了，开学看情况，需要的话再买也不迟。"凡凡哼一声，胳膊甩开，恨声道："要是我大爷还活着，肯定给我买。别说是笔记本，就算我要最新款iPhone 12，我大爷也绝没二话。"

国强看看喜梅，一时无话。三个人默默走了一段，国强说："你大爷走了快两年了。哎，时间真是快呵。"

喜梅拿胳膊肘杵了国强一下，说："大喜的日子，说这些干什么。我现在一听见摩托车声就后脊梁发冷，这东西比汽车还不长眼。"

国强说："对对对，干吗说这呢，今儿个高兴。"扭头见凡凡蔫眉耷眼，走过去摸摸儿子的脑袋，叫一声"凡凡"，说："别不高兴，咱家不比别人家，再说也没说就不给你买。先去饭店吃饭，吃完饭进美特好慢慢逛，顺便给咪咪也买点好吃的，让咱家猫也沾点喜气。"

美特好超市在这座城市的最南边，此刻正值饭点，超市门前人不是很多，太阳混沌沌的，像荒草里生出烟来，是重工业城市里重雾厚霾的大晴天。

天一热，郑淑娟想回家的念头，细滋慢长。敬老院上礼拜吃过水面，她就开始惦记小孙子的生日。敬老院里每到新年，给每个房间都发一本挂历。一拿到挂历，郑淑娟就在上面先把儿子跟孙子的生日，一个一个找出来，用红色记号笔圈起来，每天翻看。

这大热的天过生日，不吃过水面能行？一想到要让小孙子吃上奶奶亲手做的过水面，郑淑娟就激动就兴奋。接连几天，晚上睡不好，白天犯困，但一想到过水面，人立刻就来精神。

最后一次在家做饭是什么时候？记不清了。此刻郑淑娟浑身是劲，腿脚也不觉得疼了。拍蒜剁姜，绞肉切菜，黄豆芽掐头去尾，黄瓜切丝，做过水面的菜码儿要切得越细才越好。开始调麻酱。用筷子不停地搅，不时地点几滴香醋进去，这样的麻酱调好后不会分层。接着做炸酱。做过水面有点像做老北京炸酱面。郑淑娟想起大儿子国泰最爱吃自己做的炸酱了。那时老伴儿还在，父子俩一天到晚要吃面，顿顿吃不厌。想到老伴儿，郑淑娟的眼睛里起了雾。最后一次做炸酱是什么时候？想不起来了，遥远得仿佛隔了一个世纪。猪肉要剁得烂碎，姜末多搁，葱得是老葱，小香葱可不行。通通切成细丝。肉酱炸好，临出锅时才想起应该撩一勺香油，橱柜里怎么也找不到，又打开碗柜找，没留心把一个淡蓝色的玻璃碗带到地上，咣叽一声，碎了。

对面人家的窗子开着，一曲唢呐高昂激烈，忒愣愣疾风骤雨似的，重复再重复，天气愈发燥热起来，唢呐声那么仓皇，又那么从容，听得不相干的人跟着紧张起来。

郑淑娟明明记得，以前自己把调味料都搁在最上头的橱柜里，但眼前通通都找不到了。她的手脚明显比从前笨了也慢了，自己浑然无觉，终于在碗柜的最里面找到了香油。这边的炸酱差点煳了锅，她赶紧关火，把炸酱分几次盛入一只海碗，倒一股香油，这才松了一口气，小声地念叨："香油把酱盖住，不跑味。"

把碎玻璃碴儿打扫干净，呆立原地，郑淑娟一时忘记了接下来要干什么。她在厨房转来转去，猫也跟着她转，看见面盆，恍然笑了，说："擀面。"

郑淑娟想着把一切都弄好，等小儿子一家回来，进门就能吃现成的。她把面团放在案板上使劲儿揉，连揉带团，每擀一趟，撒一把干面粉，把面皮掉个个儿继续擀，这么来来回回几趟，面擀好，切好。本打算把面条煮熟以后多过几遍水放着，想了想，觉得还是现吃现煮更好，于是把切好的面条摊开来放在竹篦子上，再撒上一层棒子面，防止其粘连。

放炸酱的碗用保鲜膜仔细地封了口，重新放进蒸锅里温着。郑淑娟走出来看看墙上的挂钟，说："他们下班回来就吃。"拿过剩下的黄瓜来切，切两下停住，又继续切，且切其叨咕："切好吧。小儿媳妇嘴刁，现吃现拌。"

切黄瓜丝时，郑淑娟想起自己年轻时。那时孩子都还小，大儿子才上小学，每天回家一进门，书包来不及放就喊："妈，妈，吃过水面！"郑淑娟手中的刀，渐渐地慢下来，更慢，凝滞住："国泰可有阵子没去看我了。上次电话里是怎么说的？"她死活想不起来，叹息道："老大是从什么时候就不再催撺着让妈给做过水面吃了？"摇摇头，又道，"现在压根儿连见一面都难，还过水面？"眼前模糊一片，手中的刀又快起来，越来越快。黄瓜切完才发现，黄瓜丝长短粗细，一点不均匀。

那只猫从桌上跳下来，"砰"的一声，竖起尾巴，仰起脑袋看。郑淑娟说："一辈子炮仗脾气，不起三（成不了大事）。"看着案板上的菜跟面，大脑一片空白，猫围着她喵喵娇嗲。郑淑娟猛然间想起什么，走到客厅看那墙上的挂钟。已经十一点过五分了。她一下子有点慌起来，慌什么？又说不清，急急走进厨房打算把面切好，看见竹篦上摊开的面条，拍自己的脑门，笑着说了句什么话。拎了拎桌上的两个暖水瓶，都是满的。转身时脚下一绊，这才想起那只青皮黑纹瓜。她俯身弯腰把西瓜抱起来，抱进水池洗了，泡在菜盆里，跟猫咪说："小孙子进门就吃瓜。这大热的天。"

为了去逛美特好，国强交代服务员："冷菜热菜，主食，一起上。要快。"菜上得果然很快。凉菜是凡凡点的，糖拌西红柿叫"烈焰冰山"，小葱拌豆腐叫"明目张胆"，荤菜是白切羊肉。喜梅本来想再点一个，国强说：

"三个人三道菜，够了，再说多点一个也不吉利。"喜梅立刻表示同意，她说："人三鬼四神仙五。"热菜也点了三道，自然都是拣凡凡最爱吃的点：山西过油肉、清蒸鳜鱼、炸鸡件，汤点了鸡汤炖口蘑。

三人以茶代酒举杯，凡凡刚夹了一筷子炸鸡件，国强的手机响了。喜梅说："这电话可真会挑时候。"国强瞅一眼，说："我姐，是玉红。"

凡凡听见姑姑的声音传出来，急火火地说："在哪呢？糟了糟了。"国强说："说清楚点。"玉红说："敬老院来电话，咱妈不见了。一上午都没找到人。"

喜梅在边上小声地说："多少次了？这一趟一趟的。"国强瞪她一眼，说："啥时候发现人不见了的?"夹了一块鱼放进凡凡碗里，又说："我们在外面吃饭呢，没在家。"

玉红不知说了句什么话，国强说："妈会不会是跑你家去了？上次就嚷嚷着要去。"

凡凡往国强跟前坐一坐，听见姑姑急嘴快舌道："我也在外边呢，没在家。"又道："我现在在武汉出差，刚到。"周围好像不少人，乱糟糟的。玉红说："这不年不节的，妈跑我家干吗？你姐夫在。"

国强喝了口汤，说："我上礼拜去敬老院，咱妈去体检了，没见到人。我特意带了一兜忻州甜瓜，新下来的，可甜呢。妈不是说她小便发黄？"见凡凡不吃了，盯着自己看，国强说："应该没什么事吧？这热烘晌午的，妈会不会是闲得无聊，绕到敬老院后边那个烂尾楼里歇凉去了？上回不就在那儿找到的。"

玉红不知跟谁交代着什么，有点不耐烦。玉红说："真不让人省心。当初咱妈自己死活非要住敬老院，怎么说也不听，去了又闹这么一出。你看看这，这事闹得。"

国强忽然间没了胃口，放下筷子说："那行，姐你先玩，尽快往回赶吧。我先回家看看。"挂了电话，国强立刻往玉红家打电话。通是通了，但一直响到最后也没人接。凡凡说："我奶没去姑姑家。"

国强看看喜梅，指一指桌子，说："菜刚上来，要不吃完再回？"

喜梅蹙着眉头，说："别吃了，你给咱家打个电话，看看妈回去没。"

国强拿起手机打电话。凡凡说："妈，我奶上回可跟我说了，我要是考上大学，我奶答应奖励我五千块。"喜梅答非所问："人老了真还不如个小孩，主意大得很，说也不听，净瞎跑，急死人了。"

凡凡说："我奶这是第几回了？破纪录了都。"

国强继续打电话，说："加上这次，七次还是八次？哎。"凡凡伸出手指比画，嘻嘻说："我奶想家了呗。"喜梅立刻说："敬老院哪里不比家里好？那么多人，想跟谁拉呱就跟谁拉呱，打麻将还得等几圈。"

凡凡说："我奶不会，牌都数不全。"

国强一连打了几次家里的座机电话，电话那头陈红在唱"常回家看看"，唱完一遍又一遍，没人接。正要挂断，就听电话里说："谁啊？你找谁啊？"声音空洞而遥远，颤悠悠的，仿佛来自天边。

郑淑娟在这头举着电话，说："谁啊？你找谁啊？"

凡凡显然已经听见了，喊一声："奶，奶。"

国强喷道："妈，闹啥么，干啥呢你，这半天在家不接电话？咋又跑我家去了，啥会儿回去的？"

郑淑娟问："谁呀？你找谁呀？"

国强冒起火来，斥道："谁谁谁，能是谁？我！我是你儿子，我是国强。"

郑淑娟问："国泰？你是大小子国泰？"声音哽咽。

国强看看喜梅，再看看儿子，声音放缓，说："妈，我是国强，是你小儿子。跟你说多少遍了，我大哥在迪拜呢，单位派他去进修，四五年以后才能回来。又忘了？"

郑淑娟"哦"一声，说："国强，你哥说啥会儿接我？"

国强想了一下，说："妈，我哥虽说是个大干部，人在江湖身不由己，还没我这小百姓活得自在，他得听上级领导的安排不是？人家不叫他回，他敢？你别老给我哥找麻烦。"

郑淑娟在电话里急了，说："这都几点了你们还没到家？面都坨了。"

国强听得一头雾水，郑淑娟在电话那头笑起来，说："俺孙子考上大学喽，咋没人告诉我？"凡凡凑过去叫一声"奶奶"，说："奶，你可答应我的啊，五千块。"

郑淑娟在电话那头又说了句什么，国强说："回回回，我们这就回。"

国强挥挥手，招呼服务员打包，结账。

喜梅钉眼看着一桌子菜，咕哝一声："呀，咱妈别是已经知道了吧？这好端端，怎么突然说起国泰来了？"

国强听了这话一怔，说："大哥的事，咱妈怎么知道的？不能吧……"

喜梅把菜一个一个往打包盒里倒腾，自我安慰道："不可能。妈要是知道大哥不在了，能笑得出来？"

凡凡说："我奶是怎么知道我考上大学的？"

国强抬胳膊看看表，说："现在往回赶，再快也得半个多小时。"

喜梅交代服务员："再打包一个四喜丸子。要快。"掉转身来跟凡凡说："奶奶爱吃。"

一家三口着急忙慌往外走，国强临出门时给姐夫李明打了个电话。国强说："姐夫，玉红不在你反正是一个人，不如来家一块吃吧。妈也在。饭菜都是现成的。赶紧来啊。"

李明在电话那头嘻嘻笑道："这不年不节的，妈又跑回来了？"国强漫应一声，他又道："要说咱妈八十朝上的人了，腿脚真是好，回你家倒车得倒两三趟呢。"国强说："行了姐夫，见面聊。你赶紧的啊。"

喜梅拎着大包小袋跟在国强后面，说："最近的那次，妈跑到玉红家，非说是梦见人家家里漫了水，水龙头没关。这次是梦见咱家出事了？"

出得饭店，迎面恰好过来一辆桑塔纳。国强坐上副驾驶座，交代司机："往西面开吧。"路上车很多，都赶着回家吃饭，本来就堵，还一路红灯，根本走不动。开没多远，踩刹车，开开停停一路。凡凡坐在后座上啃一只鸡腿，说："出行千万条，安全第一条。"

喜梅低头看着脚边一摞打包盒，咕哝一声："大中午的，天这么热。"国强没接茬，她又道："好不容易去趟饭店，最后还得吃剩菜。美特好也没去成。"国强望着窗外忽然有点搓火，说："能不能少叨叨一句？"喜梅安静了一会儿又开了口，她说："敬老院多好，双人标间，一日三餐荤素搭配，天热了冷了，屋子里有空调。干吗非要跑?"

凡凡在一旁来一句:"我奶能跑,说明她身体好呀。好事!"

车载音响里音乐之声频道有人点歌,一个男音淌出来:"生儿养女一辈子,满脑子都是孩子哭了笑了,时间都去哪儿了,还没好好看看你眼睛就花了……"

车堵得实在厉害,基本是在挪。国强突然发现,他们本应该右转的,可现在开上了直行道。他扭脸问司机:"怎么不右转?"

司机面无表情来一句:"已经在直行道上了,下个路口掉头?"

国强就又搓起火来,说:"本来就时间紧张,堵这么厉害,下一个路口再往回绕,吃饱撑的?"

司机一听也火了,说:"那你说现在咋开?听你的。"

喜梅坐在后面忽然说:"停车停车。下下下!就跟这儿下车,下去到马路对面重打一辆。"话未落音,已经径自拎着大袋小袋下去了。国强瞅了一眼计价器,说:"十块零八毛,给你十块。"把钱扔在座位上跟着下去了。

一家三口穿过马路,重新拦下一辆车。坐进去不等爸妈开口,凡凡说:"迎新街奥登花园 A 座。要快。"司机笑笑,说:"这个点,能快到哪儿。"国强说:"尽量开快点。"喜梅叨咕一声:"这么热的天,回去菜都有味了。"国强说:"家里老人一个人在,腿脚不好,耳背。师傅你尽量快吧。"司机照旧笑笑,来一句:"科学还是不发达,咱要有辆载人火箭就好了。"凡凡见喜梅绷着脸不吭声,说:"妈,菜坏不了,车里有空调。"

喜梅往前凑一凑,问国强:"你要不再给家里打个电话?说我们马上到家,路上有点堵。"

凡凡说:"妈,你说我奶为啥老要跑呢?"

不等喜梅开口,国强在前头说:"等你老了一样。想回家看看呗,能有啥。"

郑淑娟站在厨房,前后左右看了几遍,扳着手指数,觉得没落下什么。解下围裙,往门背后挂时看见笤帚,就又开始扫地。扫到里屋时听到外面蝈蝈叫:"喓喓喓,喳喳喳。"天气越热,叫得越欢。郑淑娟放下笤帚,走到窗台边伸出头去往外探看。

小区里的绿化越来越好了,夹竹桃大片大片,开得姹紫嫣红。槐树下有几个孩子正追逐嬉闹,脸红扑扑的,斜对面的楼门里有个孩子直冲出来,追前面一个穿白衬衫蓝裤子的男孩。郑淑娟怔怔痴看。这不是大儿子跟小儿子吗?闺女呢?怎么没看见闺女?心里一阵砰砰砰,这才想起玉红来了。不光是好些日子大儿子国泰没去敬老院看她,闺女玉红也没去过几次。郑淑娟想起上次国强说:"我大哥能耐,吃公家饭,出国是多么好的事,单位里多少人争着抢着还去不成呢。"郑淑娟此刻忽然有点生气,老大出国这么长时间,打个电话就那么费事?摇摇头喃喃自语道:"玉红呢? 闺女没出国,为啥也不来?"

郑淑娟刚才在厨房忙活,出了一身汗,此刻方才发现背心已经湿透了。坐下来喝口水,喝得有点快,呛住,咳起来,边咳边念叨:"幸亏面和得多,把玉红两口子叫过来一起吃吧。管够吃。"双手扶膝慢慢站起来,隔着玻璃朝外张看,心里忖度着,要不要等小儿子回来了再走?

就在此时,窗外有人说笑着走过去,又走过去几个。郑淑娟说:"下班了。"

西屋的窗户正对着小区大门,几个女孩在花圃边的空地上比赛转呼啦圈。小辫子上扎着一对蝴蝶,飞过来,甩过去,一旁观战的人拍手鼓劲,唱道:"小花鸡,上磨盘,一挠挠个大皮钱。又买烟,又称盐,娶个媳妇过大年……"

几只麻雀飞落在地上,头一点一点,叽叽喳喳,一个老头走过,它们一哄而起。那老头直奔郑淑娟的方向走过来,走到窗台下当当当敲玻璃,叫一声"郑老师",说:"你咋又跑回来了?"

郑淑娟愣了一下才看清,是看大门的霍师傅,把窗户打开一扇，说："霍师傅值班啊，进来坐坐？"

霍师傅摆一摆手，说："你跑回来，国强知道不知道？"郑淑娟没吭声，只是看那几个女孩转呼啦圈。

霍师傅说："小孙子有出息呀，考上西安交大了。"郑淑娟像是没听见，面无表情。霍师傅又说："回来看看也好，小孙子去外地上大学，再想见面也不容易喽。"

郑淑娟说："霍师傅，看见我闺女玉红，可千万叫她上敬老院看看我。这都多长时间了，不见个人影。"霍师傅一愣，听见郑淑娟又说："她大哥是公家派出国去回不来。她咋也不来看看我？"霍师傅隔了几秒方才回过味来，说："好好好，我看见玉红，肯定转告。郑老师你吃饭了没？"

郑淑娟笑着说："过水面。就等国泰国强回来，都准备好了。"

霍师傅忖度着，欲说未说似的，看了郑淑娟一眼，说："那行，我也该回家做饭了，得空来家坐坐啊郑老师。"走出去几步又停住，掉转身来看看，见那扇窗户已经关起来了。

出租车一直开进奥登花园，在A座楼门前停下，国强一家下了车。远远就看见阳台上那盆红色天竺葵，红得耀目。国强说："这花可真能开，整整开了快一个月了。它是在等妈来。"走到窗台下面看花，就看见坐在阳台的郑淑娟，睡着了，头朝一边歪着，一起一伏。衣服前襟沾满了面粉。

凡凡说："我奶睡着了。"

一家子进楼来拿钥匙开门。门一开，喜梅第一个进去，叫一声："妈！"

国强说："别喊，让她睡。"

此时李明大步流星而来，说："没来晚吧？堵得厉害。"

凡凡问声姑父好，国强忙着递烟，说："不晚不晚，我们前后脚。"

喜梅把带回来的菜一样一样打开，看见李明拎着一兜子东西，苘子白，圆茄子，西红柿，还有一把西芹，喜梅说："姐夫，不是跟你说了吗，菜都现成的。"

李明想起什么似的，从塑料袋里拿出一个油纸袋子，说："坛子鸡。我专门绕到六味斋买的。老太太不就爱吃这个？"

凡凡换好拖鞋还没见郑淑娟出来，走到阳台叫一声"奶奶"，说："我们回来啦。姑父也来了。"

郑淑娟耳朵背得厉害，一屋子人说话，她一点没听见。此刻睁眼看着站在面前的凡凡，说："你是国泰？国泰你啥时回来的？"凡凡说："奶，我是你孙子，我是凡凡。"这时喜梅走了进来，国强跟李明紧随其后。喜梅说："妈，我们都回来了。"一语未毕，人不禁愣住了。阳台地上摆着最大号的案板，因为太过笨重，只有全家在一起吃饭时才拿出来用一次。

案子上满满地摊着面条儿，都一顺一顺摆好。凡凡隐隐闻到有什么味道，好像是厨房？喜梅紧跟着跑过去，叫起来："煤气没关，准是水开了把火浇灭了。"

国强跟李明一进厨房便怔住了。调好的麻酱。油炸花生米已经捣碎。黄瓜丝葱丝切了满满一大碗。煤气灶上坐着锅，锅里温着肉炸酱，已经干锅了。

喜梅打开碗橱柜检视着，没听清说了句什么话。

李明看看国强，说："妈弄这么些面，玉红在也吃不完。"

凡凡已经把郑淑娟从阳台慢慢扶进屋里来，郑淑娟说："给奶奶搬把椅子，沙发太软，坐进去，我起不来。"听见喜梅在厨房刷锅洗碗，又说："还没吃饭就洗碗？我才刚眯瞪一会儿，你们就回来了。"

喜梅说："妈，你以后千万别动煤气啊，多危险。"

郑淑娟睡得迷迷瞪瞪，说："国泰等一会儿回来？"

国强说："妈，咱吃饭。吃饭吃饭。"

郑淑娟没吭声，瞪大眼睛看着面前这些人，一脸惶惑。

国强说："妈，弄这么多面条，这大热的天。"

郑淑娟高兴了，说："过水面，多做点，就喜欢吃过水面！"

喜梅把带回来的鱼夹了一块，仔细把鱼刺挑干净，放进郑淑娟碗里。李明撕下一个鸡大腿递过来，说："妈你吃，六味斋的坛子鸡，骨头都能吃，酥烂。"

凡凡看着一桌子菜，说："奶奶……"欲说未说似的。

郑淑娟已经把鸡腿咬进嘴里，又放下，急急往起站，无奈腿吃不上劲，手抓着桌沿有点发颤。凡凡扶住郑淑娟，问："奶你要干吗？"郑淑娟说："洗洗手吃饭。可有一阵没吃妈做的过水面了。"

喜梅与国强对视，说："妈，别急，先吃菜，过水面我等一下弄。"一语未竟，郑淑娟已经从厨房拿出一个瓶子，给国强倒一杯，说："酒少喝。你在外国那么远的地方，尤其不能喝，要喝到家来。"

国强一时寂然了。

凡凡小声说："奶，那不是酒，你拿的是苏打水。"

郑淑娟没听见，道："难得回来，一家人吃顿团圆饭。喝点儿？大家都喝一点，高兴高兴。"说完给喜梅跟李明都倒了一杯，给自己也满上。

国强觉得胸口发闷，端起那杯"酒"，脖子一仰，干了。

李明举杯跟郑淑娟碰一下，说："妈，喝完咱吃过水面。"

郑淑娟又要往起站，说："我去下面。"

喜梅说："我去我去。六味斋的坛子鸡，妈你趁热吃。"

郑淑娟把碗里的鸡大腿夹给凡凡，说："俺大孙子吃鸡腿，学习好，身体棒。"

凡凡问："奶，我的奖金呢？"

国强拍了凡凡一巴掌，说："还能逼着问奶奶要钱哪。"

郑淑娟扭过身来看厨房，说："再喝点儿？今儿高兴。"

国强摆一摆手，说："我们下午还上班，不喝了。吃饭吃饭。"

郑淑娟就又坐下，看着桌上的菜。

李明猛地想起什么，从另一个塑料袋里掏出一个打包盒递给喜梅，说："认一力的饺子。热天吃羊肉饺子，舒坦。"说罢用手捏出一个递给郑淑娟："妈你尝尝。瞧瞧这馅儿，肉大。"

郑淑娟说："国泰啥时回来？国泰最爱吃羊肉饺子。"

喜梅给郑淑娟夹一块炸鸡件，说："虾酱腌的，妈你吃。"

郑淑娟看看李明，问："玉红呢？你来不叫她？"窸窸窣窣从兜里摸出一张一百块钱，叠得四四方方。

国强问："妈你弄啥？"

郑淑娟把那一百块钱放桌子上铺平，抹展，往凡凡手里塞。

手机铃声当啷啷响，国强走到客厅去接电话。

喜梅说："快两点了，我三点的班。"

国强接完电话回来，附耳跟李明说："敬老院那边催了……"

凡凡起身去厨房，从冰箱拿冰可乐时看见那只泡在冷水盆里的西瓜。

窗外的蝈蝈叫声正欢，咝咝咝，喳喳喳，咝喳咝喳……

细雨梅花

文 | 王吾鱼

作者简介

王占黑

1991 年生于浙江嘉兴，已出版图书《空响炮》《小花旦》等，曾获宝珀·理想国文学奖、单向街书店文学奖等。

一、惊蛰

雨落得声势浩大，盖过了远处人的哭嚎。满地都是碎纸，黄条的，银条的，人一走过，鞋底就粘上了，风一吹，裤脚管上也缠住了好几条。

客人顾不得，只收了伞，朝专门用品店冲进去。

老板娘开门见山，六十，八十，一百，一百二的，要哪种。

客人顺着她的手指一排排看过去，想不好。

老板娘讲，同伊啥关系。

讲起来我父亲同伊是兄弟，蛮亲的，后来父亲过继掉了，所以我们从小叫伊——

八十的就可以了。老板娘打断客人，点了点对面桌上的便笺簿，来，过来写名字，人家叫啥，自家叫啥。

客人俯下身去写。桌前盘腿坐着一个男孩，正以飞快的速度在白纸上写"沉痛悼念"，念字那一点还没落定，笔就抽出来，往下一个沉字的点去了。靠墙立着一块牌子，"逝者为大，谢绝还价"，八个字横压住一摞"沉重"和一摞"叩拜"——那面上的墨迹还没风干。

墙上一块老黑板，密密麻麻写满了名字。殡仪馆和宾馆，两个词说出来像，实际上也差不多，什么堂对应什么人，几点入住，几点退宿，要哪些服务，和尚唱经还是女人哭，表格里记得一清二楚。周围残留着各种笔迹，敬语的练习，一二三四的繁体写法，几行歪歪扭扭的电话号码和日期。余下模模糊糊的，大约只是印开来的霉点。板槽底下，一排发票夹上的发票在冷风里翻飞。

老板娘伸手往对桌抽出两条纸，提笔在"沉痛悼念"后面写，伯父大人，瞄一眼客人笔下，紧接着写，陶宝兴，又火速在另一联的"叩拜"上面照搬了客人的名字，相当潦草。写完交给小工拿订书机往花圈上一扎，自己接了个电话。

哎，讲过不收了，客满了呀！顶快么，我看看，她抬头望一眼黑板，也要明朝下午了。没办法，三月里熬不过的人太多……哎，对，老话讲，过不过得去，开春顶要紧……

花圈自家过去拿，老板娘给客人使了个眼色。手底下验钞机唰唰一响，挺括的红钞票收进抽屉，换一张软塌塌的二十块出来。

可是花圈太大，怎么拿都不顺手，举前面看不见路，举后面撑不到伞。侧身沿墙边走又容易卡住。客人在店门口折腾很久，自然挡住了后面的生意。

老板娘喊，跑过去！几步路，淋湿不搭界的！

客人便索性头顶着花圈冲过去了。

跑到灵堂门口，花圈必须放下了。迎上来两个男眷，帮忙工工整整地抬进去。来客只需戴好黑臂章，在大厅里点三炷香，鞠三个躬，走到后厅，绕遗体兜一圈。感情不深的，不必走近，只匆匆瞥一眼，假装瞻仰过遗容了，实际心思全在来过哪些人，买了哪一等的花圈上。兜完出来，来客从上衣口袋里摸出一份利是钱，换桌上一支利群烟。

这一间灵堂叫驾鹤阁，东西两桌，男眷一桌，烟雾缭绕，吃茶打牌，女眷一桌，炒货蜜饯，玩手机，讲空头，偶尔也有穿来穿去乱坐的人。门口正对着两只狗，正好一黑一白，仿佛是阴曹地府里出来抓人的黑白无常。抓的人叫陶宝兴。

陶宝兴老人年近九旬，无大毛病，老熟而死，子女并不伤心欲绝。只因生前同子女处不好关系，子女便不愿再费钱雇人念经超度，一切从简，草草了事。大堂里这些人，皆是喊来帮忙守灵的远亲近友，不用哭悼，只为凑个人气，免得冷冷清清，有失体面。他们只需大概知晓亡者何人，享年几岁，和自家什么关系。以客人身份祭拜之后，便可以留下当庄家了。

嗑瓜子的女客把瓜子壳扔在脚边，半天堆起了小坟包。虽说挖坟不挖新坟头，几个媳妇还是迫不及待聊起老人的生前秘闻，怎么续弦，怎么卖房，怎么去老人病院。男人围着沙发打牌，脚臭也无妨，脱了鞋往那一坐，反正是要守夜的。聋子打开微信视频，朝镜头打着激烈的手语。断手指的老太太闷声不响折纸元宝，像裹小馄饨似的，几秒一个，往篮子里放，等集齐多少只，就统一点火下锅了。小孩只管吃桌上的柑橘，花生，鱿鱼丝。老年人讲，灵堂里的东西都是好的，福佑的，故不拦着。客人之间许久未见的，借此场合聊聊私事，一个把另一个拉入老友群，拿出手机，也从兜里掏出了老花镜。

唯独关系好的，舍不得的，躺在角落一张硬板床上睡回笼觉，身上披着的是即将烧掉的老人的贴身毛毯。昨天守了一夜。初春凛冽，风里雨里都是寒气。开一瓶黄酒，给老人家倒一杯，自己闷一口，不知不觉挨到了天亮，见有人接班，便迷迷糊糊睡过去了。

家眷出门解手，顺便买了臭豆腐回来，引起一阵热闹的哄抢。殡仪馆门前的臭豆腐摊生意绝好，几十年如一日。豆腐本是家中死了人必吃的，何况这一家确实手艺灵光，从祖父手里传起，如今已是第三代。原本专做殡仪馆的生意，渐渐做出了名声，路过的人也并不嫌晦气，情愿停下来排队等候。

　　据说臭豆腐摊的老祖父离世之时，儿孙极孝，一门心思要把丧事办大办风光，结果两代人就地点选择发生了分歧。

　　儿子的意思，这爿店能生意长红，多少仰仗城南殡仪馆，丧事理应摆下来，敲锣打鼓，念经诵佛，也叫附近的老顾客都来送他最后一程。孙子却觉得此地破旧，亏待了祖父，坚持要花大价钿送去城北新建的殡仪馆。那里有常青松，玻璃棺木，带音响的厅堂，连丧葬用品都高档多了。城里就这两间，大家都有数，能在城北躺着的，哪个不是富贵命。来参加的，莫不是有头有脸的人物，西装笔挺，表情凝重。小的想借机打响自家招牌，老的却讲，粗人一个，何必逞能。父子俩吵得不可开交。

　　也是个开春，结果城南率先满客了。死人和活人一样，到底还是没钱的占多数。老的只好依了小的，抬到城北去办高级葬礼，去了些什么人，并不再说起。只晓得之后总有几个小孩在摊边窨井盖上放蚂蚁，说那是老人一边炸臭豆腐一边扔油渣的地方，撩出来的油烫死过多少蚂蚁。

臭豆腐的香味从殡仪馆门口一路飘过来，进了灵堂，把沙发上男人们的脚臭都淹没了。嗑瓜子的，吃茶水的，像是工厂里发盒饭似的，全都涌过来了。

吃完臭豆腐，男人们就要抽烟。一个老太太急切地喊，出去出去，覅把老陶的香都搞混掉啦。

外面落着大雨，几个男人只好站在屋檐底下，一支接一支地抽。他们讨论未来的天气。听说近一周都是雨，明朝最大。这对于出殡可是桩难事体。

作孽，老头子死也不挑个好辰光，其中一个讲。

老头子天天听天气预报，专门要你不好过。

好了，自家哭不出，就让老天多落点雨。

相比之下，对过一间灵堂动静则大得多。白天请高音女花腔前来哀哭，夜里有和尚合唱团超度，这种氛围下，每个走出来的亲属都哭到脚软。再旁边一间，又冷清起来。几个男人吃不消，拖着疲倦的表情出来透口气。彼此望一眼，总觉眼熟，一时又想不起，只好问，你家是谁走了呀。报上名字，便知晓了。

噢噢，是瓦前街陶家门吧。哎哎，对，你是来看……?

对方也报了个名字。仿佛是一个地方送来的。于是几伙人便一同商量落雨天如何出殡的烦心事体。

睡回笼觉的人闻到臭豆腐的气味，醒来了。走上前吃，悄悄留出一块，蘸了点辣酱，端过去放在遗像前面，宝兴爷叔，吃噢，多吃点噢。便走去后厅，看看新搬来了哪些人的花圈，又续了长明灯上的油，便走近去看看棺木里的人。

要死啦!

一声粗粝的惊叫，吓得隔壁几间的女人跟和尚顿时凝住了自己的喉咙。人们像工厂出了事故似的，放下手中的活，纷纷围拢过去看。走得慢点，棺木是别想望见了，家属层层叠叠挤在前排。最靠里的人传出话来，吓人啊，老头子换了个人啦。

人群尚未散开，远处一间灵堂里也传出了女人的尖叫。

碰着鬼! 搞错人啦!

这一声过于惊恐，吓得门口的黑白无常也站起来四处张望了。

二、惊蛰前日

陶宝兴的早饭照例是白粥拌脆萝卜，不过昨天托护工买了一罐芝麻粉，正好挖一勺放进去，搅一搅，吃起来味道蛮好。只是假牙上沾了不少黑渍，又要难为功夫卸下来擦一遍，差点耽误了准时开半导体。

陶宝兴戴好老花眼镜，拿出压在床板底下的工作笔记和一支削得只剩拇指长短的铅笔，对准"3 月 4 日，星期六"一行字，准备好听写天气预报。

多云转阴，最低气温 8℃，最高 15℃，东北风 3—4 级。明天阴转小雨，有时有中到大雨，伴随大幅降温，最低 3℃。

陶宝兴的字很大，不知不觉就写满了三行。他把广播声音调小，另起一页，提前写好：3 月 5 日，星期日，惊蛰。然后把纸笔塞回原位。

想当年，一个月一本工作笔记，写起来费得很。吃用开销，日程备注，一家六口人，大大小小事体全在上面，发票、车票也夹得密密麻麻。年纪大起来，肩上担子变轻，本子上寥寥几行，无非是开支和天气，偶尔注一笔，今天谁带了什么东西来看我，还要用红笔描个圈，以示特别。后来住进老人病院，更是万事不管，只剩下关心天气了。黄皮红字的工作笔记一打开，竟像专业气象员手册似的，事无巨细，连节气谚语都认认真真往上抄。邻床老曹夸他有耐心，陶宝兴摇手，自己心里晓得，纯是打发时间罢了。

明朝又要落雨了，早上起来，被头上还有太阳照过来，暖烘烘的。陶宝兴想，春天的天气真是乱，怪不得冻死老黄牛。他的床铺是顶楼最靠河边的一个，位置绝好。但凡出太阳，最先晒到的总是他。立春过后，陶宝兴愈发感到，春天确实是来了。一个人若像他这样，像株植物似的，每天同一时间待在同一个地方，便能够分毫不差地感受到季节的悄然变动。正月里，早饭后太阳照进阳台，这几天刚起床就照到了，甚至能扫到他的被头。再过一阵，恐怕一睁眼就亮堂堂了。天亮得早，陶宝兴醒得也越来越早，他戴着全钢手表，歪头躺着，就想看着昨天的太阳比今天来得早了一点——身为一天中大部分时光都在床上度过的人，他很享受这种变化带来的感觉。

一个病房三个床，靠门的床自打上一位初冬走后，再没有新人进来睡。601只剩下陶宝兴和老曹两个人。陶宝兴今天率先醒来。起床，竟觉得腿脚十分爽气，就去阳台上浇花。那花几日不管，颇显凋态。去年从家里搬出来，他什么都没要，只拿了一盆映山红和一摞五十年前的申报纸。陶宝兴养了半辈子花草，临了决意舍弃。映山红是亡妻手里就有的一株，这么多年一直养得很好。出门之前，心里到底舍不得，咬咬牙，托着笨重的刻字陶盆带过来了。申报纸是从书架顶上随手拿的，原本只想垫垫衣橱抽屉，不想竟是这么老的货色，就索性留下来看看了。

有时看多了，陶宝兴不禁回忆起交关往事，墙上的大字报，弄堂里的阴阳头，毛主席语录中的一两句话。有时却做起奇怪的梦来，分明是一些未曾亲眼所见的场合，在梦里却这么真实，好像自己亲身回到了那儿似的。

昨晚，陶宝兴又去了天安门广场。他吃完早饭，捧着茶杯，盯牢邻床的老曹醒过来，等老曹吐过痰，穿好衣服，陶宝兴就等不及要讲给他听了。

陶宝兴讲，我赶到的辰光，毛主席已经走了。红卫兵也走光了。满地都是鞋，解放鞋，白球鞋，草鞋。还有臭洋袜，踏烂的标语，旗帜，小钞票，扁掉的军用水壶。我就喊，阿大，阿大啊。没人理我。我兜了一圈，碰到好几个小队，我就跑上去问，你们看到陶立庆了吗。人家都摇头。

我累死了，在金水桥边坐一歇。我们阿大突然坐过来了！伊讲，爸爸放心，我鞋带绑得不要太牢，绝对不会叫人家踩掉的。伊伸出脚，我望过去，大腿小腿上全是鞋带，勒出血印子来噢。

我就讲，阿大吃力吗，一道回去好吗。伊讲，我不吃力，爸爸过来呀，我同爸爸长远不一道白相嘞。讲完伊就逃开去了，我脚慢，根本追不上。

老曹静静听完。老陶，你同阿大多久没碰着面啦。

陶宝兴讲，1966年之后就再没回来过了。

老曹不响。陶宝兴凑近，老曹，你讲讲看，阿大这趟跑出来，是不是叫我差不多好下去了。

老曹仍是不响。心里想到上礼拜陶宝兴身体突然不好，饭也吃不进，尿也出不来，闹到院里发病危通知，家属都来登门排队了。结果喊个护工守了几夜，忽然又好起来了，这几天竟能吃饭走动了。这种稀奇事体，仔细想来，终归不大灵光。

他正要开口宽宽陶宝兴的心，医生走进来查房了。迎着阳台上的风，一袭白大褂被掀得老高，几乎吹到了身后护工的脸上。

陶宝兴，今朝蛮好嘛。自家当心点，不要多走动。医生拍拍他的肩，匆匆扫了眼床边各种仪器上的数据，关照护工，这一床仍要看牢，不好放松。

曹复礼，还是老样子。其他没啥，药要管住，你这个血压，一顿不吃就要火车通高铁的噢——话没说完，护工上前咬了咬耳朵，医生就跑出去了。

隔壁老张昨天夜里走掉啦，你们晓得吗。护工讲，家属没碰到最后一面，围在办公室里，要寻医生算账。

护工过来分药。按道理一床一护工，实际上只要老人不瘫痪，护工就能兼管好几个，不知不觉，附近两个房间都在她手里。跑来跑去，钱照拿不误。护工倚在门边听。墙外传来一片哭声，混杂着难听的叫骂。

老曹讲，都是假的，送到这种地方来的，哪个不是等死，谁家里人没个思想准备。老早遗嘱立过，寿衣买好了，装啥样子。我死了么，就叫儿子来收个尸，往城南一放。像我们这种活着受尽苦的，死了也不怕的。

勥这样讲，可怜的。陶宝兴讲，年头上老张还讲，三月里要过八十八大寿了，叫我们等着吃寿桃。真真老天心眼细，不肯放过。说着说着，眼睛里有点含混。

讲起来，我服侍过多多少少老人，确实是这样子。护工把头探回来，又插嘴，有交关人生出来的辰光和走掉的辰光是很近的。每个人有自家的辰光，方便来，方便走，算是到人世一趟要守的规矩，不然阎罗王不好算阳寿的。护工说起怪力乱神来头头是道，毫无忌讳，全然忘了眼前这两个八十多的老头子也是在此地等待最后一程的。

老曹有点紧张，他自己是八月里的，不搭界，可他仿佛记得陶宝兴也是三月里生的，这就和他搭界了，心里不禁有点发毛。他看了陶宝兴一眼，对方听了并无大反应，只是含着眼泪，擤过鼻涕，重新脱下裤子，坐回床上去了。

陶宝兴吃过药，有点困乏，润了润口，躺下睡觉了。老曹啊，我困一歇，他讲。衣服裤子仍旧整整齐齐叠好摆在脚后。云雾散开，日头越升越高，阳光铺满了陶宝兴的被子，枕头上也闪着亮光。老曹转头望去，一束光从窗户射进来，一端是陶宝兴瘦得凹陷的脸颊，另一端是天上刺眼的光晕，难以直视。他自己这边仍是灰暗一片。老曹觉得，两个人好像被分隔在两个世界，但又好像马上会连在一起。闹铃响了，老曹并没按时吃药，打了个呵欠，也睡下了。

老曹醒来的时候，房间里站了好几个人，有白衣服的，有黑衣服的，耳边泛起微弱的哭声。护工讲，蛮好的，走得很安详，早饭也吃过了。老曹转头，发现自己和陶宝兴中间拉起了一道帘子，他看不到对方的脸，只依稀看到阳光下透出一个横躺着的黑影子。他闻到一些奇怪的味道，一点刺鼻的臭，还有一点腥气和潮湿。老曹想，恐怕是老陶身上的死人味飘过来了。护工讲过，人断气的时候，身体里五脏六腑都停工了，就像车间总开关跳闸了，机器里的毒气就开始呲啦呲啦地往外冒。老曹平常总是嫌护工胡说八道，这会儿却忽然有点相信了。他觉得陶宝兴身上的零件都跑出来了，在房间里飞来飞去，灰的，黑的，好多黏附在他的眼球上。

陶宝兴的家人围在一起说话，声音很轻。老曹听起来，好像是陶宝兴脚边围着一群苍蝇嗡嗡地叫。他们叫完了，就把陶宝兴移出房间，开了门窗，那种气味就渐渐散去了。家人着手收拾陶宝兴的遗物。盆栽留下，报纸进了垃圾桶，日用品连同旧衣服统统塞进垃圾袋，预备一并烧掉。没人留意到床板底下的纸笔。

家属走完了，老曹对护工讲，阿姨，这本簿子帮我拿来。

老曹坐起来，戴上老花眼镜，一页页翻过去。从去年七月，到冬天，到开春，越往后则空白居多。末几页忽然又满了起来。封底有一串眼熟的名字：张作永，沈青松，李全，戴大仙……看完合上。

阿姨，这本簿子送到对门老吴那里去。

搞什么名堂。护工不耐烦地朝他盯一眼，接过本子，走出去了。

好了，差不多了。明朝又要落雨了。老曹稳定下自己的情绪，他看了一眼窗外，又看了一眼陶宝兴的床铺，他讲，老陶不带伞，老曹来送伞喽。话毕，把余下两顿药扔进了垃圾桶里。

三、冬至

照本地习俗，冬至和清明一样，是要去给死人扫墓的。往年一到冬至，病院里几个老头子就抱怨，气煞人！死人都有人去看，我们活着的倒没人记得了！躺在床上发脾气。要是家人过去看了呢，老头子又是另一套说法，你们这些人，真真没良心，平时不来看我，冬至倒是来了，你们当我是死人啊！下趟清明也来算了！喉咙响梆梆，又翻一次面孔。

难服侍，难服侍，家属们摇着头离开，往后便来得愈发不勤快了。曹复礼就是这样脾气大的老头之一。

所以今年冬至的伙食，较平日是有所不同的。食堂预备给院里的老人做点好小菜，有没有家人来，都要体面地过一过。没想到一去询问，众口难调。

本地老人要吃汤圆、馄饨，北方生的老人则要饺子，还有几个点名酒酿圆子，桂圆烧蛋，讲究点的特意追上来关照，汤水里要加白木耳，红枣，莲心。一间一间问过去，花样百出。有的狮子大开口，纯是来敲竹杠的。有的老来糊涂，耳朵背，脑子也不好。问他，想吃啥。他只当是要过年了，张口就是春卷白酒八宝鸭。食堂师傅直摇头，不得了，造反了，你们是要当皇帝了，算我这趟自寻苦头吃。

但想想看又觉得老人可怜，活到这把岁数，吃一顿少一顿，师傅讲，说难听点，还有几个冬至可以过呢。老人搬到此地来住，就没想过能再回去，下次动迁，直接搬到坟墓里去了。食堂几个人商量下来，还是要把这桩事体做到底。

所以这天中午，能做的样式都做了。喜热闹的，底楼大厅里办了流水席，聚在一起吃。懒得走动的，餐车一层一层送上去，老人要什么，就拿出什么给他。菜色算不上好，但总归还像点样子。

送到顶楼最里间，陶宝兴和曹复礼正在阳台上说话。601前不久走掉一个，剩下这两个坐在一条长板凳上，面朝着河。背影望过去无差，只是曹复礼戴了帽子，陶宝兴拄着拐杖。外面落大雨，顶棚响个不停。西北风一刮，窗上贴满了水珠印子，密密麻麻，晃人眼睛。

开饭啦，师傅喊。两个人转过头来，脸上的老年斑，全都和窗户上的水珠印子一样密。

陶宝兴走回自己床边，拿出碗和调羹去洗。他老早讲好了，要吃馄饨。并不关什么冬至习俗，他只是想吃馄饨，如果有的选，最好是野菜猪肉馅的。从前一家门住在瓦前街，顶开心的事就是包野菜猪肉大馄饨吃。野菜是丈母娘去河对岸挖的，妻子理干净，带小孩一起包，他负责剁肉，下锅。揭开锅，猪油香得不行，他一口气能吃进二十个。这句话过去五十多年，再想起来，好像是上辈子的事了。陶宝兴现在吃到十个，胸口就有点发闷了。

碗递过去，师傅讲，荤馅素馅，要几只？六只素的足够。陶宝兴又顺口问了一句，今朝伙食这么好，不是要加钱的？

师傅不响，陶宝兴讲，当真？

总归要加一点，不然亏本呀。不多的，往伙食费里扣。师傅掉转话头，还要点啥，酒酿？赤豆粥？

陶宝兴摇手，到底还是忍住了，端过碗，坐回床边吃起来。半张馄饨皮子在嘴巴里来来回回打转，像一只羊在嚼草。半当中吐出几个字，好吃，好吃。

曹复礼仍坐在长凳上，板着一副面孔。师傅问，他讲，我不吃，吃不起。

怎么好不吃呢，今朝吃饱了，才能团团圆圆，和和气气过冬。

团什么圆，反正也没人来看我。你有饭菜来打一份，没就拉倒。

食堂里谁人不晓得这个老曹刁钻古怪，惹不得，师傅便悄悄推着车出去了。

师傅走掉，陶宝兴讲，老曹，真的不吃啊。曹复礼起身，关了房门，闷头往床底下一钻，取出两个尼龙袋，脱了看，一包鸭头颈，两瓶五加皮。

来来来，老陶，暖暖身体，老酒咪一点。曹复礼前几天托护工帮忙买点酒，对方怕担责任，硬是不肯，陶宝兴以为他就此作罢，没想到竟有心托了对门老吴的女婿偷偷带进来。老吴的女婿万事不怕，只要肯塞钱。丈人一个电话打过去，他就夹着香烟笑嘻嘻送来了。

冬至嘛，万事不缺，唯独不能少了这口老酒。照我讲，吃什么进口药，五加皮么，再补没有了！曹复礼把酒肉端到板凳上，取出两只小盅，棉鞋一脱垫在屁股底下，招呼陶宝兴一道过来吃喝。

陶宝兴有点心动，自从住进来，长远没沾过酒了，又生怕喝出事体来，犹豫不决。雨还在下，楼里的老人吃过饭，纷纷入了午睡时间，走廊上静络络的。那一头老曹把五加皮盛在搪瓷杯里捂热，香气渐渐飘过来了。陶宝兴朝地上铺了张报纸，也坐下了。

讲起来，平时不吃，倒不是怕死，主要是吃酒的老朋友都死光了，自家吃闷酒，没意思。还好今朝有新朋友陪我。来，碰一杯。曹复礼讲，我们每天住在此地，这不许吃，那不许碰，浪费钞票，就为了多活几天。但是老朋友走光了，就你一个活着，有啥劲道。照我讲，今朝就算吃死也无妨，趁早下去和那帮老死尸会面了。说完又碰一杯。

我倒也是好几个老友走掉了。但是你讲，要是能碰上这帮老鬼头，肯定也要碰着家里人了呀，我是不想的。陶宝兴曝了几口，两片凹陷的巴掌肉涨得通红，话也多了起来。

他讲，做个人为啥这么苦，活着要和家里人搞不清，死了还要和死掉的家里人搞不清，真是吃力。陶宝兴老早就摊过牌，自己住进来，主要是和子女闹僵了。他讲，爱人走得早，我同你讲过的，想再寻个老伴，一帮小鬼坚决反对，讲我对不起老娘。可是度日脚缺不来女人啊，你们不服侍我，还不许我找个人来服侍。谁想到这一个没多久也走了，小鬼就讲我活该，说我是克星。我一气急，索性房子卖掉，住到此地来，一分不留。小鬼气煞，我也气煞。

陶宝兴咪了一口酒，凑近去问，你讲，到时候下去了，两个老太婆是不是都要揪着我耳朵来骂了。夜里睡觉，每想到这个，我就心里发毛。

曹复礼喉咙口咕咚一下，许久答不上话。陶宝兴问，吃得不适意？

曹复礼摇手，哦哟哟，你这样问，我也要心虚了。这辈子姘头没轧，花头倒是出过不少。等我下去了么，恐怕也是要搞不清的。

啥事体。

老早在我们厂，有一个胸脯很大的女人，叫陈媚英，你听过吗。曹复礼低声问。

名字熟的。

这个陈媚英，三十岁没结婚，衣领开得交关低，女同事都不要看的。男同事走过去，总归要多瞄两眼。陈媚英就讲，眼乌珠生在人家头上，要看，我也管不了。

陶宝兴笑，每爿厂里都有这种女人的。

我当时在设备部，每天下班要去各个车间检查的。有一天查到陈媚英这里，伊还没走，笑嘻嘻盯我看。我就觉得不对。陈媚英讲，曹同志，你好，摆出要握手的架势。我伸过去，伊啪一记捉牢我手，摆在胸脯上面，我心怦怦跳。

陶宝兴两条眉毛拎起来，后来呢。

后来我就伸进去摸了好几趟。一直伸到底下，摸到短裤旁边，有毛毛了。外头黄狗突然喊了几声，我吓得要死，马上把手抽出来，我就逃开了。

还是狗懂规矩，后来呢。

后来我每天下班都过去摸，摸完就走，没敢困觉，主要是寻不到宝地。立着么，讲出来难为情，实在弄不好。干摸了几个月，末了才晓得，这个陈媚英噢，每天早上，中午，夜里，都站在那里给人摸的。谁摸到屏不牢，同伊困觉，谁就中大奖了，盯准了要求结婚。

这种办法都想得出，陶宝兴笑。

结果人家不知怎么，晓得了伊被交关人摸过，反悔啦，不肯结婚，还把事体到处讲开去。陈媚英吃不消，就跳楼了。你晓得伊跳落来之前讲了一句啥。

陶宝兴放下了手里的鸭头颈。

伊讲，摸过的人自家有数，我做鬼也不放过你们。

说完，两个人都吓得不能动弹。

曹复礼闷一口酒，我不是人，屋里厢有老婆，还去摸别个女人。摸了人家不敢响，我也不算男人。陶宝兴不答，主动给他倒满。转而问，老曹，这桩事体是哪一年。

1957 年，我第三个小孩刚刚养出。我为啥记得这么清楚，陈媚英跳落去之后，我屋里厢真的出怪事体了。三囡养到四岁半，腊月里，热度发得老高，送到医院，碰着个野鸡医生，讲要打青霉素，打了几天，小囡从此就不会开口讲话嘞，真真报应。

大饥荒，活过来就不容易了。陶宝兴安慰。

还没完嘞。养到十岁，妇保院寻上门来，讲我这个小囡抱错了，要不要调回来。真触霉头，好端端的小囡，哪会抱错呢。医院就讲，有个小护士屋里右派打倒，亲家悔婚，人受了刺激，夜里就专门想出来做亏心事体。你讲，这活脱脱不就是一个陈媚英在作怪吗，我有苦难说呀。我老婆讲，算了，三囡已经养坏掉了，送回去不好。对家一听是哑子，万万不肯要，也不准我过去看小孩，从此拗断。后来三囡自家晓得了，打手势给我看，爸爸，我乖，我不想走。你讲，可怜吗。

陶宝兴不答。三囡现在哪样，成家没。

2008年肺里生毛病，一个人孤零零走掉了。我这个三囡，讲起来心痛死。五个子女，四个当我神经病，就晓得要钞票。同我顶要好的，偏偏不是我亲生的，还先我一脚去了。真真是我自家造的孽，我一辈子对不起伊。曹复礼的脸渐渐揉成一张废报纸，眼泪鼻涕共同在褶皱里流。

窗外雨变小了，望出去仍是阴沉沉的。风嗖嗖掠过窗檐，发出吓人的声响。室内很暖和。两个人不知不觉吃掉一瓶半老酒，空调一吹，脸颊愈发通红，直红到脖子上，红到额头上。曹复礼擦去涕泗，陶宝兴本想宽慰他心，就主动讲起自己也有个心病，大儿子在“文革”时候不知去向了。他讲，我帮阿大戴好大红花，送上卡车，阿大讲，爸爸，等我见到毛主席，回来讲给你听……耐不住酒劲上来，人就激动，眼泪哗啦啦落下来。

一个哭，一个也跟着哭。曹复礼也想宽慰对方，转而讲自己早逝的妻子，讲到从前吃醉酒回家打人，小孩护着娘，又泣不成声。两个人你一杯，我一杯，轮流讲这辈子后悔的东西，犯下什么错，对不起什么人，做过什么亏心事体。一桩一桩，几十年烂在肚皮里的垃圾统统吐出来，像地上吃剩的鸭骨头，成渣，成屑，泛着口水的酸臭味。

这辈子做人做得这样蹩脚，真真没面孔去死啊。曹复礼眼泪汪汪，倒满最后两盅，两人碰杯，一口闷，红着脸默坐无言。

门突然开了，两个人来不及收拾残局，吓了一跳。回头看，还好还好，不是查房，是对门的老吴。老吴讲，好啊，两个老鬼，我喊女婿给你两个跑腿，你两个倒不带我享福。

陶宝兴摆手，还是不吃好，吃进去有滋味，吐出来都是苦水。两人便把先前聊过的事体大致说了一遍。老吴叹气，唉，做人一世，就好比盲子驴拉磨，总有一根绳子捉牢你。活人欠下的债，死了消不掉，到阴间也要自己还上。要么就改名换姓，换个人做。老吴从上衣口袋里拿出一包烟，酒也吃过了，索性来烧一支吧，还管什么规矩。

曹复礼接过就点上了，陶宝兴把它夹在耳朵上。房间里三人默坐，无声响。

曹复礼突然说，老陶，你属啥。

属羊。

我属鸡，差不多活够了。

陶宝兴没懂他的意思。

老吴你看看，曹复礼拽着站不稳的陶宝兴并排站好，你看我们两个有点像吗。

老吴反应快，对着面前的两人端详了一会儿，个头相当，面相倒也是有几分像的。以后你两个剃头一道去，就越剃越像啦。

那好！大家一道死，你代我下去，我代你下去。

陶宝兴吃了一惊，怎么个代法。

于是三个人站在阳台上久久地商量着，太平间，殡仪馆，还是火葬场，总之火化前要调个包。下去之后，你躺在我坟墓里，我躺在你坟墓里，躲过冤家，亏心事不来纠缠，从此便无牵无挂了。

至于三囡和阿大么，老吴做主讲，到时候四个人一道碰头好了。

陶宝兴想不好。曹复礼讲，放心！到时候死人妆一画，老头子看上去都一样的。我家那帮小鬼，见我恨极，肯定懒得多看一眼，你家那几个，我看也半斤八两。曹复礼的喉咙愈发响起来，好像就要去赴死了。

陶宝兴讲，烧成灰，才叫真的一样呢，连老吴也一样。三个人笑了起来。

商量到最后，就是谁去调包的问题了，到哪里去找个像当年小护士一样的人呢。两人陷入了沉默，老吴又发了一圈香烟。

老吴开口，你两个放不放城南。

肯定呀，平头老百姓。

我倒是有个老相邻，绰号叫大头鬼，块头交关大。大头鬼吃好牢饭出来，寻不着好生活，就去城南上班。平时搭在殡仪车里，帮忙搬上搬下。这个人心黑，死人身上的金器都不晓得偷过多少嘞。不如出点钱，叫大头鬼夜里弄一下。

两人点头。老吴便出去打电话。

于是讲定，为了能一道死，两人就算躺在床上不能动了，一个人咽气，另一个人也要当场拔管子，不许临阵赖皮。陶宝兴拿出工作笔记，叫曹复礼把亡故的老朋友一个个报出来。他讲，老曹，我要做好准备工作，到时候下去了，碰到谁人，要对得上号，说得出话。曹复礼喝得头昏，一路跌回床边，大喊：张作永一个，沈青松一个，李全一个，戴大仙一个……哦哟，我想不起大仙叫啥名字了……

听闻喊声，护工赶过来，见两个老头子面目通红，满口胡话，地上一堆食渣，两只空酒瓶，气得瞪眼，好啊，流水席不要吃，偏偏要寻死是吧。

护工的嘴巴是很快的，消息迅速传遍了病院，601两个老头子违规喝酒。603的老吴也连带受到了批评。

曹复礼的酒劲，待睡过一觉，到晚饭边才算缓过来。他笑嘻嘻地说，老陶，我刚刚去过一趟鬼门关啦，同几个老死尸讲好了，有个叫陶宝兴的兄弟要过来，大家多多关照！

四、大暑

三十八度的天，窗门一关，里头外头是两个世界。

这一头，冷气呼呼地吹。曹复礼搬一条细长板凳坐在阳台上，脖子伸得老长，眼睛不知望向哪边。

邻床的老人已经睡了，响起轻微的鼾声。这栋楼里，大多数老人都睡下了。医生讲，吃过饭，睡一歇是必要的。曹复礼向来不听。他讲，困午觉的老人，都是活腻了，有这点辰光，不如打牌，搓麻将嘞。邻床的护工就刺他，要搓麻将么，你倒是回家去住呀。曹复礼不答。家里的气，他受够了。

四个子女，两个女儿只管吃，不管住，两个儿子，一个推脱家里小，不让住，另一个家里实在是太小，没法住。曹复礼自己的房子呢，拿去卖掉了。三图生毛病的时候，要化疗，几个子女劝，到了晚期，再弄也是白费。曹复礼偏不听。子女气煞，一个过半百的光杆司令，救活了又有啥用，不如花在小辈身上，好歹是亲骨肉。这些道理，曹复礼怎么会不晓得呢，可他还是这样做了，只为心里好受一点。

三图走掉之后，曹复礼靠着退休金，咬咬牙搬出来住了。子女有空，就做饭做菜，来看望一趟。曹复礼发觉，年纪大上去，自己的脾气比血压还难管住。时常好好的心思，一从嘴里讲出来就变了味，叫子女面色难堪，自家也下不来台。渐渐地，子女就不愿多来了。曹复礼想，人活到老，大概要把这辈子学会的东西全部还回去，重新变得像小孩一样，万事由不得自己做主。唯独积在身上的债无处可还，要背去地下了。也许自己再过一阵，就会像房间里这位一样，瘫在床上，话说不清，把大小便也还出去了。

等到饭都不会吃的时候，全还出了，人就撒手走了。曹复礼在此地住了两年，活的进来，死的出去，对这一切，都看得很明白了。

三伏天入到中伏，曹复礼隔着玻璃窗也能感到空气在外面炙烤的味道。从六楼望出去，地上好像点了八百只高瓦数电灯泡，亮到煞白，毫无半处阴凉。眼前是一大片田，风不吹草不动，可农人都晓得，这正是作物在地里疯长的季节。天上的云是静止的，飞机经过，像个风筝似的飘飘荡荡。马路上偶尔有车开过，又飞快离去。这地方离喧闹的市区远得很，一天中会往这里拐进来的，除了殡仪车，也别无其他可以指望了。

曹复礼头颈有点酸，转而朝楼下望。竟望来一辆车，车门打开，驾驶座上的人下来，从后备厢搬出一袋行李，一盆花放在地上。等后座的人慢慢落脚，车很快又开走了。那人穿着白色的老头背心，头戴凉帽，像蚂蚁咬着一块食物似的，托着花盆慢慢往楼里挪。过了一会儿，又走出来，以同样的方式把行李拖进去。

曹复礼看一眼就有数了，这个人的处境，和自己是半斤八两。

他搬来的那次，是个雨天清早。蛇皮袋给后备车盖划开一道口子，儿子一提，东西哗啦啦全漏出来了，苹果，燕麦，卫生纸，散了一地。儿子不耐烦，讲，不要了，只顾大步朝前走。曹复礼舍不得，蹲在雨里一样一样捡。他脑子里闪现出很多年前搬家的画面，自己借了辆三轮车，小儿子和电冰箱坐在车里，妻子和三囡在后面推。那个早上，曹复礼是落眼泪的。

好在楼里有电梯。隔了一会儿，601的门开了，护工托着花盆，后面跟着那人，浑身是汗，背心全然是透明的了，一脱帽，头发乱得像只耷毛小鸡。曹复礼过去帮忙，把门外的行李袋推进来。他一面惊讶此人独自把这么重的行李拖进楼，一面又惊讶他的行李这么少——一般来说，住进来的老人都是大包小包，把半个家腾过来的。

那人走进房间，被瞬间的清凉吓住了。他讲，这下太平啦，帮自家屋里省空调费啦。

他望着曹复礼笑，曹复礼也笑。两个人简单地认识了一下。

曹复礼没事做，就看着陶宝兴笃悠悠地收拾床铺，物什一样一样拿出来，擦过，再一样一样放好。陶宝兴的物什不多，两只碗，一把调羹，一双筷，一个搪瓷杯，看一眼杯面，就明白是从哪个厂退休的了。余下则是衣服，很少，但是冬天的棉袄棉裤也在了。曹复礼就晓得，此人和自己一样，是没有退路的。这样的老人，楼里总有那么几个。他们走的时候，动静很小。好几天过去了，才有人说起，噢，没了啊。

陶宝兴抽出几刀草纸，放进抽屉，又抽出一刀申报纸，和草纸一样皱皱黄黄的，扔在地上。曹复礼瞄了眼标题，吓一大跳，仿佛立刻回到了上辈子。

陶宝兴笑，拿错了，拿错了，覅见怪。

曹复礼取走面上的两三份，掏出老花镜，坐在阳台上读。读一句，人就朝往事靠近一步。曹复礼并没想到过，这些报纸从夏天到冬天，够他消遣掉此后多少个不睡的下午，又够陶宝兴夜里做多少个回去的梦。

曹师傅，不午休啊。陶宝兴收拾好，坐下来歇息。

八十多年没睡过。曹复礼甩手，好像在介绍一种傲人的特异功能。

那正好呀，以后吃过饭，一道打打牌，通通关好嘞。陶宝兴从抽屉里拿出一副扑克牌，两个人就玩起了争上游。

夏日里，两点过后，雷阵雨是常有的。天色变起来很快，八百只白炽灯好像一下被按灭了，云层翻卷，窗外阴沉沉的。听到轻微的轰鸣声，午睡的老人纷纷醒来了。走廊上传来关门关窗的声音。有几个腿脚灵便的，白天把衣服晾在楼对面的锻炼场地，单杠上，双杠上，短袖短裤，鞋子洋袜一一挂满，这时就要抓紧下去收。

对门老吴跑过来，抓紧啊老曹，收衣裳去！

老吴见601不声不响来了新房客，转眼又忘了当务之急，跨进一只脚，上来搭闲话了。叫什么，哪条街，哪爿厂，三句话一问，就说得出共同认识的人了。

说了一会儿，闷雷响起来了。陶宝兴放下牌，要么我也下去，吃点雨水。

小事一桩，我同老曹正好帮你搬下去。老吴显出大哥的热情风范。

两个人下楼把花盆放好，云里已经打起闪了。好几件衣服吹落在地上，老吴忙着捡，曹复礼在后面追。雨点啪嗒啪嗒，一个个密密地砸在头顶上，背脊上，曹复礼感到有点痛，头发也湿了，好像一下子回到了那个早上。白汗衫躺在地上，化成了一摊黏糊糊的麦片，怎么也拾不起来。想到这里，他忽然蹲在原地不动了。

老吴喊，老曹，快点。他心里害怕，曹复礼是不是血压升高，又要脑梗发作了。

这时陶宝兴跑过来，手上拎着两柄伞，他讲，我就在想啊，你们搬了花盆，肯定没手拿了。他把余下的衣袜捡起来，自己戴着有沿的凉帽，把伞撑开了递给二人，曹复礼便慢慢站起来了。曹复礼讲，老陶老陶，下雨不愁！同老吴大笑。

于是三个人撑着两柄伞，衣物裹在身前，跑回楼里去了。

眨眼间，雨就大起来了，那阵势好像人家拖完地板，一脸盆一脸盆的脏水往池子里倒。等雨停下，空调关掉，窗门打开，里面外面又变成一个世界了。

五、清明

吴墨林走了大半天，两条腿软得像过了水的面筋。临近傍晚，扫墓的人陆续回了。他在公墓里兜兜转转两圈半，总算找到了老曹和老陶的墓。一个靠东边，一个在西南角上，隔得老远。墓盖都用水泥封住了，碑上贴了照片，名字也涂成了黑色。吴墨林盯着两个人的遗照看了许久，总觉得和平日里住在 601 的面孔并不相像。老曹墓前飘着黄纸，小香炉里的灰积得蛮厚，一看便知前脚有人来过。老陶的香灰快被风吹尽了，坟上光秃秃的，什么也没有。吴墨林回想起这二人生前总喜欢争着比谁更惨，现在算是分出高下了。他耳边甚至能响起几句吵嘴。

你看看，我就讲过，我日脚过得顶苦，死都没人管。

都是面子工程，烧烧香，叫我死人保佑活人，又不是真心待我好，没意思。

吴墨林在两人墓前各烧了一刀黄纸，又抓了点香灰，放在花盆里带走。他把折好的银元宝全都挂在了老陶墓上。吴墨林讲，老曹，大方点，让给老陶了噢。

一路上，吴墨林见到好多熟人的墓。对有些人，他想，我同伊有多少年没见过啦。还有些，他则想，这个人竟然也死了。吴墨林觉得自己走在一个奇怪的地方，仿佛在一本老式相簿里，看着一张张照片，有年轻的，有老一点的，他搞不清楚，明明大家都在这里，怎么你们都在下面，我在上面，我看到了你们，你们看不看到我呢。

吴墨林走着走着，又走回了自己和亡妻的墓前。中午给妻子放的青团还在。他自己的相框空着，"吴墨林"三个红字有点褪色了。不久之后，他也要搬过来住了。吴墨林四下望了望，环境还不错，前有河，后有山，空气应该不差。可再望远点，对岸早已起了层层高楼，他皱眉。吴墨林仔细逛了一圈周围的坟墓，一个个名字念过去，没有认识的人。他说，各位朋友，大家好呀，我是张蓓芳的爱人，下趟搬过来，请大家多多关照。

吴墨林把放进两处香灰的花盆放在自己坟头上，点上两支烟，又从包里拿出两瓶五加皮，一袋鸭头颈，倒出，放好。

他讲，你两个住得太远了，这趟还是集中在我家门口好了。来，先给老陶补过个生日！话毕，自己吃下一杯。

刚下过雨，空气很湿，寒风一吹，烟头就灭了，吴墨林用手挡着，重新点上，又给自己点了一支。

对不住啊，那桩事体没办好。你两个下去了，吃得消吗？老婆碰着吗，被冤家捉牢吗？三囡和阿大寻着了吗？照我讲，大家都太平点，安心过日脚，对吗？

事体做不成，我心里也交关难过。吴墨林讲，这个大头鬼，你两个不晓得，心黑得不得了，拿了回扣不算，还要我赔三个月工资，没办法，因为这桩事体，饭碗也敲掉了。我只好自家摸出钞票来赔。下趟我过来，要问你两个讨回来的噢。好事不出门，坏事传千里，病院里大家晓得这桩怪事体我也轧了一脚，现在看我的眼神啊，真真是像针一样的。

一杯一杯吃下去，冷风一吹，人就有几分晕眩了。吴墨林倚着自己的墓碑，对两个朋友讲述自己在病院的尴尬处境，送饭的人怎样敬而远之，护工怎样叫唤不灵，去邻近房间串门，也接连吃了冷脸。他只好坐在房间里看看报，发发呆。实在闷得慌了，就关在卫生间里抽支烟。好几次走出来，望见对门房间里几张陌生的新面孔，心里总是说不出的难过。

讲着讲着，吴墨林有点乏了，酒劲上来，身上软绵绵的，眼前好像围着许多小飞虫，模糊不清。他蜷在自己坟前，仿佛蜷在601那张长久没人睡的空床上。睁眼一看，这床竟生在楼外那块高高的稻田里。老曹和老陶早就穿好衣服，戴上草帽，下地割稻去了。两个人动作轻巧极了，还在比赛，谁割得更快。吴墨林坐起来，刚想开口，老曹和老陶先回头喊，睡什么午觉啊老吴，快点下来割稻！等一歇落了雨，就来不及了！

吴墨林听了，赶紧下地找鞋。一落地，咯噔一下，头撞到了石头上。抬头看，正是自己的坟盖。

吴墨林拍了拍自己发烫的脸，点起火盆，从上衣兜里掏出黄皮红字的工作笔记，撕一张，烧一张。他朝天看了一眼，讲，你两个那边也要落雨了吗？原来两边是一样的啊。气象预报看牢点，冷热自家有数，衣裳覅忘记了收。

说到这，他顿了一下，我蛮想你两个，也想早点过来，没办法，我总要等到第四代生出来，我再好闭眼睛。做人一辈子，到底为点啥呀。说着说着，吴墨林掉眼泪了，头埋在手里不肯出来。

再抬头，两只野猫走过来，舔了舔地上的鸭头颈。吴墨林一惊，老曹，老陶，你两个来了啊，多吃点，多吃点噢。野猫低着头，吴墨林把酒端过去，野猫闻了一会儿，走开了。

好好好，今朝不吃老酒，就吃鸭头颈。老曹吃了酒，要讲疯话的，对吧。

吴墨林一面烧纸，一面看野猫吃东西。他心里觉得，杂毛多的是陶宝兴，耳朵大的是曹复礼，越想越笑出声来。风呼呼地吹，时不时飘来几点雨，看样子，一会儿又要落大了。吴墨林讲，唉，一年四季都是雨，你两个伞也不带，快点回去，回去。他用手把猫赶走。

烧到最后一张，吴墨林停下了，盯着纸上的名字，手抖起来。他忽然觉得，这些人就在周围似的。于是站起来大喊：

张作永！沈青松！李全！戴大仙！落雨嘞，好回去了！

四下安静，无人回应。偶有几个迟来扫墓的人，惊异地朝吴墨林这里望了几眼，恐怕当他是老年痴呆了。

吴墨林喝了口水，把火浇灭。他从兜里拿出笔，在那串名字后面写下，陶宝兴，曹复礼，正犹豫着，要不要把自己名字也写上去。突然手机响了，对面的人说，哎，老吴啊，我是三楼的阿冲，陈阿冲，有桩事体我想请你帮个忙……

文 | 莱耶

石头

作者简介

栗　鹿

出生于上海崇明，写作者。出版小说集《所有罕见的鸟》，长篇小说《致电蜃景岛》，中短篇小说集《1997 年的蛹事件》。曾获 2022 年度青花郎·人民文学奖新人奖，第五届"《钟山》之星"文学奖年度青年佳作奖。长篇小说《致电蜃景岛》获首届凤凰文学奖入围奖。作品被翻译成韩语、俄语。

蒙在低空中的阴影将重新降落，投射在荒草地和建筑物表面，不断变换形状，向四周蔓延。我们依然会在它的晦暗之下感到不安，生怕它会带走重要的东西，或创造出不属于这里的东西。

一、东界

"蛹事件"已过去二十五年，我们逐渐淡忘了那些剧变。他们把剧变带来的影响称为"信息污染"，但这种说法并不准确，这里天然如此，我们把蛹的存在看作异常情况，是因为一些本质还来不及显现。蛹是不言自明的，它的大部分信息都蔽晦着，语言无法抵达它的本质。对于它，我无从谈起，只能尽可能诚实地讲述它对我的影响。

蛹诞生于我儿时生活过的港口村落，由于它是一块飞地，所以没有确凿的名字。外面的人叫它南港，里面的人叫它东界或西界。村子被密不透风的杉树林环抱，在树林的外缘地带，逼近海岸的地方，是一家颇具规模的船务公司。南港码头水深坡陡，拥有常年不淤不冻的深水海岸线，从村子的任何一处向北部远眺，都能看到浮式起重机的机械吊臂在薄雾中若隐若现。

婆的老屋建在村子的东界，再往东去就没有人家了。房子的地基有上百年历史，墙根白漆掉落处能看到裸露的清水砖，它们的缝隙里总能长出鲜嫩的苔藓。一开始我就知道东界只是暂时的住所，我们马上就要搬到西界去。

刚出生一周我就被带到这里，由婆和小婆抚养。婆曾在镇上的福利院做采购工作，退休以后，和她的妹妹一同在村子的集市口经营杂货店。老姐妹虽然不是双胞胎，却长得极为相似，到了外人难以区分的程度。我有时也会看走眼，把小婆认成婆，把婆认成小婆，她们看起来确实很像。村子里的人说，姐姐胖一点、神气一点，妹妹瘦一点、佝偻一点，她们的形象这才确定下来。

婆的体态丰腴，身姿挺拔，日常戴一副金丝边眼镜，头发染了色，烫成充盈的拉丝棉花糖。她的牙齿很早就掉光了，摘下假牙的时候就老五十岁。婆很忙，平时几乎都是她负责看店，管理账目。婆独自住朝东的房间，夜里失眠就起来翻账、算账。半梦半醒间，总会听到那里传来机械的女声，重复喊着：归零，归零，归零。

婆在福利院工作的那个年代，人们都把不要的小孩往那里送，婆负责弃婴的领养工作。搞运动的时候，有人因此诬告她贩卖婴儿，将她关在牛棚里审讯、折磨。那时她正在哺乳，被迫与刚出生的女儿分离。那次灾难让她断了一根手指。她经常用残掌叩击桌面，小指、中指、食指、大拇指依次叩出有力的拍子，漏掉的那半拍正是丢失的无名指。傍晚时分，婆总是陷入阴郁情绪，小婆会强行让她到外面散步。这种无害的休闲活动偶尔也会出现意外，一次散步之后，婆消失了，几个礼拜后的某个傍晚，她又带着一瓶青岛啤酒和一袋子海蜇头回家了。这样的事情后来又发生过几次。

小婆瘦小些，头发很早就全白了，全身的皮肤被晒成均匀发亮的烤栗子色。她是一个蘸着白糖的烤栗子。她年轻时是个农民，后来学了一门缝纫的手艺，当了裁缝。小婆没有结婚，平时帮杂货店联系进货，得闲就做几件衣服补贴家用。小婆爱看电视，但我们家的十七寸黑白电视机仅有七八个电视台，转台时使用旋钮而不是按键，这就经常导致串台现象，同时非常考验手感。由于信号不好，有时心里还要默想着镇子的方向，全力调整天线，频道才会显现。

小婆和我都喜欢一档叫作《探谜》的节目。说来也怪，那时我们总能收到一个没有台标的频道。这个台平时只播点歌节目和各种商品广告。到了周五晚上九点，准点播出《探谜》，内容主要是关于未解之谜和神秘现象的，比如水怪、野人、麦田怪圈及各种 UFO 目击事件。我还记得在看过的节目中，最吓人的一期叫作《有人背我飞行》。二十世纪七十年代末，河北村民黄延秋声称自己被两名外星人背着飞行。他曾先后三次在睡梦中神秘失踪，每次醒来后都离奇出现在千里之外的城市之中。看完这个节目之后，相当长一段时间我都不敢独自上厕所，生怕外星人把我背走。不过这个频道卡在两个本地频道中间，信号极微弱，不管怎么调整天线，都是模模糊糊的，我们都叫它"半只台"，收不收得到全凭天意。后来小婆发现一个奏效的方法，只要把旋钮调到准确的位置，然后不停拍打电视机顶，频道就会清晰显现。小婆在屋前的水缸里种了重瓣莲花。因为花瓣的层数太多，莲花常常不能自己开放，小婆也这样轻捶莲花的花苞，然后慢慢拨开花瓣，莲花就打开了。

我和妈妈不熟，只知道她在镇上的冰箱厂工作，是一名话务员。她平时的工作就是面对数百个蜂窝口，等待红灯亮起，接听后再把线路连到准确的端口上。她和那个海员恰恰是电话串线认识的，两人谈了几个月的恋爱，后来海员通过中介上了一艘远洋轮，工资翻了十倍，他没多久就失联了。那时妈妈已经怀孕，几个月后，产下两个女婴，一生一死。

生下我后，妈妈要他们马上把我带走。她得了产后抑郁症，在镇上的姨妈家里休养。她每周都会到东界看我，主要是为我送奶，那时奶粉很贵，奶糕又没有营养。她的乳房丰盈如满月，周围萦绕着雾气，散发诱人的芳香。但她从不让我靠近她的乳房，没有亲自哺育过我。她会把让她乳房发胀的奶水用吸奶器吸出来，装到牛奶玻璃瓶中，放到冰箱里。要喝奶的时候，小婆就把奶瓶泡在开水里化冻，弄给我喝。

我还有另一个母亲，虽然那可能是梦，但当时的我却深信不疑。就当它是梦吧。梦中的母亲和现实中的母亲长得很像，但我知道她们是两个不同的人，梦中的母亲更瘦瘠、更沉默，总是微笑，我能在她身上发现爱，在梦中体验到另一种生活。她的乳房是一个蒙着温柔光晕的月亮，饥饿的时候，我就攀上梯子，拎着提桶，到月亮上采乳。但随着周围世界的日渐明确，那个沉默的母亲逐渐从我的生活中退场。我该如何去说，如何去解释？不会有人相信。

妈妈喜欢阅读，在东界有成箱的小人书、旧书，我很早就学会了阅读，但八岁之前却不曾开口说话。如何才能使用"正确"的词语，如何在亿万个词语之中进行选择，对我来说太难了，以至于我说不出一句话、一个词。

但声音带给我宽慰，我喜欢听，喜欢收集自然界的各种声音。夜晚竹林里鸺鹠的鸣叫、春笋萌发的啵啵声、雨水和风的声音，到了入睡时，这些声音流淌到我的耳边，浸润我。但只要我一发声，所有声音湮灭无迹。

在东界时，什么都是忽大忽小的。那或许是另一种梦境，是孩童独有的视觉误差。泥路上的车辙是不可逾越的裂谷，在雨中发抖的蓝花成了庞然巨物。到了梦里，会吸引来与人等大的青凤蝶吸食它的花蜜。青凤蝶扇动鳞翅时散落的花粉，把微小的我埋了起来。

在语言出现之前，一切都不确定，是混为一谈的，正因如此，那些模糊的、难解的、新奇的、恐怖的、变形的世界能通通存入一个小小的心灵中。心灵不需要做出任何选择，它可以同时抵达无数港口。一旦它们被说出来，世界的界限也随之显现。我没有对此产生任何怀疑，以为所有人眼中的世界都是这样的。

东界和西界差不多大，但东界多是荒草地、河道和田野，仅两户人家。我们的邻居高先生是一名退休的中学物理老师，大家都叫他科学家。五年前，他的妻子去世了，从此他更加寡言，几乎对我们视而不见，也不和其他邻居搭话。他有一栋砖瓦加燧石砌成的朴素双层楼房，装有封檐板。阳台拓宽，做成一个小露台，摆放着一台小型天文望远镜和一台手摇卷扬机。底层有许多彼此相通的低矮房间，住宅后面是一个盛大的花园。从我的阳台望去，能看到他院子的切面，洁白的石子路铺成一个横过来的数字8，但也有可能是一个∞。科学家每天醒来的第一件事，就是穿上蓝色劳动衣服，戴上帆布鸭舌帽、劳保手套，开始修剪、浇水、疏果、打顶、抹芽。他自己养蜂，给果蔬人工授粉，果子烂了就堆肥。由于土地里的驱虫药片和太阳能语音风力驱鸟器持续发挥作用，没有一只虫子能活着离开他的院子，没有一只鸟能吃到一口果子。他把自己的生活打理得秩序井然，很便利、很科学，我觉得他鄙视我们，他不需要房子之外的世界。他是我们村里第一个装电话的人，听说那台香港产CONIEN牌电话机有液晶显示屏、内置收音机和录音功能。但我们都觉得他根本没有机会使用电话，没有人会打给他。小婆说，他一直在等女儿的电话，他们二十年没有来往了。

东界没有孩子，所以我发明了一种可以一个人玩的游戏。我叫它"影子游戏"。东界是漆黑一片的，要穿过一条曲折蜿蜒的小径，走到水泥路上才有灯。经过路灯的时候，影子会变短，变身成蹲在我脚边的孩子。我继续走，它就站起来，越来越高，越来越细，直到下一个路灯的光投射在我身上，它就被另一个影子取而代之了。只要有光，就能和影子玩耍，它是不会失散的伙伴。影子还会做我做不到的事情，当我走上阶梯，影子折成一段一段，变成演奏中的手风琴。当我朝着一堵墙靠近，影子超过我，爬到墙上，它慢慢攀上墙壁，沿着牵牛花藤走路，直到消失在另一片植物的阴影中。

小婆不做衣服的时候，缝纫机被扣到台面下，洋针车就成了一张小桌子，我常在上面画迷宫。只要在纸上随便画出一个图形，圆形、三角形、四边形，然后在图形上设置一个开端、一个末端，用曲折的路径连接两端，就能制造一个迷宫。这些迷宫并没有多大意思，我开始设置一些具有迷惑性的路径，设置两个入口、两个出口，这样难度就呈指数上升。我会同时拿起两支笔，把自己想象成两个人，他们会在某个点相遇，或者永远遇不到。

二、西界

婆有时会到西界去，和易老太打长牌。易老太是北方人，以前在镇上开中医馆，是个良心不错的老中医。婆心脏不好，常找她开药。

婆对我说，易老太家里来了城里的小孩子。易老太最宝贝她的孙子，总是提起他，他在西界长大，这里还有他的童年照、毕业照和一只四阶魔方。可我记得他早就不是小孩子了呀？

婆看出了我的疑惑，马上告诉我他们家还有一个小孩，没来过这里，比我稍微大一点。我兴奋得彻夜难眠。我希望她是一个和我同龄的女孩子。第二天，我往小篮子里装了两瓶芬达汽水，就往易老太家里去。笔直的水泥路直通西界，两边是望不到边的田野。春天时，常有不明方向的风吹过来，把麦子吹得涌动起来，像有许许多多看不见的人躺下，压倒它们。快到易老太家的时候，我们发现地上有一堆气味很大的药材。婆仰天打了个响亮的喷嚏，吓走了竹林里两只补眠的鸺鹠。她掏出手帕擤了擤鼻子，对我说："他们家有人吃药，你踩一踩，病人好得快。"我听后就重重地在药材上踩了几脚。

"打牌人来咧。"婆在铁门外大叫一声。

易老太赶紧来开了门，招呼我们进去。院子里没有花草，仅有一棵不断掉叶子的樟树，以及一棵遮天蔽日的桫椤树。易老太腰上系着围裙，手里拿着把大笤帚，往簸箕里扫落叶，但收效甚微。

"扫它干什么，扫不干净的。"婆说。

"哎，是啊，一边扫一边掉。"易老太推开了手里的笤帚，坐在花坛边上，脱下了围裙。然后她才注意到我，眯起眼睛对我说："妹妹也来啦。"她转身对藤椅上的男孩子说："伦伦，小朋友来了，和她玩一玩。"

男孩子脸上盖着一本画册。躺椅边有一张边桌，上面放着一个漏斗形的杯子，淡绿色的清茶上浮着一片白色花瓣。我抬头望去，隐约能看到老树顶上开着一簇簇宝塔状的白花。没想到，小婆说的小孩已经这么大了。他身子很长，完全填满了摇椅，但是极瘦。春寒料峭，他裹一件干稻草色的开司米毛衫，露出洁白的衬衫领子。

男孩子把画册放下来，他看上去很累，面色如灰墙一般，长而浓密的睫毛下，一双严肃、锐利的眸子盯着我，我的心神一下子被卷入这个黑蓝的漩涡中，慌乱而不知所措。他长得很像他照片上的哥哥，不过是一个晦暗的版本。我低下头，心凉透了，暗暗责怪婆没有说清楚。病恹恹的一个人，怎么会和我玩呢？

但很快，那子弹般的目光放松下来。他很高兴，先问候婆，又和我说话："来找我玩吗？"

我看了一眼婆，希望她能帮我解围。

"妹妹带给你的。"婆马上把两瓶汽水递给他。

"我正想喝汽水，谢谢婆。"男孩子笑盈盈，但我总觉得那是一种伪装。他用钥匙扣上的开瓶器依次打开两瓶汽水，呲，呲——好像放出了两个灵魂。他把芬达先递给我，一路走过来是有点渴了，于是我就捧起汽水瓶喝起来。我喝汽水一向很厉害，咕噜咕噜，半瓶就下肚了。

易老太笑着说："看她，这么凉的汽水就灌下去了，小肚皮吃得消吗？"

有时我喜欢做些夸张的事情，故意让人消遣。"她把汽水当水喝。这样子不好，有段时间我都不进货，就为了让她少喝点。"婆说。

"让她喝吧，是福气啊。"易老太说。

男孩子也学我的样子咕咕喝起来。我发现他的手居然是衰老的，枯竭的皮肤紧紧贴着骨骼。

"你慢点。"易老太叮嘱。

很快又来了几个打牌人。大人都打牌去了，屋内飘出香烟味。

男孩子咳嗽了两声，说："真讨厌，老是抽烟。你的婆抽烟吗？"

我摇摇头。男孩子翻开画册，指着其中一幅古怪的画对我说："你看，很有意思的。"

画面中一个年轻人正在画廊看画，画里有一艘大船停泊在城镇的港湾中，小塔楼屋顶上坐着一个小男孩，正悠闲地晒着太阳。较低处，有一个妇女正从她的房间朝外看，她的房间下面是一个画廊，画廊里的年轻人正在看画，画里有一艘大船停泊在城镇的港湾中……整个画面扭结成螺旋形态，漩涡中心是一个白洞，里面写着一串英文字母。我看出这是一幅无穷无尽的画，也是一幅包含其自身的画。

"好玩吗？"

我点点头。

男孩子又说："画里的港口和这里很像，你去过吗？有大轮船。"

我好像知道，又好像不知道。在那时所有的信息都是漂浮在空中的，只有当一个人把它说出来，它才尘埃落定。

"你不会说话吗？"

"你是不想说？"

"你是不能说？"

这些问题刺痛了我，我把头低了下去，感觉他正把我的底细摊到面前，一页一页地翻。好在男孩子没有追问下去，他放下画册起身走动了一会儿，步子很轻。阳光照到他背上，稻草色的背影没入光中，近乎透明。

回到家，我听到婆和小婆谈起白天见到的男孩子，他的名字叫陈伦，十二岁，已经上中学。他得了很严重的病，要移植肾脏才能活下去。

"那就快点动手术呀。"

"一只肾，是说有就有的吗？"

"家里人配过吗？"

"爸爸妈妈都配不上。"

"不是还有一个哥哥吗?"

"那我就不晓得了。"

那时,我不懂这些话是什么意思。后来,陈伦常到东界来玩,他好像对那些荒草和野花格外感兴趣。他叫得出它们的名字,蒲公英、泥湖菜、一年蓬、紫花地丁、猫眼草、猫脚迹、铜钱草、刻叶紫堇,而我只知道它们是白的、蓝的、紫的、圆的、长的。他在万年青的旁边停留了很久,还伸手去摸了它的叶子。万年青周围覆盖着一层蓝色的小花,他说,这种野花是入侵物种,叫婆婆纳。我们采了很多婆婆纳,放在小婆的洋针车台面上。

忽然,乌云聚集,一道闪电劈中了一棵正在开花的梨树,紧接着震耳欲聋的雷声在我们头顶炸响开,我整个人呆立住,一动也不敢动。这时,陈伦一溜烟跑出去,跑到路中央,如雪的梨花在他身后燃烧起来。与此同时,大雨降下来,他整个人扎进雨里,张开双臂,疯跑,疯笑,疯喊,好像要淋遍所有的雨。

他走后,我发现雨后的池塘中,一只青凤蝶漂浮于樟树落叶上,它看上去羽化不久,还是新的。昨天它还不敢在这里饮水,哪怕微风引起的小小波浪都能把它卷走。它只饮叶子上的晨露和雨后的泥巴水。此刻它轻轻地趴在红锆石色的落叶上,翅膀微微振动,身下的池塘如星际空洞一样难解。我想起曾在附近的樟树上发现空蛹，那会是它丢弃的神殿吗？蝴蝶仍在颤抖，水里有什么看不清的东西正在把它往下拽。只要我拨开落叶，就能知道什么咬住了它。但我还来不及这么做，它就被拖下去了。

小婆把婆婆纳绣在了我的衬衫领子上。

三、瞳陨石

对我来说，陈伦就像《百年孤独》里的吉卜赛人，总是带来这个世界所没有的东西。某天，他像变戏法似的从外套口袋里掏出一个橙色正方体迷宫玩具。他告诉我，这是一个六面六层迷宫，其中相对的两面各有一个小洞。玩法听上去很简单，只要把小球从其中一个洞放进去，让它从另一个洞里出来，即为通关。但是他强调，目前为止还没有人通关。他和他的哥哥都只玩到了第五层，小球总是卡在第六层的分岔路径中。他摇了摇立体迷宫，我听到了小球在里面滚动的声音。

"现在它回到第一层了，这不是普通的小球。"虽然得不到我的回应，陈伦还是得意地介绍起来，"这是我们的传家宝。哥哥说，它叫瞳陨石，瞳孔的瞳。"我以为他在糊弄我，所以当时并没有表现出很大的兴趣。陈伦看到我不屑的表情，有点着急，于是掰开我的手，把立体迷宫放到了我的手里。

"往里面看，你会惊讶的。"

我试图将小球移动到孔穴处对准，但怎么都做不到。

"不用对准，直接往里看。无论从哪里看，都能看到它。"

我将信将疑，继续透过孔穴观察，里面漆黑一片，但能感觉到内在空间是一个比所见迷宫大得多的场所。然后，我看到了它。它的表面似乎是由细小的棱面组成的，把世界图景切割成无数几何体，每一个几何面都反射着活动的画面。当我还想看得更仔细时，忽然从内心生出巨大的空洞和恐惧，脚底踩空，眼前一黑，一屁股摔倒在地上。

陈伦及时从我手里夺过了立体迷宫。"不能一直盯着它看，会被吃掉的。"他把我扶起来，然后问，"是不是很好看？"

我坐在地上不知所措，那种感觉现在回想起来还会让我后怕。他表达了他有多么想要这颗陨石，但是他的哥哥却没有给他。似乎他不是真的想要，而是因为哥哥的珍视展现了它的价值。

再次见到陈伦的时候，他出人意料地把传家宝送给了我。

"我哥哥把它送给我了，他不要了。"他有气无力地对我说，"你拿去玩吧。"

我推开了他的手。他立刻说："你不要，我就扔了。"

他好像对一切都失去了想望，什么都不想要了，于是我接受了它。得到立体迷宫以后，我每天都研究它，到了茶饭不思的地步。里面的路线是不可见的，必须让它不停转动，靠听觉和想象勾勒出路径，在脑海里构建一幅地图。前五层还算简单，到了第六层，瞳陨石就会掉进死胡同，怎么都转不出来。

一九九七年四月，希腊籍远洋轮阿里阿德涅号即将进港，那是一艘十万吨级的大型集装箱船。"它进港的时候很壮观的，有拖轮和海事巡航艇领航。"陈伦说。

我知道他要带我去看轮船进港，于是做了个 OK 的手势。

我们要穿过一条水渠、一片黢黑的杉树林才能到港口，在这之前，我从没走过这么远的路。水渠很宽，水流奔腾，据说这里曾淹死过小孩。我们小心翼翼又胆战心惊地沿着水渠边缘缓行，又穿越浓密的杉树林，终于来到了港口，在三十七号泊位等待阿里阿德涅号。

我闻到了腥味和铁锈味，看到了真正的擎天巨物：集装箱、浮式机械吊臂和万吨轮船。

"它们都是从地球的另一边来的。"陈伦说。

对我来说，它们更像是从另一个星系来的，超越了我的理解。

我们听到轮船进港的汽笛声，但始终没有看到阿里阿德涅号的蓝色身影。我们躺在一个小坡上，陈伦忽然说："知道为什么我们家有两个小孩吗？"

我摇摇头。

"我哥哥小的时候曾被钢弹珠打中过心脏，受了很严重的伤，所以家里才被批准生育二胎。要是他没有受伤，我就不会出生。不过，他后来完全好了。我一直觉得，我的出生不是为了代替哥哥，而是为了让他好起来。所以，我并不难过。"

我猜他说的是他的病，但又不完全是。后来我们可能睡着了。醒来的时候，天色转暗。陈伦忽然面色凝重，他立刻起身，拉着我的手，飞快地跑入杉树林。天边的红日像要把我们吞噬，它在万物上镀金，但它下坠的速度极快。我们快速走入荒草中，每走一步天就暗一度。我们飞跃着，好像要超越自己的影子。快到东界的时候，太阳正好湮灭在西方的田野尽头。他忽然停了下来，望着消失的太阳发呆，好像终于接受了一日的终结。

之后的几天，我什么都没做，整天摆弄立体迷宫。陈伦说等我破解迷宫的时候，他会再来的。在尝试了无数条错误的路径之后，迷宫的全景在我脑中展开了，还差一步，瞳陨石就会顺利滚出来，我高兴得在屋前的空地上跳了起来。但我没有让陨石出来，我要在他面前展现这个神迹。

陈伦没有来，第二天没有来，第三天也没有来。有一天，我看到他身上裹着一条带着流苏的毯子，被一辆黑色的轿车接走了。那一刻，我知道为什么他得到了瞳陨石，因为留给他的时间已经不多了。后来我听说由于阿里阿德涅号不熟悉这里，在进港之前被急流冲刷到附近海域的礁石上搁浅了。随着潮水退去，该船的底部完全搁浅在礁石群中，螺旋桨暴露在海平面上，相关部门组织了二十只辅助船，才把它救出来。

慢慢地，东界被搬空了。只剩树和万年青没有移栽过来。我以为搬到西界以后，周围的孩子会多起来，事实上还是和以前一样，他们白天都去上学了，村子里又只剩我一个小孩。春末，妈妈到市里一家五星级酒店的总台工作。我早就到了上小学的年纪，由于不会说话，还没有学校愿意收我。妈妈担心我得了自闭症，要带我去市里看病，但我说什么都不愿意去。小婆一边抹眼泪，一边帮我收拾行李。我紧紧抓着她的手臂，不让她装衣服。

妈妈生气了，她拎起我的手臂，说："你为什么不说话？你是会说的呀，为什么不说呢？"

我整个人抖动起来。

"不要逼她。"小婆说。

"听力和声带都没有问题。她是会说的。"母亲说。

"是要逼一逼。"婆在离我们很远的屋子里说话。

后来，她们不再说话，陷入一种诡异的沉默之中。

趁她们不注意的时候，我偷偷跑到了东界。那是一天中影子最狭长的时刻，万物的阴影都朝向东方。我忽然被田野中黢黑的阴影吸引住，无数影子在地面上汇集，看起来就像在荒草上滑行。我下意识抬头寻找是什么投下了影子，但那里什么都没有。阴影继续在遥遥地汇合，在地面上拉开一张不断变换形态的巨型黑幕。我们的恒星还在那里，睁开眼睛，安静地凝视着我们。地面在颤抖，在释放一种恐惧。它被压抑得太久，它在哭。很快，暮色四合。我很害怕，拼命往回跑。但已经太迟了，我越跑越小，直至脚下的婆婆纳像机械吊臂一样高大，车辙又变成裂谷，我变得更小了，小到消失了一般。

醒过来的时候已经是晚上，我已经在屋外了，在两张拼起来的长凳上睡着了。婆说地震了，所以就把我抱出来。

"我会死吗？"

这是我说的第一句话。

但婆好像并不惊讶。

小婆拧了一条毛巾给我擦脸。毛巾喷出热气和雪花膏的味道。

四、信息污染

至今没有人知道它如何形成，从何而来。

那晚，南港确实发生了一场三点一级的地震，但这并不能解释落日之前的黑暗。有人猜测，可能有风暴团遮住了太阳，使局部地区陷入短时的黑暗。但当时南港地区是晴天，气象部门并未预报强对流天气，也没有任何雷电活动的迹象，故超级单体风暴的因素被排除。有目击者报告称，在港口陷入阴影的包围时，太阳从未被遮蔽。它保持着日落时刻的形态和色彩，低旋在地平线上方，当然那可能不是太阳，而是一个幻象。另外，南港地区的潮位站记录到了急速退潮的现象，随后，这里的通信出了问题。事件很快惊动了中国 UFO 研究会，他们派了几名研究人员实地调查，对南港地区的居民进行大规模采访。

居民们大多生性腼腆，不愿多说。出乎意料的是，科学家居然主动接受了采访。"像一只蛹，会动的，里面好像有什么东西飞出来。"他看到了它最初的形态，"那时是下午四点三十分，我看过钟点。太阳快落山了，天上没有云，天气很好，一下子就黑了，没有任何预兆。"多亏了科学家，调查人员收集到第一个有效信息。

大家似乎被唤醒和鼓舞了，像从白日梦中清醒过来，纷纷开始表达。很多人都提到了那阵怪异的风，影子被风吹向一个中心，快速汇聚，直到天空被不明的黑暗遮蔽。整个村子都浸透在一种暧昧的光线中，介于黄昏与黑夜之间，一个极为短暂的暮蓝时刻。句子越来越清晰、准确。

"它是有声音的。"有村民提到了这一点。

调查人员到我们家来的时候，小婆一改平日里的拘束，主动对采访人员说："大概下午三点三十分以后，就没有人说话了。我外甥女要坐四点的车，我们送她去公交站，都讲不出话。"

"讲不出话是什么意思？"

"好像从来就没有讲过话。"小婆肯定地回答。她的洞察力很强，那种失语不同于一般意义上的沉默。她的意思是，整个世界好像回到了语言尚不存在的时刻。后来，越来越多的村民证实，他们也有类似的"失语"症状。

我们都以为阴影消失了，实际上它只是缩小了，仍然在村子范围内活动。一周之后，直升机搭载的摄像机拍下了阴影掠过整个南港地区的画面。影子不断在空旷的田、树林和码头汇集、离散、变化，像是活着的。当这段画面在电视新闻中播出时，引发了轰动。

不久以后，与中国 UFO 研究会有深度合作的《UFO 探秘》杂志发表了一篇名为《南港村怪蛹事件始末》的报道，作者是数学家戴华教授。她另外的身份是中国 UFO 研究会的副会长，她也是当时在南港实地调查的研究员之一。戴华教授把那层笼罩全港的阴影称为蛹。她根据拍摄的整体画面，模拟出蛹的基本形态，它是由许许多多的三角形和八面体组成的。最终，她确定了它的形状：有二十四个顶点、九十六条棱、九十六个三角形和二十四个八面体。它在三维空间内没有类似物，是纯粹的高维物体。但它很快失去了形态，变成捉摸不定的暗灰色风团，最后融化在万物的阴影中。戴华猜测，蛹是一种隐形飞船的影子。为什么隐形的事物能投射下阴影呢？现代科学也解释不了。

影响是慢慢显现的。

不久以后，婆忽然送我一个富乐梦牌机器人铅笔盒。机器人的肚子可以放文具，一只手是温度计，另一只是铅笔刀，它的每一个关节都能动。但婆怎么都说不出这个铅笔盒是从哪里来的。巧的是，此前我在"半只台"的电视广告中看到过这款铅笔盒，一直非常渴望拥有。

后来，易老太家那棵遮天蔽日的杪椤树不见了，取而代之的是几棵冬青。易老太逢人就问杪椤树的下落，她说那是在她结婚那年栽下的，已经五十年了，怎么一眨眼就飞了，连片叶子都没看到。有人说是她老糊涂了，那里根本没有什么桫椤树。但我分明见过，也记得它宝塔状的白花。

这些变化并没有引起大家的警惕，直到一些变化彻底改变了生活，我们才感到恐惧。那阵子，村子里的电话经常串线。某一天，所有打入南港的电话都离奇地串线到科学家的家里，不得已，他只好一个一个通知邻居来接电话。第二天，情况仍是这样，他只好拔掉了电话线。没过几天，科学家发现自己家的门牌号码变了，从127号变成了191号，然后又变成211号。一开始，科学家确信是恶作剧，于是新添了几个报警装置，彻夜不睡，试图抓到罪魁祸首，但始终没有任何线索。

很快事情朝着不可控制的方向发展，科学家的房子从东界的地面上凭空消失，连同院子不翼而飞。无家可归的他在派出所住了一夜。后来邮递员在送信的路上发现了他的房子，他认出了砖瓦和燧石，认出了阳台上的天文望远镜、手摇卷扬机，认出了院子里的杨梅、枇杷，以及∞形石子路。房子靠近一条蛙声肆意的池塘，门牌号变成了307，从此科学家就在池塘边住了下来。大概一个月后，科学家的房子再一次消失，他骑着自行车找了两天，后来在离港口不远处找到了它，此时门牌号变成了467。数字在持续变大。"它们都是质数。"聪明的科学家摸索出了规律，却无能为力，再往外去，便无处可去了。后来我们再也没有见到科学家走出过他的屋子，据说邮递员有时会帮他带一些物资。

平静的生活并没有持续太久，几个月后某个干燥的下午，科学家的房子着火了。所有的村民都拎着水桶帮忙灭火，唯独科学家坐在屋前的空地上一脸漠然。很快一辆黑色的车子开过来把他接走了。他走后，我好像听到持续燃烧的房屋内响起电话铃声，响了几声后，又被噼噼啪啪的燃烧声所覆盖。

他们说，火是科学家自己放的。那时我们才预感到不祥。

最先消失的是小婆的布样，她常把它们剪成动物和花的图案。蓝色的兔子、白色的雪人、黑色的房子、绿色的茶杯、灰色的电视机、条纹的猫咪、印花的小人，它们接二连三不翼而飞。刚刚做好的衣服也开始消失，婆的呢子背心、我的百褶裙、小婆自己的罩衫，接着是她的毛巾、睡衣、拖鞋。她去买回来，第二天又没了。干脆不买了。接着，她的洋针车也不见了，原本随意放置在洋针车上的几张迷宫图就散在地上。

后来，"半只台"就收不到了。即便如此，到了周五的晚上，我还是习惯性地守着电视，期待频道奇迹般再现。小婆见我执着，就帮我拍打电视，想把频道拍出来，她把手都拍红了，电视屏幕上依旧一片雪花。她叹了口气，说："打不出来了，我汰浴去了。"

小婆去汰浴以后再没有回来，我们报了案。婆每个礼拜都要去派出所询问办案进度，过了一个月，警方告诉她，根本没有查到这个人，故案件不予受理。

"但她是我亲妹妹呀，这里的人都认识她的。她是闰年春天生的，比我小两岁，还会做衣服的。怎么就没有这个人了？"

"我们只不过是按照法律法规办事，您说家里丢了人，但我们确实查不到她的身份信息，您也给不了任何有效证件。没有照片，也没有私人物品，您这不是为难我们吗？"

于是我们只好自己找，婆的杂货店也不开了，骑着一辆火三轮，带我寻遍了周围的村子、镇子，又来到城市，到处张贴寻人启事。不久以后的某一天，当我提起小婆的时候，婆的表情变得惶然。

"什么人啊？"

"小婆啊，你的亲妹妹，比你小两岁。"

"我是独养女儿。"

她忽然不记得有这样一个妹妹，但过一阵子又想起来。她在一个樟木箱子里找到了她和小婆的合照。至少我们还没有失去那些共有之物。后来我们在万年青的土壤里发现了几根银色的头发，又在婆的首饰盒里找到了一只被小婆摔成两截的玉镯，我们收集这些物品，锁到樟木箱子里。大概一个半月后，我们失去了这只箱子。我们开始忘记小婆的名字，婆就把小婆的名字写到墙壁上，写到挂历上，写到黄页簿上。不出两天，字迹就褪去了。尽管我们每日都互相提醒，但还是忘记了她的名字。

最后我失去了衬衫领子上的婆婆纳野花。

"蛹事件"发生以后，南港地区凭空多出二十多起失踪案，这引起了社会恐慌。这里的人们陷入一种无处安置的悼念和缅怀情绪中。在夜里，我常常听到一些绵长的叹息声，男人的、女人的、老人的、年轻人的。他们喊着一些含混不清的名字。超过九成的南港居民出现记忆混乱的情况。多股信息同时涌入我们的脑中，这里成了一个战场，充斥着缠斗、吞并和交融。为了杜绝恐慌的蔓延，政府决定组织居民搬迁。一年之内，大部分居民已经搬去镇上或隔壁村落居住，得到了可观的补偿费用。也有一小部分留了下来。

我们就是那小部分无法移民到新世界的人。

一年之后，婆在电视上看到一则新闻报道。她认出新闻画面中的男孩正是陈伦。

婆在客厅里大喊："快点来看，是不是伦伦啊？"

我急急忙忙从房间里跑出去，新闻中出现医院病房的画面，一个年轻的病人面色如垢，半躺在病床上，吃力地和记者交流。报道中，他化名为张小北。一年前，张小北的哥哥发生了严重的交通意外，临终前签了遗体捐献协议，后来救了四个病人。其中就包括张小北。此前张小北一直拒绝他哥哥的捐赠。

他已面目全非，虚弱得像一根浮草。

"是他。"我对婆说，"他哥哥死了。"

"不是他，名字不一样。"婆说。

"新闻里不好讲本来的名字，要用化名。"我说。

"唉。"婆叹了口气，"名字都变掉了。"

后来我又看到过有关黄延秋的报道。在那档节目的尾声，一位专家猜测黄延秋很有可能是患了梦游症，实际上并没有什么外星人。多年以后，黄延秋事件被世界淡忘了，那些人证、物证以及完整的口述通通失效，大家记住的仅仅是"梦游"二字。

一种似是而非的物质在蔓延，就像港口的薄雾，当景物变得模糊时，才能确定它的存在。而我们也身在雾中，无法被看清。后来，有机构对南港的自然环境进行检测，没有发现任何异常。他们确定，这不是一种病毒式的或者细菌式的感染。他们把村民的失踪和记忆混乱称为"信息污染"，也就是说，变化的唯有信息，没有别的。这是多股信息互相竞争的结果。

妈妈想起《UFO探秘》上发表过的文章，便想到从中寻找线索。她把家里的杂志翻出来，从杂志上找到一个中国UFO研究会的联系电话，按照号码拨过去，却发现那是一个空号。她又打电话到科协，被告知中国UFO研究会已经不存在了。后期，研究会由于没有正确的引导及把控，在UFO研究中掺入了特异功能和气功等内容，弄得不伦不类，甚至出现伪科学的内容，引起了有关部门的注意，最后被解散。轰动一时的蛹污染事件，也被部分人解读为一起造假事件，毕竟它太违背常识了。

五、弥合

若干年后，我到母亲工作的镇上读书，而婆依然留在南港。我们以为一切都恢复了正常，但事实远非如此。那时，班上的同学总是声称在一些我从来没去过的地方看到过我，我没有放在心上，猜想肯定是有人和我长得相似。有一天，妈妈突然和我说，我的妹妹搬到我们街区来了。

"我还以为要等一段时间。"

"妹妹？我没有妹妹啊。"

"他不做海员有几年了，最近搬过来了。住得不远，离这儿三公里。你妹妹也在。"

"她不是生下来就脐带绕颈死掉了?"

"不要瞎讲,哪里有这种事?不管怎么样,她还是你妹妹。"

那晚,崭新的记忆涌入我的大脑。张北冕和我一样,十六岁零八天,我比她早二十分钟降生于世。妈妈说,她的脚底有一块红色心形胎记,而我的梅花状胎记则在腰间。两岁之后,我们分开了,一个跟随母亲,另一个跟随父亲,之后就再没有见面。

一周以后,我知道了她的学校和班级。我曾想去看她,但又极力克制着这种欲望。

我们是双胞胎,尽管在不同的环境中长大,却无法避免命运的交汇。那时,我常去镇上的图书馆借书,而借书卡上总能发现她的名字,她的阅读版图和我重合。这不算稀奇,书单也是一张信息网,我们总能通过一些作家找到另一些作家。比如王小波就是一支很不错的指星笔,他为我们指向卡尔维诺、杜拉斯、昆德拉,形成了一张完整的星图。而卡尔维诺又能和卡夫卡、博尔赫斯、科塔萨尔、舒尔茨形成一张子星图。

高二暑假,我打算在一家牙防所绑牙。牙齿出模那天,我赫然发现货柜上有一副牙模上用记号笔写着:张北冕。

"张北冕也在这里绑牙?"我问护士。

"哦，她和你一样，咬合有点问题，需要戴牙套。你们两个的咬合点都很少。"她说，"你们是双胞胎呀，为什么不一起来?"

"我不绑了。"

我决定维护我们的差异性，于是离开了那家牙防所。这一切并未让我们靠得更近，反而使我不安。

某节物理课，老师讲解同步效应。他请课代表在桌上放置两个可口可乐的易拉罐，上面放一块小木板，再放置三个节拍器。一开始节拍器的钟摆杂乱无章地摆动，节拍器的节奏让我失神。

翕开的窗口吹来一阵风，云遮住光线，教室外阴了下来。我总觉得有人在盯着我看，于是就四处张望，当我看向一株茂盛的八角金盘时，我看到了一双明亮的、好奇的眼睛。刹那间，我以为是玻璃窗上反射出的人像，因为她和我长得太像了。但仔细一看，她身上穿着陌生的校服，胸口的校徽也不是我们学校的。她看到我后，对我狡黠一笑，仿佛领悟了什么。我慌张地躲开了她的目光，这时，教室里忽然有同学大叫："同步了，同步了!"课堂哄闹起来，一晃神，那个女孩快步闪入绿植中，不见了。我惊出一身冷汗，分不清方才到底是现实还是梦境。教室里，节拍器的步伐逐渐趋于一致，连带下方易拉罐的滚动也被调整到了相同的方向，看起来非常和谐。

高考后，我们去了不同的城市读书，但我知道她已经牢牢嵌入了这个世界，嵌入了我的皮肉和骨骼中。

据我所知，经历过"蛹事件"的人一般会出现几种不同情况。要么像母亲那样，新的记忆完全替代了旧的记忆。另一类居民出现了精神类疾病和脑退化的情况，就像婆一样，其中有百分之三十八的人患上严重的精神分裂症。而我属于第三类，我把蛹动前和蛹动后看成两个世界，它们始终无法弥合。

他们曾为经历过信息污染的人们建立心理干预中心。接受治疗的人需要长期服药，很快，他们的世界"弥合"了。出于好奇，我也去心理干预中心做过治疗。他们给了我一种很像打虫药的橙色药片，服用之后没有起到任何作用。

为了世界的统一，不得不抹除过去的痕迹。蛹，成了禁词。但我知道那些逝去之物的残像还保留在这个世界上，一如幽冥永存于暗夜。

有一天，婆打电话来，说她买到了一台蝴蝶牌缝纫机。"和我的洋针车一个牌子。"

她在为我做一条呢子连衣裙。"杂灰色的，打褶的。"她如此描述心里所想的样式。

"你怎么会做衣服呢?"我问。

"我是裁缝,怎么不会做衣服呢?"婆说。

婆的脑部开始退化了,出现小脑萎缩的情况,于是我们把她从西界接回家里照顾。婆、母亲和我度过了生命中最紧密的一段时光。五年后,婆因脑出血去世,她提前准备了一个双穴的墓地,一个留给自己,一个留给她不存在的妹妹,一个空坟。我们已经失去了她的照片、她的名字,但婆没有忘记妹妹是闰年春天生的,比她小两岁,会做衣服。直到最后,她的嘴里还总是模模糊糊地念叨着:"怎么就没有这个人了?"落葬那天,我和母亲隐约看到一个人穿着一袭黑色西服套装,胸前别着一朵白色茉莉花,走入一条丝柏遮蔽的小径后不见了。母亲出了神,她说:"那个人和你很像。"

说完,母亲凝重的神色骤然一变,我第一次在她脸上看到了爱的阴影。她对我说,婆去世前总是叮嘱她,不要逼我说话。"确实啊,以前不该逼你的。你不想说就不说,不说话又能怎么样呢?"母亲看着我,眼神流露出从未有过的柔软,即便这种柔软于我而言早已错失,无法弥补,但我还是很高兴。她们消失的那部分正凝聚到母亲的身上,就像树的死亡一样,死了,又没有死,还将作为生者的家园继续存在。

那天我梦到以前的风从四面八方吹来。很多人躺下来，压倒了那些荒草，但我们看不到他们。我的影子变得比我长，它超过我，爬到墙上，在牵牛花藤上走路。那影子一直在我身体里，从未消失过。后来我经常梦到婆在院子里走来走去，像平常一样摸摸索索，做些小活。妈妈来了，我就说，给你看看这是谁。婆就走过来了。我心里想，婆好厉害，棺椁里住了这么久还好好的，真好。

六、世界之外

阴影没入周遭的自然中，找不到任何踪迹，一如世间万物的影子无法被区分开来。研究人员认定污染只出现了一次，绵延六点二平方公里的污染区域回归平静。据官方报道，一九九七年的"蛹事件"发生以后，蛹销声匿迹。蛹，在短短数年间已经被符号化。人们更乐于相信，当时的科学家、媒体人及当地居民一起夸大了这个事件。

网络上曾一度掀起"蛹学"热潮。有人说，蛹是人们内心想望的反映，我们可以和它交换一些东西，就像浮士德与恶魔的交易。也曾经有研究者提出一些有趣的想法：蛹是几个文明层级之间的缠结之处，如能领悟到其中信息的含义，人类能够通过进化抵至另一层文明。另一些研究者则完全否定了这种"进化论"：西西弗斯的困境正是其文明本身造成的，是为了纠错做的错误的努力。

如今，人们的恐惧逐渐消除，又开始孕育新的生命。禁词也不复存在。在一个完整的统一体中，原本的错误已经被修复。女儿不会继承母亲分娩时的痛苦。新生、天真、无知、无惧，很多孩子在这种情况下来到了这个世界上。他们不必知道蛹的存在。这几年，很多曾经在蛹中居住过的人们又搬了回去。

放开生育之后，我的母亲通过试管生下了一个女孩。妈妈已经五十三岁，旁人无法理解她的选择，只有我知道，那是一种怀念、一种弥补。妹妹已经八个月，对我来说，这个柔软的小婴儿既熟悉又陌生。她脸上有我们家族的特征，蒙古眼、深人中，也有完全陌生的部分，比如酒窝、唇珠和鬈发。我不喜欢小孩，但好像对她有种天然的责任。她是一个弥合体，还是另一种分裂？我不知道。

妈妈说她要把西界的房子租出去，租金作为妹妹的抚养资金。最近她把西界的钥匙交给我，要取几件小衣服给妹妹穿，她说那些衣服是有福气的。我每年春天都会回到这里，打扫屋子，斩除杂草，让植物有呼吸的余地。这里还留存着婆居住过的痕迹，有做了一半的衣服，布料上画着白色粉笔的印记，大约是要做一件西装马甲。我并没有找到小时候的衣服，一件都找不到。我来到屋外，毫无目的地走来走去，好像要寻找什么，但什么都没找到，这里与昨日的世界毫无关系。忽然听到闷闷的雷声，天色倏地暗下几度，我就往回走。

在一条明显缩小的水泥路上，我看到一个熟悉的人。他穿着一件水泥灰色的卫衣，气色看起来好了很多。这几年，零星得知一些他的消息，他研究天体物理，发表了几篇关于黑洞的论文。其中一篇发表在《天体物理学杂志快报》上的论文引起了我的注意，他猜想太阳系那颗著名的假想天体——第九行星，实则是一个原初黑洞。他在论文中表示，如果第九行星是一个黑洞，那么居住在太阳系外围的彗星就会被它强大的潮汐摧毁，产生耀斑。虽然原初黑洞可能只有一只柚子的大小，但我们却能通过观测这些吞噬现象对其进行间接观测。这些信息很容易在网上查到，但并不能拼凑出一个完整的他。唯一能确定的就是，他的哥哥给了他一次重生的机会，而他牢牢把握住了。

他来回踱步，好像和我一样在寻找什么。他也看到了我。

"陈伦。"我第一次叫出他的名字，"你怎么回来了？"

"嗯，回来住一段时间，准备翻新一下老屋。"他淡淡地回答，然后真诚地对我说，他改了名字，现在叫陈最，那是他哥哥的名字，为了让父母好过一些。如果我一时不习惯，可以叫他原来的名字。"没有关系。"我说，"我愿意叫你现在的名字。"他邀请我到屋内坐一坐，我同意了。

易老太去世多年，这里无人打扫，院子里满是樟树落叶。现在的陈最打开房门，屋子里飘出一股霉味。我们走进屋内，这里很脏，到处是灰尘和泥迹，几乎无处可坐。他打开窗户，又搬来两张椅子，摘掉了玻璃柜上发黄的棉布，我看到柜子里依然陈列着他哥哥的童年照、毕业照和一只四阶魔方。我忍不住盯着他的脸看，也许是为了确定一种变化的发生。他的身体变厚实了，眉宇开阔了，肤色也明亮起来，他正变得越来越像照片上那个前途无量的年轻人。他用一支半秃的鸡毛掸子掸了掸椅子上的灰，请我坐下。我这才想起这间屋子是老人们曾经打牌的地方。

"再叫两个人，可以开一桌麻将了。"

他笑了，从一台小型冰箱里拿出一罐芬达汽水给我。"以前那种玻璃瓶装的很少见了。"

"你不喝吗？"我问。

他在我对面坐下，对我说："太凉了，还是不喝了。"

我确实有点渴了，接过芬达，打开易拉罐，猛灌了一口。不解渴，于是连续地大口啜饮起来。

他又笑了笑，然后对我说："你的事，我知道一些。你去过那个心理干预中心吗？"我注意到他说话的时候，不时定神凝视我，似乎也在辨认我身上的某种变化。

"去过。"我说。

"吃药了？"

"吃了。一种外面裹着一层糖衣的药片，橙色的，味道就像它。"我晃了晃手中的芬达汽水，"一种安慰剂。"

"记得你以前不会说话。"

"现在说得也不好。你这几年怎么样？听说，听说你身体好了。"我小心翼翼地说。

"手术还算成功。"他指着脖子上一圈并不十分起眼的粉色小疹子说，"排异反应。"

"不仔细看的话，看不出来。"我说。

他把领口拉下了一点，一片梅花状的烧痕向下延伸，渐次凶煞。"身体里有个不属于自己的东西，就是这样。"他把领口整理好。

"这是一个融合的过程吧，会好的。"我试图安慰他。

"是抵抗。"陈最纠正。

"我看到过关于你哥哥的新闻报道，他真是，真是一个伟大的人。"

"电视把这个现实世界拓宽了。但是留给内心的部分却变少了，很多事情不是一下子能理解的。"他平静地说。

"你哥哥如果知道你现在很好，会感到欣慰的。"我说。

陈最突然出人意料地哼了一声。"我宁愿他好好活着，所以一直拒绝他捐肾给我。"他说。

外面的天色更暗了。陈最起身，打开了灯，然后走到窗口看了一眼，说："下雨了。"

大雨陡然降下。陈最又走回来，坐到我对面的座位上。

我们陷入一种并不突兀的沉默之中，也许有很多话可以说，但我内心的语言被突如其来的大雨所替代。他对眼前的雨无动于衷，那种对生的热望从他身上消失殆尽了。

"你还记得戴华吧？"陈最突然提起这个名字。

"当然记得，她是那篇文章的作者，也是亲历者。我查过她的信息，也试图去找她了解真相，但是听说她已经不研究数学了，她辞职了，没有人能找到她。"

"戴华教授不只是数学家，还对天文学、生物学、密码学深有研究。大约八年前，我在浙江一个小镇上找到了她，在一个凌乱的花园里，我们谈了很久。她依然神采奕奕，保持着好奇心。我从她那里得到了一些有价值的信息。"

"你是怎么找到她的?"

"这个说来话长,在我看到瞳陨石的时候,就已经知道有一天会找到她,和她长谈。"

"什么意思?"我不明所以。

"别急,听我说下去,待会儿你就知道了。"

他不想浪费时间,直接切入正题。"一九九七年的那篇报道只是障眼法,那时 UFO 组织已经岌岌可危。他们要掩盖并抹除蛹的信息,但是信息很容易被保留下来。除了那篇报道,戴华教授还写了一篇英文论文,虽然遭受了信息污染,但她还是想办法保留下一些信息。"

我忽然有所领悟。"难道说她把英文转译成密码了?"

"没错,简单的十进制数,甚至没有加密。戴华教授是最初发现信息污染的研究人员之一,但她很快发现,只要换一种形式,信息就能被保留下来。这也足以证明,信息没有消失,只是以另一种我们无法理解的形式继续存在。我表明来意后,戴华教授当即就把密码交给我,对她来说一切都没有意义了。于是我破译了这些密码,可惜只是残篇,虽然信息有限,但是足以窥见全局。"

"蛹到底是什么?"

陈最继续说:"第一个词是 Infinity。然后戴华教授写道:大的无穷大包裹小的无穷大。这是最关键的信息。接着戴华教授又提到,在一九九七年的调查报告中,她并没有解释'蛹'这个名词的来历，大家都以为那是从村民的口述内容中提炼出来的。其实，这个名称还和哈佛大学生物学家卡罗尔·威廉姆斯博士曾经做过的一项实验有关。"

"是生物学层面的问题？"

"不完全是。一九四二年，卡罗尔·威廉姆斯博士想了解控制昆虫变态的物质是什么，也就是那个关键的指令和信息是什么。于是他找来四个天蚕蛾的蛹。一号正常孵化；二号从中间切开，用塑料片封住切口；三号维持二号的操作，但两段蛹之间用一根空心的管子连接，让上下物质可以流通；四号维持三号的基本操作，但在管子里加了一颗小珠子。"

"实验结果呢？"

"一号没有进行干预，当然成功孵化了。二号上半部分发育成蛾子，下半身依旧是蛹。三号上下都孵化了，蛾子甚至飞了起来，但管子断了它就死了。四号则完全没有孵化。"

"我明白了，信息的传递方式改变了昆虫最后的生命形式。"

"可以这么理解。"

"而我们也生活在一种看不见的酶里，它把我们溶解了。"

"戴华教授还提到，当时拍摄的画面，出现了类似引力透镜的现象。光被某种看不见的外力扭曲了，因此她大胆猜测，蛹具有黑洞的某些特征。"

"它是黑洞？"

"戴华教授否认了这点。至少它不是一般意义上的黑洞。黑洞不会凭空出现在我们生活的地方，毕竟一个柚子大小的原初黑洞就能完全改变太阳系外围矮行星的轨道。如果它是黑洞，我们早就不存在了。"

"或许，我们确实不存在了。"

我们陷入了短暂的沉默。而后，陈最又说："论文到此，没有下文。戴华放弃了所有的研究。"

"既然她的研究已经有了眉目，为什么最终放弃了？"

"他们都说她疯了。但是交谈之后，我发现她比任何人都清醒。她提到了现代数学的核心原则：公理。依据理性不证自明的基本事实，经过人类长期反复的考验，不需要再加证明的基本命题被称为公理。这是大多数人认可的说法，一般还有哲学上的认识：如果宇宙是神创造的，那么这些公理可能就是一开始神设定的参数，世界是已经规定好规则的游戏，公理就是规则，也就是语言。我们总说，公理不需要被证明，比如皮亚诺公理、欧几里得几何中的直线公理和平行公理、线性空间的八条公理。如果数学中的公理无法被证明，那公理如何保证自身的正确呢?"

"公理不分对错,修改公理会产生新的体系。"

"没错,比如在皮亚诺公理体系下,抽屉原理是正确的,但在量子力学中,抽屉原理就不成立。公理也只是一种假设罢了,你会判断假设的对错吗?她忽然认识到,如果一切都是假设,那么我们就生活在一个不确定的世界中,时间的流向是不明的。这些问题一个套着一个,无穷无尽,离她所追寻的真理越来越远。"

忽然间,我想起了一件重要的事,但一时不知道如何开口。陈最好像看穿了我的心思,他低声对我说:"还有一件你最关心的事。"他俯下身,从伏在地上的黑色手提包里取出手提电脑,打开一个衔尾蛇图标的程序,向我展示了一个布满数字的页面。

虽然我完全不懂十进制数字,但我已经预感到这串数字的意义,我的心狂乱地跳动着,呼吸变得急促,万分期待,万分恐惧。他平静地按下了回车键,页面仅显示一行简短的文字。

我撑着眼睛把这行字读了一遍又一遍,字体却越来越模糊,直至我完全认不出任何一个字。

"我看不清楚,你能帮我读出来吗?"

"受访者编号 017:顾玉珍,生于一九四〇年四月十四日,失踪于一九九七年八月二十二日。"

字从陈最的口中一个一个弹跳出来，又回到了页面上——受访者编号 017：顾玉珍，生于一九四〇年四月十四日，失踪于一九九七年八月二十二日。

"没有其他的了吗？没有照片吗?"我用颤抖的声音说。

陈最遗憾地摇摇头。"我看到了所有受访者和失踪者的名单，唯独记得这个名字。这个名字让我想起了对她模模糊糊的形象，也想起了你。你一定等待这个名字很久了。除此之外，别无其他了。"

小婆在这个世界上唯一的留存，仅剩下这行文字。

"谢谢你。"说完，我失声大哭起来，大雨并未掩盖住我的失态。约莫一个小时后，我才稍微平复了心情。回过神的时候，陈最不见了，我在隔壁房间一张布满裂纹的牛皮沙发的角落里找到了他。

看起来他小憩了一会儿，现在又醒了，正睡眼惺忪地胡乱翻着一本书。我已经确定他早已知晓一切，于是迫不及待地再一次问道："蛹到底是什么？"

他被我的声音所惊扰，揉了揉发红的眼睛，把书摊在沙发旁的边桌上，然后坐起身，认真地对我说："它是无限。"我仔细甄别着他说出的每一个字，生怕有所遗漏。他继续说："它是幼儿能够发出的一切声音、一切语言。它是真正的整体，甚至包含着悖论。蛹，就是那个整体的影子。所有可能性的公理都包含其中。当我们的语言恢复，那个整体就闭合了，割裂的、带有开口的世界闭合，形成一个统一体。但是，它释放出的不可见之物却被保留了下来。"

"它是真实存在的吗？"我并不十分理解，却又似乎知道了什么。

"它可能是唯一的真实。不是我们距离无限太远，而是太近。它是一个离我们很近的盲点，永远无法看清它，就像埃舍尔那幅《画廊》中心的白色空缺。不是我们凝视着它，而是它在凝视着我们。"他说。

我好像被无数道闪电击中，却止步不前，被困在原地，无法逃离。一时间，我失去了语言和思考，进入一种混沌的失神状态。

"立体迷宫还在吗？"他问。

他的声音很远，我的声音也很远。

"还在。"我说。

雨停了，云翳变幻，太阳恢复运行。外面传来珠颈斑鸠的鸣叫，它们总在暮色降临之前回巢。我们不由自主地往东界走。狭长的阴影在大地上显现，我们俩的影子变成了向东方倾斜的巨人。那是我们的影子吗？

影子是被风吹向一个中心的，直到整个天空被不明的黑暗遮蔽。整个村子都浸透在一种暧昧的光线中，介于黄昏与黑夜之间，极为短暂的暮蓝时刻。太阳从未被遮蔽。它保持着日落时刻的形态和色彩，低旋在地平线上方。在暗色的衬托中，就像一颗静止的心脏。

那声音极为逼近耳膜，混合了风、海浪和螺旋桨的刮水声。仔细去听，那些声音又是极为遥远的，像来自一个不可想象的星系。那是世界上最为妖异的语言，包含着一种不断上升的隐秘调性，似乎是谁在和我对话。但当我努力去甄别语言中的信息，调子又出其不意地向下降落，回到起点和最初的难解之中。

为了向他展示我解开迷宫的过程，我一直把它留在东界。东界已完全被荒草覆盖住，它空了，正因如此，它保留着童年的时空。我进去找了一圈，很快找到了。

他看着我手中的立体迷宫，表情万分复杂，不知道是崇敬，还是悲恸。他似乎要哭了。

"我并不能确定我到底是活着，还是死了。"陈最忽然对我说，"有一天我看着它，看到了一切，看到我死了。我听到哥哥对我哭的声音。与此同时，我看到了哥哥的死，在我死之前死了。不可思议，我都不知道如何向你转述。我的死和他的死都发生了，但又都没有发生。"

直到这时我才明白他说的死是什么意思。他不是在诉诸隐喻，而是他真的抵达过那里。

陈最继续说:"我感觉自己好像一个没有融化的雪人,或许一切都只是一个死者的梦而已。我的活着是这个世界统一起来的证明。世界需要统一性来掩盖那些扩散的错乱,防止整个系统的崩溃。禁止、巡查就是在纠错,但也许只是在用更多错误去纠正过去的错误,硬生生把割裂的世界合并起来,忽视千万条的裂缝。从此,割裂的世界终于完整了,弥合成统一体。我们接受了割裂后的重组。在不同的语言游戏中会出现不同的统一体,尽管世界和世界的界限并不稳定,但在两者的交汇处,我们可以找到共通的生活形式。没有真正的语言,只有共通的生活形式,这恰恰是盲目的。"

说完,他把迷宫放到我耳边,轻轻摇晃,瞳隙石仍然卡在里面。我接过迷宫,又摇晃了两下,那张陈旧的地图在我脑中徐徐展开。瞳隙石就在第六层迷宫的中间段,我想起那里有两条路径,其中一条拐入死路,另一条通往出口。

"它就在里面。"

"我知道,它一直在里面。"

"你会害怕的,又忍不住看。你想知道的都在里面了,往里面看。"他使用了一种近乎命令的口气,"你会理解得比我更深刻。"

我再次沉溺地透过小孔往里看。起先是漆黑一片,然后我脚下一空，浮了起来。一条突如其来的河流在我脚下暴涨，将物质均匀铺开，它们流向遥远的不可知地带，在古老河床的罅隙中，数不尽的原初黑洞睁开虚妄的眼睛，在空洞中布网，织造烟雾星云、棒旋星系。我看到了瞳陨石，又透过瞳陨石看到了蛹，并用蛹的眼睛看到了信息。

它的目光穿越遍布碎石的柯伊伯带、土星南极电子风暴下的钻石、木星恐怖的红色巨眼和水星永恒的黄昏。它看向一颗星球四亿年前的某一天：一条冲动的鱼爬上陆地，决定四处游荡一会儿而不是马上返回海洋。这条鱼的后代演化成提塔利克鱼，成为我们的祖先。它看向最后一个尼安德特人在洞穴中的临终时刻，看到沉默基因的终结。它看到古美索不达米亚的一面小巧而清晰的黏土碑文，见证了一位国王四千年前的谵妄。它听到十八世纪里昂工厂的巨大噪音，第一台织布机正在解码穿孔卡片上的布样信息，丝线通过一个洞或一个空白，升降起相应的线，编织出世界上最繁复壮丽的锦布图。它触到虚空中飞梭的摩斯电码，被滚烫的电流脉冲灼伤。它摸到 DNA 双螺旋结构下新生的风，想象出图灵论文中的计算机雏形。它看到拉普拉斯脑中诞生的恶魔。它看到康威的生命游戏，生与死的格子不断跳动迭代，上层游戏制造出下层游戏，生命游戏又创造出图灵完备的生命游戏。它听到巴赫的一首卡农，被压缩成代码刻录在 CD 上，经历了不断升高的六次变调，又奇迹地恢复到最初的 C 小调。它看到埃舍尔在石板上创作《画廊》，在画面中心留出一个难解的白洞，签上了自己的名字。

我目睹了长江口水下缓慢涨出两个暗沙。技高胆大的渔民、樵夫驾舟登岛，白手起家。我们的第一代祖先就在这里辟草垦荒，结网捕鱼。我看到有人在荒草地里捡到了蛹，黢黑的眼珠来自虚空的残留，它擦除并改写了我们的信息。

我听到了母亲生产时的撕裂声，听到东边房间传来的"归零"声。我看到消逝的一切，布样、衣服、"半只台"。我听到大火中的电话铃声，听到曾外祖母呼唤小婆的名字。婆婆纳野花回到了我的衬衫领口上。"顾玉珍"被重新写到墙壁上，写到挂历上，写到黄页簿上，名字回到了它应该在的地方。我看到婆残缺的手，听到她叩击桌面的节奏，听到她绝望的诘问。我看到所有的梦境和无数的分流变形，看到交错的时空，不存在的姐妹在可能性的时空里继续生活。我看到我朋友的死去与重生，看到他脑中的混乱膨胀如宇宙红移，向所有维度胀开。

所有的命运都被收束在此方之内，就卡在迷宫的两条路径的交叉点中。

这个空泡储存了人类的想法、希望、文学，祈祷以及灵魂的倾吐。它感受到我们的不解、痛苦，复杂和扭曲，它知道我们永远寻找爱与意义，却不得不面对死。它栖身于所有事物的阴影中，一次次在分形中诞生，在混沌中迷失。它通过语言从实在的世界进入象征的世界，它听到了我的每一个念头、每一个想法、每一句私语，以及它们之间盘根错节的关系。它是连接彼岸和此岸的桥梁，是连接实在界和象征界的通道，它让我们站在此岸就能体验到彼岸，却不至于立刻到达彼岸。

时间从此刻向过去和未来流淌，我们在相遇时告别，又在告别中相遇。未来重塑了过去的每一张脸、每一颗心灵、每一个时刻。过去生出新的芽点，往各个方向生长，滋生出不同的未来。

但我无从言说，我思于我不在之处，我身在我不思之处。我，接近一个动词，无法被任何名词捕获。我在世界之外看到了我。我松开凝视，按照脑中的路径将迷宫向左手边倾斜，瞳陨石滚落下来。这时立体迷宫忽然变成一间精致、逼真的玩具屋，它不就是东界的老屋吗？此刻它是湿润、炙手的，它体内的青苔在生长。我把它放在地上，周围的荒草也变小了，小如一块芳香的毛织物。

我们感受着一切，不敢发出任何声音。我们缓步穿越连接村子和杉树林的小径，曾淹死小孩的水渠缩小了，只不过是一道积水的车辙。这个世界再次向我们打开，把我们的身体和心灵缠结在一起，消逝和创生同时发生，我们别无选择。随着一声邈远的轮船汽笛声响起，天一下子黑了，紧接着大地颤抖起来。所有想象中的、孕育中的、不存在的、已消逝的，都汇合在此，比我们内心所理解的要多得多。

三一｜文

作者简介

三三

1991年出生，毕业于中国人民大学创造性写作专业。作品发表于《人民文学》《收获》等多家刊物，多有选载。曾获2020年"钟山之星"年度青年佳作奖、2021年度青花郎·人民文学奖新人奖、第七届郁达夫小说奖短篇小说奖、首届《静·安》文学奖、第六届红棉文学奖小说主奖等奖项，入选王蒙青年作家支持计划·年度特选作家（2022—2023）等。著有短篇小说集《晚春》《山顶上是海》《俄罗斯套娃》《离魂记》四部。

陈老师：

去年秋天，我们谈到死亡。祖辈的死亡，父辈的死亡，白鹤与天竺葵消失的方式。死亡是一颗自始寄附在生命之中的肿瘤，它成熟之日，一切便走向终结。

你讲了祖母葬礼上的故事，那个年代文化水平普及不够，人们对文字一知半解。你祖母的尸体停在厅里，按俗世意愿敷满白粉，哀悼者环绕在侧。尽管那时已有人在葬礼上放《让我们荡起双桨》，但大部分仪式仍属传统，哀乐能引导恰当的情绪。你伸手摘下一位堂弟的帽子，抬头时，猛地望见横幅上写错了字：沉痛悼念黄赛月每亲大人。"每亲"，你突然就笑了，同时感到不知所措。

你说，有一天我们也会死。所有人都对这件事达成共识，但口述的死亡预设并没什么威慑力，因为过于遥远的缘故。在我听来，这句话可以翻译成：我们终究会失去一切，并被他人所失去。现在我才明白，这对我而言确实是一种安慰，得知一个确凿的坏结论，也好过在漫长的等待中饱受折磨。

半年过去了，有一件事我必须向你坦白。

我的父亲在去年秋天离世。接连许多天，我表现得魂不守舍，似被白日梦缠魇，但那都是假的。事实上，我几乎从未伤心过。父亲和我交流很少，麻将和酒才是他的热情所在，偶尔早回家，也只躲在阁楼。在这个剧场中，角色"父亲"并不存在，最多只有一个被社会舆论之光照射后落下的"父亲"投影。

希望你可以原谅我。

也真挚感谢，我会永远记住那些黄昏后的散步。

没有署名。

很快，连信件本身都不存在了。随笔本里的这一页被撕下，碎成十余片。毁灭是遗忘的捷径，悲观的人往往更早意识到这条定律。

这是十年前的事情。当时陈缜二十八岁，在公立学校拥有四年的语文教龄。他天性不善言辞，在师范学校念书时，常遭粉笔与黑板的尖锐摩擦声诱发偏头痛，但命运已经把他送到这个位置，现在抱怨太迟了。他有自己消解情绪的秘诀：以词语光谱去透析脑中幻影，落到纸面上，形成诗歌。早年他只写长诗，长度意味着虔诚，狄奥尼索斯或更容易被汪洋所取悦。经历婚姻这道分水岭，他转变了观念，从此只写短诗——短诗对抗长诗，随意对抗密谋，半放弃的姿态对抗永无止境的失败。

那一周，一个叫李曼的女孩未交随笔。陈缜对她很熟悉，去年她父亲病故，两人曾陷入一段过从甚密的往来。若非和妻子闲谈时，妻提醒他，青春期女孩每一天都在变化，早慧的尤其需要警惕，恐怕如今他还未悟到距离的重要性——距离是教育的终极诀窍。教师必须永远保持在前，并设法激起学生"追赶先行者"的欲求，这场无尽的追逐将使双方受益。也就是说，师生之间并无平等可言，友谊会导致乱序，你不能把脆弱、自私、恐惧重重的自我丢给学生。你不能让学生发现，你也只是一个软弱无能的普通人。

谈话仍然是必要的。午休时间，李曼应邀抵达陈缜的办公室。陈缜示意她坐下，又起身打开窗，翠绿的爬山虎新叶擦过他手背，春风湿热，急不可耐地涌进来。

最近怎么样？他问李曼。由于办公室里有人午睡，他不得不压低声音。

没怎么样，你呢？女孩说。她剪了短发，养成用食指卷鬓角的新习惯。

他们并未谈及缺失的随笔本。是硬面抄，以梵高最后一幅画《盛开的杏花》为封面，较之其他人的本子厚一倍，显得野心勃勃。这些都不重要。事情不合理之处在于，李曼对此也不以为然。她太过信赖他们在散步中累积的默契，对于他想法的判断，又太过准确。有一瞬间，陈缜以为自己脱离了教师的身份。

最后一个问题关于选科。一个分岔路口设置在高二下学期，女孩倾向于理科，但物理冷硬，化学耗时。她一度热衷在图书馆翻社科书籍，从科学家彩图中检寻具体的生活细节。伽利略左手无名指有一枚戒指，紫色猫眼石，仅作装饰，还是婚姻的痕迹？任何画像中，牛顿都戴一条白色围巾，她怀疑是一种英式风俗，象征身份与地位，或只为遮蔽脖子上的刀伤……但选科和这些完全不同，现实生活毫无趣味，任意选择似乎都指向煎熬。这不是最糟糕的，糟糕的是她没有察觉的部分——在她这个年纪，所感受的"煎熬"不过是对真正的煎熬的一种模仿。

往后的一年半中，他们再没有过私下交流。那段时间，陈缜筹办了一个叫"填海"的阅读小组，低年级学生聚拢过来。陈缜也和他们讨论爱、信仰、灾难、死亡，但用一种置身事外的语调，不再为扁平的观念付出感情。偶尔涉及诗歌，陈缜便顾左右而言他。一个人无法评述自己所爱之物，这是爱的基本伦理。而李曼则全心投身于高考复习，她最终选了历史一科，或许想凭数学优势与文科班的人竞争。当然，这些只是陈缜的猜测，没人知道李曼究竟怎么想。

每年夏初，一个由校友创办的摄影团队都会进驻操场。课堂随即终止，整个高三年级往各自的毕业照定点散去。白衬衫、黑西裤、一部分精心打理过的头发，这些即将作为高中最后的影像落成纪念。陈缜和同组的两个老师也下楼，首先是集体照，再受邀和相熟的学生合照。陈缜对照相并无热情，在他看来，事物时刻变化，截取其中的瞬间将导致误解，因此照相这项技术本身就很可疑。他并没想过，或许只因他身上的诸多缺点，比如古板、羞怯、笨拙，使他不愿意让人长时间凝视照片中的自己。

陈缜准备回办公室时，李曼叫住了他。李曼戴一条缎面领带，浅绿色，印满美元图形，搭配整体风格显得怪诞滑稽。然而，这副别扭的装束却让陈缜感到亲切，仿佛李曼通过某种方式加固了当下的事实：她就站在这里，以一种不美观却毋庸置疑的方式，倔强地立于众人之中。

当日学校早放，他们在办公室度过剩余的下午。他们感受到时间令事物生锈的能力，哪怕是抽象层面的，比如他们一时回不到过去的对话节奏——此时，他们需要预热，在一个个简单问题的累积下才能前进。陈缜问起李曼的志愿，李曼避而不谈，只说无论如何想离开上海，首选学校在杭州。还有她的生活，母亲身体如何、邻居夜晚是否还练习《梁祝》的二胡曲、不制冷的旧空调今年是否加过氟。李曼说到母亲春天出游黄山，下行翡翠谷，上至飞来峰，拍照的姿势始终端正，仿佛面对一件十分严肃的事。山上阴凉，到处是她一知半解的树种，一些知名的松树从罅隙里长出来，乍看感其生命力，多见也就顿悟到生命的平庸。爬到山顶，她口渴难耐，买了一瓶六元的矿泉水，回家后还在抱怨物价……母亲不明白那些差异，永远以自己的得失去衡量公正，没有变化，没有前进。

也介绍了一些新鲜事物——一个叫豆瓣的网站，去年三月创立的，可以自由在站内标记读过的书籍、看过的电影、写日记。在电台频道，假如不及时为喜欢的歌点红心，便会错失于茫茫曲库。李曼的豆瓣 ID 叫"Carolina Moon"，源自一本她过去读的英文原著标题，小说从旧货店淘来，冷门、幽暗。

She woke up in the body of a dead friend.

She was eight, tall for her age, fragile of bone, delicate of feature.

这是李曼背诵的开头。即便多年以后，他也记得大意。他甚至特意去查过 fragile 这个词语，纤巧的、精细的、易碎的，适用于人生中许多微妙的时刻。

李曼强制为他注册了一个账号，因他久无起名的头绪，ID 在随机输入下成了 adfjtgmk——反光屏幕中央，字符盯着他，调皮、满怀叵测的恶作剧意味。

他们在电影页面检索那一年即将上映的新片。她喜欢贾樟柯，随笔中几番提到《站台》《世界》，里面或有她急于弄明白的东西。于是他们定约，十一月去电影院看《三峡好人》。第二年春天，陈缜突然想起这个过时的信诺，课间抽空看了电影。影片最后，镜头滑过一个独自在屋顶走钢丝的人，背后远山叠影，天色苍黄相接。光线散开，空气中似有箔片轻闪，伴随火柴烧尽的淡淡气味。

二零一五年秋，陈缜再次登录豆瓣账号。彼时，中医科学院一个叫屠呦呦的研究员刚获诺贝尔生理医学奖，满屏滚动着相关信息。研究客体"青蒿素"——一个热门而稍纵即逝的词语。时代变化，如今个体感受被过分强调，人们通过参与热点探讨来寻找自己的位置。

他搜索李曼的 ID，企图打开那条承载她十年变化的暗道。现在他知道，除了书名之外，有一首古老的爵士乐也叫 *Carolina Moon*，他习惯了岁月不时馈赠一些无意义但不乏色彩的碎片。

李曼用真人照片当头像，但只是局部，从眉目到鼻子，恰好突显她五官最好看的部分。十年里，她看了近五百部电影，几乎没读什么书。写过一些日记，语言逐渐失去灵气，这是对生活失望以后的必然结果——接受周围的一切，变得疲软，沉湎于徒劳的抱怨而不自知。唯一的相册名为"往事"，四十余张照片，囊括各个时期的形象。两年前，她的女儿首次亮相于照片之中，看模样不过两三岁。小女孩穿粉色卫衣，胸口绣着洛杉矶的英文，鼓嘴姿态与她神似。背景里展示了一套爱德华·霍普的绘画、一台老式饮水机，几张桌子，布局由近向远延伸，拼凑出一场婚宴的局部。陈缜细细打量这张照片，仿佛能听见人声鼎沸，闻到波士顿龙虾与黄油交融的香味。

发现"伟大的伍迪艾伦"这个账号似乎是不可避免的。当陈缜出于好奇点进它的主页，一个新的事实得以被确认：它和李曼互为唯一的关注与粉丝。"伟大的伍迪艾伦"与"Carolina Moon"，无尽数据海洋之中两座孤绝的岛屿。从数百条动态之中，陈缜略微掌握了一些此账号的信息。伟大的伍迪艾伦，男性，已婚，出生于七十年代初（比陈缜更为年长），观影近千部却缺乏品味——因为伍迪·艾伦与伟大无关，非要用伟大去形容一个导演，伍迪·艾伦至少排在备选前三十名之外。

他当然不是李曼的丈夫，另有家庭。这些不难判断出来，两人的互动之中，遍布爱恨、嫉妒、遗憾，以及与他们的私情共生的刺激。躲在这间属于两人的暗舱里，陈缜的好奇心愈发强烈，他们怎样结识？认识多久？现在发展到哪一步？多久见一次？有没有某一个时刻，航行于惊险风浪之中的人，回头反观道德的海岸——那一瞬间，他们成为游离于体系之外的孤苗。罪便由此上身，但遭审判的同时，共同的罪使他们更加牢不可破。

然而，那样的时刻实为鲜有。饮食男女，只顾眼前热情，留下处处露骨的痕迹。

他推荐她看伍迪·艾伦的《魔力月光》，女主角艾玛·斯通长相与她神似，当她质疑时，他表现出一派无辜："你知道，现在我只要看到任何与你有牵连的，不管是什么，都会想起你……"她也回馈一些深情："想把头靠在你肚子上，感受呼吸时的起伏。"有时，他们还将一些叙述诡计当作游戏，以第三人称称呼对方。

"爱好很杂，又是功夫片，又是动漫片，但他是最好的演员……"

"被她所爱的男人，一定是世界第一等幸运儿。"

接下来是性。陈缜下意识抗拒这一部分，但交欢细节、身体尺寸、他们对性的唯一性的期待（但显然事与愿违）……这些内容拖住了陈缜，不肯松手。"Carolina Moon"俨然一个荡妇形象，她死死抓住性，仿佛那意味着什么神秘、深刻的东西。

陈缜很难再把"Carolina Moon"与从前的女学生联系起来。他心跳加快起来，想把什么东西吐出来，或压下去，但偏不行，那团雾气就哽在他胸口。中午，阳光穿透窗户，桌面被光斑和阴影占据。陈缜站起来，恍恍惚惚，学生打闹的声音从走廊遥远的一头传来。一些年轻孩子，截然不同的人。

他再度想到李曼——不得不承认，带着痛苦和惊讶。原来李曼还有这样一面，他从未料想到这些事情。十年过去了，李曼已经二十七岁，在婚姻和婚外情之间周旋了许久。难道这不合理吗，一个成年人固有其摄取娱乐的自由，旁人有什么资格说三道四？他大可以谅解她，但他一时做不到，甚至为这突如其来的知情而埋怨她。

李曼考取的大学在南京，虽非首选，好歹如愿离开了上海。年轻时执着于离去之处，晚年或许会凭同样的执念回来，但过早谈这些没意义。南京距上海不远，两小时高铁车程，从地理上来说，也算共饮长江水。只是大学四年之中，李曼回家的次数屈指可数。

大学一年级的冬天，李曼写邮件给他。依然叫他陈老师，言语更亲近，偶有调侃穿插于行文之间，如分形的潮水一次次扑入细沙层。

李曼从三个室友讲起，其中一个患上失眠症。有时半夜醒来，见她盘腿坐在纱帐里，缎面被子披笼全身。她好似一根被划过的火柴，晦暗不可测，可凭想象去推断从她身上踏过的火的亡灵。但白日里，没人谈论这些，每个人都活泼可取。上个周末，李曼和室友去南京大学参观。她们绕过钟楼，往丛林另一侧而行。冬季蜕落这座城市的鳞片，树木光裸，爬山虎只剩干枯而牢固的藤爪。一些落叶乔木底部刷上了白石灰，防冻杀菌，到黄昏，便反射出晦昧的光。在那座著名的复刻版西周小克鼎前，一个室友突然提到一九九六年的一件凶杀案，死去的女孩是南大学生。为毁尸灭迹，凶手将尸体加热至熟，切成两千片以上。

　　但这件事情里，最让我恐惧的一个细节是：那女孩本名"爱青"，写自己名字时却喜欢写成"爱卿"。你能想象吗？这个举动里面有一种真实的戏剧性。每想到此，我就忍不住要哭出来。

真实的戏剧性。他猜想，她说的"真实"并非信任层面的东西，而属于感受层面，接近于诗性。出乎他的意料，李曼接着就把话题转往诗歌。

我读过你写的诗，在一本叫《亚比煞》的诗刊里，两三年前的某一期。一开始，我不确定那是不是你，直到我读到你的创作谈——那一期你被作为新人推荐，在创作谈里，你提到里尔克的诗句"可是当我们两人彼此紧缠/以免看那些不祥之物如何逼近时/你可能挣脱，我也可能挣脱/因为我们的灵魂靠背叛生存"，我才确信无疑。

这是你的气息，是沙漠里一座灰色巨塔，山一般高大。等待理解，又拒绝理解。

来南京以后，我也尝试写了一些诗，随信附上，请告诉我真实的阅读感受。

一连两周，陈缜都没有回信。

这些事情令他愠恼，他需要时间来化解自卫式的冷漠。他从没想过发表诗歌，之所以递送杂志，只为解一位编辑朋友的缺稿之难。发表时，他特意用了一个谐音的化名，以障眼法保存自己的秘密。陈缜不明白，李曼究竟是怎么发现这些诗的，为了掌控与他相关的信息，李曼又在背后做了多少调查——这本质上是一种侵犯，对一个人刨根问底，像把一株兰花从土盆里挖出来，眼看它在空气中窒息死亡。

他频繁做一些怪异的梦，例如梦见独自找到了曹操墓，在七十二遗冢之外的一处。黑夜长得像一声尖哨，他把白骨一根根取出来，想着廉价销售出去。也梦到过一个只有他一半高的女孩，他们共坐于沉郁的房中。木质家具雕琢得过于富丽，似乎隐含着一种隆重的仪式感，使人的联想无法从死亡上挪开。女孩对他说一些话，但醒来都忘了，只感到淡淡失落，难以平复。他怀疑自己也梦见了沙漠中的巨塔——或许只是想象的画面，他无法清晰区分。总之，某个时刻，他切身置于那幅场景之中。四面荒沙，月落与日出并行，两条光带夹一段稠密的藏青色，星星散成一张破碎的网。塔站在那里，巨大的沉默本身就是一种发声。

在最终的回信里，他建议李曼不要再写诗。诗歌是一种高难度的技艺，只有两类人有资格练习：极具天赋的，和意志力强大的。假如连后者都做不到，那么诗歌只是一根迟早会断裂的稻草，一旦它被现实凿穿，虚无之海便是人最后的归宿。陈缜在邮件里指出，很显然，李曼与这两类人都无关。她陷入了诗歌的误区，迷恋想象力和夸张叙述，这就导致语句呈现出一种简陋的抒情，塑料质地。下一步，她可能还会感染所有半吊子诗人无法幸免的副作用：为废品沾沾自喜。没什么可指点的，正确的方式就是——停止，再也不要写！把热情用在生活上，这才是最好的结果。他列举了其中两首诗，以说明问题：

《笔录》

我们必有些罪

或包庇过他人的阴谋

好日子底部是无尽长梦

一颗野柠檬沉入海底

你驾猛兽游上水面

《日食》

恒星闭门恣纵私情

地心引力对幽暗施魅

我们在白日街道相互抚摸

后来陈缜在反思中发现，他的评判太苛刻了。尽管李曼的诗歌并无特殊才华，但至少可凭清新胜过一些人，不必非要停止。他只是有太多私心，将李曼写诗视作她潜意识里向自己靠近的行为，而他不喜欢这样。难道《日食》还不明显吗，近十年里唯一一次日食，发生在他们同行的路上。黑暗骤落又消散，像一次叹息。但现实生活中，他们什么都没做。自邮件发送后，陈缜又读过几遍李曼的诗，甚至挺喜欢一首叫《日记》的。

《日记》

死也是一种病

父亲是一张保质期十七年的壳

剪玫瑰的时刻多好

碱水　夏梦　一根刺

扎入正在松动的危楼

他料想李曼受了打击，因为再没有新回应抵达他的邮箱。

近半年后，陈缜突然收到一只盐水鸭，是李曼从南京寄来的。外包一层环保纸袋，里面真空塑封，"状元楼"三个花体字斜烫在右上角。他发消息感谢她，心想所有事情都会过去，趋于平缓，而无尽的辩证才是残酷之处。

一次秋日迟暮时，李曼回了上海。他们约在学校附近的餐馆"春红小菜"，过去是一家清真餐厅，后来膻香和戴白帽的服务员都从这几十米空间里消失，没有留下任何解释。那一阵气候多变，凉意似向耳膜吹入长冬的前兆，人们以为接踵而来的是雪，却被一阵突发的闷热呛得趔趄。

李曼来时，雨正下得茂密。她收拢长柄伞，废了不少力，细水从藏青色伞面溅到她身上。老板坐在柜台边，顺手帮她拉门，她抬头而笑，手臂悬挎的盒子使她稍显笨重。如今她堪称美貌——一个拥有这般眼睛形状的女孩，姿色很难被其他五官毁掉，可惜她自己对此觉察得太晚了，往日种种困境为她制造了士气低落的命运底色，持久生效。当然，时间也供应一种缓慢的疗愈机制，她将凭毅力接近自己理想的形象，开朗、善谈……但那只是一层脆弱的表面。

老板过来点菜，李曼开玩笑问他，春红是不是老板娘？老板笑笑，露出被焦油熏黄的牙齿。哪有什么老板娘，只是一个名字。李曼说，听起来是个美女。老板说，谁知道呢，十三亿人，叫春红的千千万，有一两个好看的也不足为怪。李曼说，我要是哪天拍电影，女主就叫春红。上菜时，老板多送了他们两瓶啤酒。

陈缜笑眯眯地打量他们，老板很快坐回柜台，门外依旧大雨滂沱。他们落入试探性的沉默之中，李曼把目光留在桌子中央。天凉飞蝇少，盘中静菜分外冷清。过了一会儿，李曼终于忍不住开口，你怎么不说话啊。陈缜笑说，我一直这样，你现在倒能说会道。李曼说，也没有，一个人在外地，不主动点会隐形。陈缜点头，不错，金陵侠女。李曼说，我不喜欢南京这地方，到处死过很多人。夜里走在路上，半空中红灯笼轻飘飘，流苏划过后颈，毛骨悚然。陈缜被她瞪眼的表情逗笑，随口说，五千年了，哪一寸地没死人，慢慢也就都忘了。李曼挑起筷子夹酒香草头，突然问，你老婆还在原来单位吗？陈缜说是。李曼说，你记得吗？我们见过一次，当时她很冷淡，我有点怕她。陈缜说，她是这样的，话少，只在必要时刻说话的人相对可靠一些。李曼问，你有孩子了吗？陈缜说，有啊。李曼一惊，陈缜又笑，有很多，都在学校里。

李曼从座椅上提起盒子，硬板纸受力而开。两对大闸蟹被土棉花绳紧扎，泡沫绵密，粘在壳口。那些泡沫是呼吸对鳃中剩水加工的成果，是大闸蟹最后吹出的一段过去时态。前两天，李曼随朋友游阳澄湖。朋友告诉她，九雌十雄，按农历来算，现在雄蟹当季，雌蟹已开始衰枯，再往后就要发苦了。物种的性征成熟常有时差，人类也不例外。陈缜认真听这份口述的礼物说明书。这两年，他性情里严谨的部分横生出来。他不再信任意图不明的礼物，并开始学会对冗余的善意感到不适，但李曼似属例外。一年多了无联系，现在他可以更公正地看待往日的联结。

雨收了帘帷，路边积水潭的倒影里，太阳从云层后微微露面。客人都散了，老板到门外抽一支烟。只剩他们两人坐在店里，轻松，泛泛而谈。李曼明年就要毕业，陈缜顺势问她毕业后的计划。李曼对答，毫无抽豫，像铺开一幅描摹许久乃至细节精致的长绢。她已在校园招聘中定下职业起点，是一家上海的国企，所以一毕业就回来。她料想工作不至于繁忙，打算到时学一门外语——法语或俄语，她对各种语言隐藏的不同陈述逻辑感兴趣。比如法语中的数字 80 是用 4×20 来表达的，一个法国人在超市里，会自然地将一包饼干与四根拐棍糖划等式，这是一种隐秘的逻辑。当然，她肯定不会再住家里，新生活可从与旧友合住开始。婚姻从来都在她的考虑之外，她的偏见炽盛如故，认为爱只是烟雾弹，或是因软弱而找来自欺的借口。女性踏入婚姻这个双标的评价系统，不过是因为她们天性缺乏远见。人不可能改善自己的天赋短板，但适当的规避风险相当必要。

有一年同学聚会，陈缜也受邀前往。地点安排在静安区新锦江宾馆的宴会厅，陈缜穿一件 T 恤走向大堂，保安替他拉门时，他注意到白手套上有一道灰色污渍。他朝保安望一眼，保安紧张地笑起来，一张疑似来自西南地区的黝黑面孔。等电梯时，他忍不住思索那个年轻保安的生活，当他费力拉动精心雕琢的黄铜把手时，尽管玻璃门如此沉重、难以控制，他是否感激来客将他从无聊的等待中拯救出来？春节回家，他又会怎样向亲戚复述这座城市——一个人出门远行，带回一则恢弘的童话。城市制造太多幻觉，使人相信自己可以参与其中，而这种误解将反之成为城市精神的养料。

陈缜察觉到，这一瞬间富有诗意，不同于以往个人的、大脑皮层的情绪泛滥。然而，他早已不再写诗，那通灵的眼睛、多余的触手，都被现实生活灼伤了。他甚至把收藏的诗集卖了，只留下几册里尔克，信手闲翻时为一种难以言喻的苦楚而哽咽。

赴宴学生到了大部分，见陈缜进来，三三两两鼓起掌来。陈缜坐下，力图从变形的外表后辨认出昔日的学生。

"陈老师好年轻。"学生夸他。为何年轻会成为一种赞美，它说明死亡的荼毒遥不可及？

"以前觉得比我们大很多，现在看起来差不多是同龄人。"有人应到。

"听说教艺术课的陈老师自杀了，是真的吗？"另一个学生问。

"没有没有，她是癌症死的。"陈缜连忙解释。

某一时刻，几乎所有学生都想和他说话，把多年攒下的问题倾囊而出丢在他面前。他挑一些必要的回答，一种内在的紧张使他回应得极其迅速。等一个又一个新到者进门，关注才从他身上转移。他终于有空间四下望一圈，孔雀蓝的墙，其中一面镶一块巨大的长镜，空间与人的数量由此得到加倍。他们似乎刻意让他坐在女孩最鲜艳的一桌，但美的逼近也会产生压力，尤其是这些精心修饰的美，它的形成暗受一种苛刻标准的驱使，而这标准随时可能反向挑剔对受众的预期。

陈缜认出身边的女孩是宋薇，当年模样瘦小，上课时常走神，一笔笔为课文配的作者肖像易容。他从其他老师处听过一些小道消息，宋薇母亲欠下几十万赌债，一帮蛮横的男人曾用红油漆在她家门前写"不得好死"，那已经是很多年前的事情了。交谈之际，他得知宋薇现在加盟了一家连锁超市，丈夫是打牌认识的。

人声从未间断过，各色话题如走马灯转过女孩们的嘴边。陈缜无法加入，只闷头吃菜，像他在大部分聚会所做的那样。他偏爱沉默，什么都说并不代表坦率，反而意味着摧毁已经说过的话。她们使他想起鸟鸣，有时整夜失眠，到凌晨四点左右，鸟便从梧桐、白蜡林中苏醒过来。

他与宋薇偶尔低语，半晌，终于谈及那些未出席的人，又转到李曼身上。

"她太远啦。陈老师不知道吗，她大学在南京读的，毕业前搅上了一个南京本地人，是个富二代，大概认识两个月就结婚了。"宋薇说，狡黠、意味深长，是讨论无关紧要的人的生活时惯用的语气。

"这么仓促。"陈缜缓缓应道，又问，"这男人是做什么的？"

"专科毕业，进航空公司当了空少。男方家里有好几套房产，李曼毕业以后一直没去工作。不过，听说男方有个强势的妈妈，李曼应该也捞不到太多好处。"宋薇说。

陈缜点头不语，宋薇似乎不满于这冷淡的反应。犹豫一番，她又压低声音，进行新一轮的信息轰炸。

"其实我们都觉得，那男的配不上李曼。李曼结婚前，打过一个电话给燕燕……就是她当年同桌，关系一直不错。电话里她哭个不停，说那男人是花花公子，抓都抓到过两次。燕燕安慰她，反正还年轻，下次观察久一点再确定关系。但是没过几天，就听说他们领证了。后来办婚礼，一个老同学都没叫。"

宋薇叹气，一个资深传播者，会在陈述之际代入自己的情绪。李曼的境况在同学间几经易手，此时才传到陈缜这里。像捡到一张破碎的纸屑，这凄凉意使他久难平静。到最后事情总会传开，人们并无恶意，但他们就是会说出来。

倘若有机会，窥伺势必会发展成一种长期行为，因为窥伺者容易对其所关注之物产生一种神秘的责任感。简而言之，窥伺容易上瘾。近两年来，陈缜每天午休时，第一件事便是登录豆瓣账号，检查"伟大的伍迪艾伦"与"Carolina Moon"之间的互动。

他好似错踏进他人的河流，但水蕨、芦荻、苔草茂密诱人，河底游动着多棱闪光的鱼，这种丰沛本身便能掩护他，又使他舍不得离去。他静卧一侧，小心屏住呼吸，测探每一寸新的变化。

最初的惊恐已被惯性所填平，几乎是生平第一次，陈缜体会到分析碎片的乐趣。比如，他看"伟大的伍迪艾伦"和"Carolina Moon"同一天标注已看一部院线电影，便猜想是他们两人一起去看的。"Carolina Moon"标记观看伍迪·艾伦的《摩天轮》，评论道：那些森林中的大火，最后都是怎样熄灭的？"伟大的伍迪艾伦"在该条广播中留言：记得那天在 Tron 上，她的手如火滚烫，永不熄灭。通过搜索，陈缜了解到 Tron 是迪士尼乐园里的一个项目"极速光轮"。于是他知道，他们共同去过迪士尼，一定也牵手看过虚拟城堡上的虚拟烟花——唯独那些虚幻之物，能向人供应最纯粹的快乐。

　　只有一次，陈缜在他们的谈话间找到自己的痕迹。"伟大的伍迪艾伦"把他叫作"那个和你约好一起看《三峡好人》的男人"，"Carolina Moon"像是故意地说，你们两个有的地方很像。对方极力反驳，例证贾樟柯不如伍迪·艾伦，虽然《三峡好人》和《星辰往事》里都出现过外星讯号，但能和外星人诙谐交流的只有伍迪·艾伦而已。重要的在于放松，然后才有可能真正纵身其中，获得地位平等的待遇。诙谐往往能容纳生活最真实的部分，是一种体面的折射。从这种辨析之中，"Carolina Moon"仿佛同时感受到两重爱，足以短暂填充她深藏的缺口。当她满意时，理性在安全感的围簇下复苏，她开始笼络眼下拥有之物。她宽慰"伟大的伍迪艾伦"，说那些只是旧时空的一场阵雨。

　　在近期一篇日志中，李曼记录下一次独自出行。

　　今天路过城隍庙，才知道它原来是道教正一派的主要道场之一。里面供奉了很多人，正殿的城隍老爷是秦裕伯，元末明初的老上海人。秦裕伯去世以后，仰慕他才华的朱元璋追封他为"显佑伯"，又造了庙，让他受百世香火供奉。

　　还有大将军霍光、慈航道人、城隍娘娘。

你说过小时候住在方浜路，经常陪奶奶去烧香，我想他们是看着你长大的。城隍老爷红脸怒目，你那时皮得不像话，奶奶常吓你，再不听话，城隍老爷就要把你抓走。现在过了那么多年，或许你已经学会了真正的恐惧，发现原来害怕的东西并不值得怕。城隍老爷也从来没抓过你，相反他照拂了你，所以我认真地对他们说了谢谢！

日志发布不久，"伟大的伍迪艾伦"就前来回复。陈缜不断刷新页面，及时读取新消息。他们会注意到日志阅读量正以倍数激增吗？黑暗中的窥伺者，甚至拥有高于两位主角的权力——他可以随时破坏这个二人空间。

"我小时候很乖，总是去福佑路的小人书摊看连环画。"

"城隍老爷在上，不可以说谎哦，除了看连环画还干什么？"

"还有，就是痴痴地看着南方增长天王的那把宝剑……"

"在想用它抢哪个压寨夫人？"

"没有，那时我只会沉浸在自己的世界里。宝书玉剑挂高阁，金鞍骏马散故人。我想去很远的地方，行侠仗义过一生，那时候觉得哪天真的会实现。"

……

陈缜猛地意识到，原来李曼这段日子一直在上海。

他稍作整理，一些原本无处拼放的信息，如今在灵光乍现之下突然找到了位置。还原李曼的生活丝毫不难，而陈缜也是这样做的。

在他看来，婚姻是一种联结个体成为家庭的物理形式（假设是一台机器），那间房子里具体或抽象的一切——腐烂一半被切除的番茄，滤不净的水，松动的晾衣竿，成摞的落灰报纸，还有爱、依赖、规划，都是婚姻中一粒粒细小的齿轮。到某一个阶段，锈迹开始遍布这台机器，便需要额外的润滑剂。假如维护得及时，它能被抢救过来，运转如新。也有一些不同情况，比如机器一开始就是不流畅的，只是人们凭技巧忽视了它。他们或以为能永远佯装一切安顺，但实际上他们不能。

陈缜无从判断，李曼和丈夫属于哪一种情况，他们婚姻的故障来得太快了。到这一年年初，李曼干脆回到上海，开始和丈夫异地分居。孩子留在南京，牢牢拢在奶奶的掌控之下。有些周末，李曼支出四小时往返南京故地，探望孩子、为婚姻进行斡旋与谈判。回沪以后，"伟大的伍迪艾伦"成为李曼更深入的一条情感支线（也许她还有别的支线），他们不时约会，见面主题多以性为主。他们之间的情感界限很模糊，有时李曼也会炫耀其他男人献上的殷勤，故意向对方挑衅；或者反过来，为对方家庭出游而醋意大发。尽管如此，他们各有分寸，李曼从无拆解对方家庭的意图，她只在日志中感叹"真正所爱之人总是无法厮守……"，语调深情，仿佛她更乐意从遗憾而非占有中获得满足。

后来就到了二零一八年，他偏爱偶数的年份，明快、自恰，像是对上一年灰暗部分的补偿。数字不会说谎，或对所有人散布同一个谎言，无可指摘。

这一带原属于市中心，几条地铁线路交轨之处，地利因素、繁华商圈、某种对纯正上海味道的猎奇吸引了大量人流。夏初，行道树拉起浓重的绿帘，早蝉与枝叶共鸣。风里有清新的香味，每一道呼吸都抵达肺更深处。

人群密集，来来往往，陈缜和李曼只是其中的两个。两人身高相差不多，陈缜相对黑壮一些。和李曼并行时，他才注意到自己的形象近乎木讷，宛如一只封闭的陶罐。

他们是怎样走到这条路上的，具体细节有些模糊，只记得下课后，一眼在办公室看到李曼。其他老师都已认不出她，她便沉默地坐在陈缜的工位上。见到他时，李曼抿起嘴，露出一种含混的、略带距离感的笑，较之往日多几分妩媚。关于来访，她只说因工作缘故要在上海住一个月，路过学校顺便进来了。陈缜有些不知所措，两人走出学校，他才缓缓适应过来。

"你都不关心我现在做什么吗？"李曼半开玩笑地问。

陈缜回过神来，他理应扮演一个疏离故人的角色：对她的生活一无所知，并怀有善意的探知欲望，以示关爱。于是，他顺势询问了她的家庭、工作，提问方式当然是节制的，他不想给李曼的造谎增加太多难度。

李曼又试着将触角探入他的近况，但他的生活秩序井然，以至于当他人企图探测它时，他为拿不出任何亮点而羞愧。除了那些幽暗的窥伺，他暗想，像一条通往冰山底部的密道。

"不少老师走了。以前教你们地理的宋老师去做审计了，现在工资很高，只是辛苦，旺季每天两三点才下班。前年还招过一个师范的研究生，上个月辞职，和平台签了约，每天在家做直播，表演背唐诗。办公室里说起她，都觉得很有意思。"学校似乎是一个恰当的切入点，是他大部分生活发生的地方。或许因为抱有歉意，他说服自己多开口，哪怕讲的是没有意义的事情。

"现在学生也比我们那时聪明多了吧？"李曼问。

"不太一样。"在清点过往的每一届学生时，陈缜忽然发现，他们已经认识十五年——一截在万年历上微不足道的蜡炬，碾烫到两段人生之中，却意外变得庞杂难解。陈缜一愣，又继续说，"你记得学校有个读书小组吗，'填海'。最早读《白鲸》时，学生喜欢听老师讲解，发言小心翼翼，一被追问就怀疑自己，他们总想从更多书籍、阐释中找到准确的观点。后来的学生好像更叛逆一点，他们对古典那一套兴趣不大，更在意……比如星巴克的店名来自爱喝咖啡的大副斯达巴克，这种变化，可能体现了某种选择上的自信吧。这两年的学生却有点难理解，我弄不明白他们的心理。基本上来参加读书小组的人都很优秀，乐于表达，很难想象高中学生能通晓那么多知识。但那种'优秀'未免太工整，他们好像没有在信息处理过程中融入……怎么说呢，真正的个性，倒也未必是聪明。"

他想说的是，一种庄严、神秘的东西正在消逝。

"这么说来，老师的工作越来越容易了。"李曼说。

"没有，我觉得相反。在未来，老师没什么存在价值。学生不想要'老师'这个筛选机制，他们渴望大量一手信息，那也许是人文整体衰退后的时代。"

"你还是喜欢想复杂的东西。"李曼说。

他们在大世界附近吃了晚饭，一家川菜馆。晚餐尽头，夕烧侵占卷积云，白日在长夏的支配下展露出惊人的韧劲。李曼用木筷挑出干煸辣椒，丢进空碗。他们的谈话不似从前，玩笑成分已减到最低，反倒替两人维持了平和的氛围。和几年前相比，李曼清瘦一些，性格也收敛许多。她逐渐摒弃了那种会随年龄增长而日显廉价的轻慢，至少对陈缜更郑重了。也可能人生中的某一阶段，她曾将他视为朋友，但现在已经不是了。礼貌、得体、一段看似周正的社会关系，这就是他正面对的东西。他一度需求边界秩序，为她试探性的靠近而恼怒，可如今当善解人意的时间解决这个问题后，他看到一片白雾——是不可逃避的平庸，是人与人之间永恒的疏离。即使上帝允许人类通晓所有的语言，巴别塔也不可能造起来，孤独的离间无可破解。

李曼说她有一阵子学过俄语，但现在差不多忘了，只记得零星单词，拼凑不出完整的句子。句子需要语法逻辑，意味着一种对秩序的掌控，而词语只是一些发光的瞬间。

"比如 Oкнó 是窗户，почта，邮局，都是单数形式……我还跟《通用俄语》视频课学过情境对话，有一节课讲遇到歹徒该怎么协商，但我后来只记住一个单词'нож'，那种流线型刀柄、容纳各种精雕艺术的俄罗斯刀。"

李曼发音时，他们在马路上笑起来。这条步行街落成于千禧年前夕，人流络绎不绝，一度作为某种时代精神的象征而存在。现在行人依旧鳞集，但他们不再挺立，视步行街与寻常道路一致。一丛丛广场舞团队占据空地，嘹亮的音乐似对旧世界的嘲弄——当年的时代精神深嵌在这些建筑之中，拒绝与时俱进。人们所见的是一派欣欣向荣的九十年代风貌，而那种自媚更使步行街显得陈腐萧条。

"世界变得太快了。想做些什么，最后还是什么都没做成。"李曼说。她的口吻下沉得过于执着，好像她已站在"最后"这个点上，正对将临的末日审判作一种预言。

"没关系，其实大家都这样。"陈缜说。

"不是的，一些人就是比另一些人幸运。有的人能抓住时间，做一番事业，赚很多钱，得到他们想要的。但是我不行，我的时间观念太滞后了，总是沉浸在自己的世界里。"她还想补充什么，但也没说出来。

夏日的夜晚一派轻盈，细碎的灰尘悬浮于光晕之中，像鱼群在橙色海水中潜游。这一年恰逢俄罗斯世界杯，酒吧的露天座位时常满座，灯火长夜通明，金黄色的啤酒从桶里飞溅出来。一些女孩饰有足球元素，或身贴支持国家的国旗，或在脸上画一些球赛相关的符号，似要借助印第安人的魔力。

"你看现在多热闹，哪怕只是两年以后，还有人记得今年发生过什么吗？"李曼侧首望了他一眼。

"也不能这么说嘛，值得记的事总会记住的。"陈缜笑起来。

"你和我一个朋友很像。"李曼稍微想了想，又说，"其实也不怎么像，但他总是让我想到你。"

"到底是年轻人，我已经很久没交过朋友了。"陈缜故意调侃道。

他知道她指的是"伟大的伍迪艾伦"。某些时刻，当他逐字读过李曼给对方的留言，尽管可能只是陈述一些客观信息，他知道他的影子藏在里面。一些地基是他们共同搭建完成的，他教导过她，但李曼并不知道，她也对他产生了影响——他首次意识到和学生成为朋友的危险性，他能说自己对于那些暧昧不明的关联毫无过错吗？从前他藐视一切等级制度，视自我降维到学生可亲近的层面为一种追求人性平等的进取之举。他曾经对教育抱有那么大的雄心，真正的教育，不是考场上的得分。而李曼以某种方式提出警示，他只是一个普通的教师，普通人能做的最好的事情不过是安分守己。

"你一直封闭自己，我从来不知道你是什么样的人。"李曼大方地责怪他，好似早已不再介意，"在南京读书的时候，我经常想给你写邮件，讲一讲我当时的生活。但是我很怕你，你的回信那么生疏，好像我再继续倾诉是一种很严重的打扰。我不是想当什么诗人，只是太孤独了，不知道该做什么。"

陈缜想起那一年，他和妻子在餐桌边吃盐水鸭，配一碗番茄炒蛋、一锅排骨菜汤。失联许久的李曼突然寄来盐水鸭，妻难免有些震惊。妻在一家国企做人事，精明、强势，好多年来，是妻凭着强大的意志力操纵他，以共同跨越家庭生活的种种困境。妻一边掰开鸭子，一边谈论李曼。她说这个女孩很迷糊，容易受骗，因为对自己想要什么毫无预设。他点头称是，但后来他发现妻的评判并不准确。或许缺乏"信任感"才是李曼的顽疾，她从来不能毫无保留地相信什么东西，所以做选择时总是很随意，多变，最后接受残次品也懒得抱怨。那天晚餐后，妻突然一反常态，告诉他，如果他真想的话，生个孩子也可以。他当然不理解妻在想什么，就像他也并不真的理解李曼，他永远不知道女人的心思有多幽微。

"很多事情，我都不知道可以和谁说。我现在离婚了，一个人住在上海，连我妈都没告诉。不是担心丢脸，只是怕麻烦。我可以想象，一旦跟她说了，她会怎样想方设法地再来参与我的生活，带着愤怒、鄙夷、怜悯，还有她自以为是的一套逻辑。我前夫是那种非常差劲的男人，嘴里没有一句真话。每次说谎被拆穿，就动手打人。有时候我想，他会在某个气急败坏的时候杀了我和孩子……对了，你知道我有个女儿吧，现在在南京，他们不让我见。我这两年状态真的很差，为什么事情都这么难，为什么人不能掌控自己的生活，哪怕只是有那样一种错觉也好……"

她哭起来，从包里摸出的纸巾很快湿成一团，接着轮到另一张，也未能幸免。

当他们走到外滩时，李曼已从哭泣中抽离，她感觉好多了。在黄浦江边，她拥抱了他，把整个身体纳入他怀中。眼泪流尽了，现在她获得了前所未有的松弛、释怀。这一瞬间，她突然感到生活的本质何其平稳……你能相信吗，那种巨大的无动于衷实际上是可靠的。

陈缜一愣，但还是伸手回应了她，假如这就是她所需要的。

然而，她的热情不止于此。她放肆地紧贴他，他感觉她正在融化，变成他胸前一簇流窜的火焰。他多少也被点燃，恐惧、刺激，一些黑暗却极富魅力的情绪焕发起来。等她开始吻他时，他们完全与周围的世界分离了，混沌时空仅服务于他们内心的意愿。过去许多年中的进退，在此彻底告以失败。而这最终以彗星般明璨而邪恶的方式降临的失败，大声宣布他们此前挣扎的徒劳。

当然，这是一个错误。无论探照灯从哪一时间维度投过来，答案都不会有什么偏差。

但在错误扩张到不可挽回前，陈缜停了下来。

他并非没有犹豫过，他们本可以找一间宾馆，度过一个迟来的良夜。也许他会咽下紧张，给妻打一通电话，编造不回家的理由。然后，他从口袋里摸出身份证，腼腆地，或猥琐地，上面的照片还是十多年前拍摄的——那时他眼睛细长，下颌骨棱角更倔气，脸部与四周的防伪花纹衔接处有些虚化，仿佛那是一张随时溶于水的假面。这一切就像电视剧里会发生的，一个滑稽的、悲剧的小人物。

既然事情已经到这个地步，倒退是不可能的了。李曼做好了准备，从他的行动中，她推断同样的准备也在他身上就绪。这突如其来的停止，便成了一种背叛，使他们之前达成的所有共识都虚幻无力。

他们的关系变得模糊失焦，找不到定位，也就含混地终结了。

有一件事是李曼永远不能明白的。他选择停止，并非出于她所设想的懦弱、瞻前顾后，或道德层面衍生的任何约束。那天，在他们饱受爱欲围剿的时刻，他恍惚地望见她身后的黄浦江。对岸灯火流溢，一场通电的焰火巡展，一片虚张声势的后现代森林。水面吸满光影，看上去微微发烫。他试图专注于眼前的女人，但却不可控地想起了"伟大的伍迪艾伦"。在"伟大的伍迪艾伦"和"Carolina Moon"的一场对话中，他说起自己小时候在黄浦江游泳，那时江边还没增设栏杆，每到夏天，他和朋友们就成了水中常客。有一次游完泳，爬到别人家院子里偷枣吃，还被人用晾衣竿驱赶。后来整个城市变样了，有些旧友搬了家，但他家没有，拆迁的好运并未光顾这个平凡的家庭……越来越多信息跑出来，陈缜脑子里所想的，全部是一个毫不相干的男人的生活，这毁了当下的时刻。

在他们的关系彻底终止之后，陈缜抛弃了偷窥豆瓣的习惯——突然，兴致消失了，他几乎没废什么力气就戒掉了瘾。

只是一次偶然的机会，他在检索到伍迪·艾伦的《开罗紫玫瑰》时，搜索引擎将他导向豆瓣。他看到第一条热门评论，正是"Carolina Moon"四年前发表的。没有什么特殊见解，只是复述电影里的一个故事，但稍稍作了改动。

Carolina Moon 看过　★★★★★　2014‑12‑14

这是一个古老的埃及传说，一个法老送给王后一朵紫色的玫瑰，玫瑰花期不长，不久就凋谢了。不出一个月，无论赠予花的法老，还是得到花的王后，都忘记了这件事，新的生活接踵而来……但没有人想到的是，很多年以后，王后去世了，人们发现紫色的玫瑰在她的墓地里疯长。

不过是一个顺手之举，陈缜点进了"Carolina Moon"的主页。

令他惊讶的事很快出现了，他看到李曼有一篇后来更新的日志，讲述和一个男人夜游至外滩。在幽暗的角落，那个男人猥亵了她。他好像发了疯，为了把她拖去一个废弃的楼道，不惜用上了暴力，她拼命反抗才从险境脱逃。

他反复辨认，她是否仅将此作为一篇虚构的小说，毕竟她从前也对文学产生过短暂的兴趣。但答案显然是否定的。

在这篇日志的后半部分，她严肃地控诉了那个男人，说认识那么多年，从来不知道他是这样的衣冠禽兽。现在回想，一切更明晰了：十多年前在学校，他就开始设置陷阱，故意制造的独处、试探性的肢体接触、不怀好意的礼物……她说他不配当老师，只恨自己无从留下证据，否则必然去举报他。那语调几乎是声泪俱下的。

"伟大的伍迪艾伦"在评论中安慰她，很多个来回，每一段评论都很长。陈缜没有细读，只瞥到"Carolina Moon"说的，现在我只相信你了。实际上，读到日志后半，陈缜的勇气就殆尽了，他的目光在一些词语上跳跃，但并不能抓住它们的意思。语言变得那么陌生，世界似乎也是新的——一个坏的新世界。激愤控制了他的整具身体，他以为眼泪即将落下，用手去擦拭，却发现内陷的眼眶干涸一片。

他告诉自己，她所说的一切，从未发生过。一遍一遍地确认，直到原本牢固的真相开始松动，他自己也分不清哪一部分是真的。某一刹那，他突然想，也许李曼很久以前就开始记恨他了，混杂着恨与需求。

那些许多年前的黄昏，如云浮起。他们谈论死亡，仿佛通过不断对话能消解它的阴翳——了解它，正视它，然后不再恐惧。他们从公园经过，深秋烧枯了枝叶，池塘里的水平静无言。她跳起来，想从树上摘下什么，深蓝色校服像一件顽劣的斗篷。他教她辨认树叶，银杏叶、梓树叶、泡桐树叶、黄杨叶、香樟叶、红花檵木叶……她指着一些长得像小荷叶的土生植物问他，他说只是野草。她皱起眉，不是质疑他的结论。她只是在想，怎么才能永远记住那些名字呢？但一个人在考量永恒之时，便是她失望的开始，只是当时她还不明白。

图书在版编目（CIP）数据

潮水涌起之前 / 上海市作家协会编. -- 上海：上海文艺出版社, 2024. -- ISBN 978-7-5321-9137-6

Ⅰ. I247.7

中国国家版本馆CIP数据核字第2024Z382Q9号

发 行 人：毕　胜

责任编辑：江　晔　解文佳

装帧设计：钱　祯

书　　　名：潮水涌起之前

编　　　者：上海市作家协会

出　　　版：上海世纪出版集团　上海文艺出版社

地　　　址：上海市闵行区号景路159弄A座2楼 201101

发　　　行：上海文艺出版社发行中心

　　　　　　上海市闵行区号景路159弄A座2楼206室 201101 www.ewen.co

印　　　刷：上海丽佳制版印刷有限公司

开　　　本：1092×850　1/32

印　　　张：13.25

插　　　页：2

字　　　数：224,000

印　　　次：2024年12月第1版 2024年12月第1次印刷

Ｉ Ｓ Ｂ Ｎ：978-7-5321-9137-6/I.7183

定　　　价：68.00元

告 读 者：如发现本书有质量问题请与印刷厂质量科联系　T：021-59404766